お茶と探偵㉖

ハニー・ティーと沈黙の正体

ローラ・チャイルズ　東野さやか 訳

Honey Drop Dead

by Laura Childs

コージーブックス

JN151943

HONEY DROP DEAD
by
Laura Childs

Copyright © 2023 by Gerry Schmitt & Associates, Inc.
All rights reserved
including the right of reproduction
in whole or in part in any form.
This edition published by arrangement with Berkley,
an imprint of Penguin Publishing Group,
a division of Penguin Random House LLC.
through Tuttle-Mori Agency,Inc.,Tokyo

挿画／後藤貴志

ハニー・ティーと沈黙の正体

謝辞

サム、トム、エリシャ、ヤスミン、ステファニー、サリール、ドルー、テリー、ロリ、M・J、ボブ、ジェニー、ダン、そしてバークレー・プライム・クライムおよびペンギン・ランダムハウスで編集、デザイン（なんてすてきなカバー！）、広報（すばらしい！）、コピーライティング、ソーシャルメディア、書店の営業、ギフトの営業、プロデュース、そして配送を担当しているすばらしい面々にあふれんばかりの感謝を。〈お茶と探偵〉シリーズを楽しみ、評判をひろめてくださったお茶好きのみなさん、ティーショップの経営者、数々のブック・クラブ、お茶のクラブ、書店関係者、図書館員、書評家、雑誌の編集者とライター、ウェブサイト、ソーシャルメディア、テレビとラジオの関係者、そしてブロガーのみなさんにも心から感謝します。本当にみなさんのおかげです！

そして、セオドシア、ドレイトン、ヘイリー、アール・グレイなどティーショップの仲間を友人や家族のように思ってくださる大切な読者のみなさまにも感謝の気持ちでいっぱいです。本当にありがとう。これからもたくさんの〈お茶と探偵〉シリーズをお届けすると約束します！

主要登場人物

セオドシア・ブラウニング……………インディゴ・ティーショップのオーナー
ドレイトン・コナリー…………………同店のティー・ブレンダー
ヘイリー・パーカー……………………同店のシェフ兼パティシエ
アール・グレイ…………………………セオドシアの愛犬
ピート・ライリー………………………セオドシアの恋人。刑事
デレイン・ディッシュ…………………セオドシアの友人。ブティックのオーナー
オズグッド・クラクストン三世………大物政治家
ミニョン・メリウェザー………………オズグッドの妻
ジニー・ベル……………………………オズグッドの元愛人。芸術連盟の理事長
バック・ボールドウィン………………オズグッドの後継候補
ラマー・ラケット………………………大物政治家。クラクストンの対抗馬
クラリス…………………………………ラマーの広報担当
ホリー・バーンズ………………………芸術家集団の代理人。ギャラリーのオーナー
ジェレミー・スレイド…………………ホリーのビジネス・パートナー
フィリップ・ボルト……………………ホリーの恋人
ベン・スウィーニー……………………ヘイリーの恋人。大学院生
サディアス・T・ブッカー……………アウトサイダー・アーティスト

1

例のごとく政治だった。というか、この場合にかぎって言えば、異例だった。お茶に通じたセオドシア・ブラウニングといえども、超がつくほどの野心家で、超がつくほどハイテンションな政治家がいきなり席を立ち、下準備もなく演説を始めるようなお茶会を主催した経験など一度もない。

もちろん、サウス・カロライナ州チャールストンは選挙の時期ということで、豚舎に群がるハエのように政治家たちが飛びまわっている。オズグッド・クラクストン三世がみずからの輝かしい業績と州議会の議席を自分にあたえるべき理由を、退屈しきった聴衆に向かって長々と語っているのは、そういうわけだ。そしてそのせいで、仲間がスコーンとティーサンドイッチを準備しているかたわら、セオドシアはいらいらとティーテーブルで待機していたのだった。

「ホリーのイベントを乗っ取るつもりかしら」セオドシアはお茶のソムリエであり信頼できる友人のドレイトン・コナリーに耳打ちした。ふたりはチャールストンに新しくできた美しいペティグルー公園に設営した十脚ほどのテーブルを見やりながら、焼きたての蜂蜜のスコーンをお客全員の皿に配る準備をしているところだった。

「大惨事が起こる気がするな」ドレイトンは相づちを打ち、発言は以上だというように黄色い蝶ネクタイに触れた。

セオドシアは近くにすわっているイマーゴ・ギャラリーのオーナー、ホリー・バーンズに射貫くような青い目を向けた。だらだらつづくクラクストンの話を聞くうち、ホリーの顔がまだらに赤く染まり、顎がこわばっていった。おもしろく思っていないのはあきらかだ。

困ったものだわ。この野外のお茶会はホリーが経営するイマーゴ・ギャラリーのあらたな始まりを祝うためのものなのに。何十人もの芸術愛好家、パトロン、それに芸術家本人がエレガントにセッティングされたテーブルを囲み、周囲には木製のイーゼルに置かれた色あざやかな絵が並んでいる。まばゆく照りつける黄色い太陽のもと、チャールストン港からひんやりとした風が吹きつけ、公園に植えたばかりの野草が揺れる。充分な距離を取ったところには、地域の養蜂プロジェクトの蜜蜂の巣箱が、蜂の分譲マンションのように積みあげられていた。

「ちょっと行って、歩くおしゃべり男をおとなしくさせてくる」

セオドシアはドレイトンに告げた。みずからの力でティーショップを成功に導いた個人事業主であるセオドシアはやっかいな状況にすばやく、そして自信を持って対処できるし、相手がえらそうな政治家であっても怖じ気づいたりはしない。淡青色の瞳にぴったり合う趣味のいいサファイアのイヤリングをつけ、たっぷりとした鳶《とび》色の髪が卵形の美しい顔のまわりで波打っている。セオドシアはまた、落ち着きとしたたかさを兼ねそなえた礼儀正しい優雅な立ち居振る舞いを身につけてもいた。

「あの男には気をつけたまえ」ドレイトンが忠告した。「あちこちに……」

「顔がきくんでしょ。ええ、わかってる」セオドシアはダージリン・ティーが入ったピンクの花柄のティーポットを手に取ると、にこやかな笑みをつくろい、顔を真っ赤にした尊大な政治家のほうにまっすぐ歩いていった。

オズグッド・クラクストン三世はセオドシアが近づいてくるのに気づくと、一瞬、落ち着きを失った。目をぱちぱちさせ、必死で言葉を繰り出そうとする。けれども、セオドシアにはそのわずかな間だけで充分だった。

「クラクストンさん」セオドシアは愛想よく呼びかけた。「あなたがいかに議員にふさわしい人物であるかを聞かせてくださり、ありがとうございます。あなたがたぐいまれな才能をお持ちであることはよくわかりましたので、どうか席におつきください。わたしとスタッフとで蜂蜜のスコーンとティーサンドイッチのおいしいランチを出しますので」

セオドシアはすばやく息を吸いこむと四十人ほどいるお客のほうを向き、呆気にとられたクラクストンに演説を再開する隙をあたえぬよう、話をつづけた。

「ご存じのように、ホリー・バーンズのすばらしいイマーゴ・ギャラリーが、最近いっそうすばらしいものに生まれ変わりました」クラクストンが渋々ながら席に身を沈めるのを見て、セオドシアは頬をゆるめた。「あらたなパートナーを得たうえ、活況を呈するチャールストンのアートシーンで一目おかれる存在となったホリーは、サウス・カロライナの著名で才能あふれるアーティスト集団の代理人をつとめています」

あちこちから拍手があがり、ホリーは椅子から腰を浮かせて会釈した。長い黒髪、びしょ濡れの猫のように細い体、腕にこれでもかとつけたシルバーのブレスレットをカチャカチャいわせながら、ホリーは不安で身震いしていた。何十人もの顧客候補と裕福なコレクターが一堂に会するきょうは、今後の成功を左右する大事な日になりそうだ。

セオドシアは話をつづけた。「幸いにも、こちらに――」彼女はイーゼルに置かれた絵をしめした。「――たいへん魅力的で色あざやかな絵がいくつも展示されています。いずれもホリーが代理人をつとめる若手画家の作品で、みなさま、じっくりと鑑賞なさってください」ここでもひとしきり拍手があがり、セオドシアは、また口をひらいた。「というわけで、みなさま、どうかゆったりとおくつろぎいただき、本日の蜜蜂のお茶会をお楽しみください。これよりティーカップにお茶をお注ぎし、最初のひと品として焼きたての蜂蜜のスコーンをお出しします。つづいて、ライ麦パンにハニーハムをはさんだもの、タラゴンで風味をつけた海老をのせたクロスティーニ、ブリオッシュにチキンサラダをのせた三種のサンドイッチの盛り合わせをご賞味いただきます」

ドレイトンがお茶を注ぐ一方、セオドシアと若きシェフのヘイリー・パーカーはテーブルからテーブルへと移動しながらスコーンを配り、クロテッド・クリームの入ったボウルを置き、特別に調達した生蜂蜜を少しスコーンにたらしてお召しあがりくださいと勧めてまわった。

すべてのお客がお茶を口に運び、口をもぐもぐさせている（オズグッド・クラクストン三世までも、スコーンをあっという間にたいらげてしまったようだ）のを見て、セオドシアはエプロンで手を拭き、満足の面持ちでながめた。これこそ、わたしの仕事だ——しかも、なかなかうまくやっている。そう、彼女は月曜から土曜まではチャーチ・ストリートにあるつとりするほどすてきなお茶とお菓子のお店、インディゴ・ティーショップで働いている。けれども、こういう特別なイベントでケータリングをするのも大好きだ。蜜蜂をテーマにした日曜日のきょうのお茶会は順調に進みそうだった。絶好の日和で、ペティグルー公園は会場として理想的、しかも何点かの絵にはすでに小さな赤いシールが貼られ——売却済み、または取り置き状態であることを意味する——セオドシアもホリーも誇らしい気持ちでいっぱいだった。

マーケティング業界で働いた経験のあるセオドシアは、新しいことをあれこれ考えるのがなによりも好きだ。たとえば、お茶会のイベント、トロリーバスでめぐるお茶会ツアー、さらにはケータリングの仕事。彼女は事業計画を立て、あらゆる困難を乗り越え、すべてを実現させてきた。いまはインディゴ・ティーショップで販売するお茶を使ったオーガニックなチョコレートを作ろうと計画中だ。ブランド名には、チャーチ・ストリート・チョコレートとカカオ・ティーのふたつを候補として考えている。

「順調のようだな」ドレイトンが声をかけた。さきほどまでお茶を注いでまわっていた彼は、リネンのクリーム色のジャケットと揃いのリネンのスラックスで決め、とてもあか抜けて見える。六十の坂を少し越え、本物の南部紳士の物腰をそなえている彼は、お茶のソムリエであり、弁が立ち、いくつかの理事会で役員をつとめている。

「さっきホリーをちらりと見かけたけど、有頂天になってたわ。すでに冷やかしじゃない何人かのコレクターにいくつか作品が売れたらしくて、イマーゴ・ギャラリーが成功に向けてまっしぐらに突き進んでいるのを実感しているみたい」

「例の物言わぬパートナーと手を組んだのは賢明だったな。たしか名前はジェレミー……」

「スレイド。ジェレミー・スレイドよ」

ドレイトンはうなずいた。「ああ、そうだった。彼女に投資をした人物だったな」

「ええ、ついてたわね」セオドシアはそう言うと、テーブル席の向こうに目をこらした。

「あら、やだ」

「どうかしたのかね？」ドレイトンが訊いた。

「ビル・グラスが近づいてくるのが見えたの」グラスは《シューティング・スター》というゴシップや根拠のない噂話、素行の悪いにわか成金の一見華やかな写真だけを掲載する地元のタブロイド紙の発行人だ。きょうのグラスはテーブルをめぐりながら写真を撮っては、ちゃっかり愛嬌を振りまいている。レーザーサングラスを額にあげ、カーキ色のカメラマンベストにだぶだぶの茶色いズボンを合わせ、赤いハイトップのテニスシューズを履いていた。

「たしかにティーパーティで目にしたい人物ではないが、べつに悪さをするわけでもない」

ドレイトンは言った。「だいいち、あの男のちっぽけなタブロイド紙に自分の写真がのれば、ほとんどの人は大喜びするではないか」

「そうね」セオドシアは言った。

ヘイリーが肘で軽くつついてきた。「そろそろサンドイッチのトレイを出そうよ」二十代前半のヘイリーは小柄でブロンドの髪をストレートにのばしている。けれども、かわいらしい外見とは裏腹に、口うるさいところがある。だから、パン屋あるいは鮮魚店がヘイリーの厨房に売れ残りを納入したりすれば、たいへんなことになる。

「やるとするか」ドレイトンが応じた。「すべてが完璧で新鮮ないまのうちに」

「エディブルフラワーにいたるまで新鮮なうちにね」ヘイリーはほほえんだ。

セオドシアがティーサンドイッチを盛りつけた三段のトレイをテーブルのひとつに置いたとき、女性がひとり、セオドシアのうしろに目をこらして指さした。

「ねえ、あれを見て。養蜂家の人が出てきたわ」その声にはわくわくした響きがあった。

白い巣箱が十二個置かれた場所に目をやると、防護服姿の男性（セオドシアは男性だと思った）が巣箱のひとつに燻煙器を向けているのが見えた。

「蜂蜜を収穫するのよ、きっと」べつのお客が声に昂奮をにじませながら言った。

「養蜂用の装備を身につけているのはさすがだ。防護服の上下、フェイスネットなんかをな」男性の声がした。「蜜蜂を扱うのはたいへんなんだよ」

いつの間にか、椅子にすわったまま向きを変えて見入っているお客が増えていた。

「思わず見入っちゃう」さっきの男性の連れが言った。「あれもきょうのイベントの一部よね、きっと」

「でしょうね」同じテーブルを囲むべつのお客が相づちを打った。

あれは予定したものではないはずだけど。養蜂家がこのタイミングで姿を現わしたのは偶然以外の何物でもない。それでも、いい余興になってくれたのでセオドシアは満足だった。なにしろこのイベントは蜜蜂のお茶会として宣伝され、招待状には公園でおこなわれている地元の養蜂事業についても触れられているのだ。

しかしあろうことか、ふたつ先のテーブルで、クラクストンがまたもいきおいよく立ちあがった。そして突然、その場にいる人をあおるように、先陣を切って養蜂家に向けて拍手しはじめた。

「もうあの男にはがまんならん」うしろから近づいてきたドレイトンがぼやいた。

「まったく手に負えない人ね」セオドシアはうんざりして言った。「市がお金を出している事業なのに、自分の手柄にするつもりとしか思えない」

クラクストンが両腕を威勢よく突きあげ、勝利を意味するVの字を作ると、見ている人たちは歓声をあげた。

「拍手を応援と勘違いしてるみたい」セオドシアは言った。

見ていると、クラクストンはベストのボタンがはじけ飛びそうになるほど胸をそらした。

それからこれ見よがしにくるりと向きを変え、養蜂家のほうを向いた。

「あっぱれだ」クラクストンは大声で呼びかけた。「蜂を育てるというこの事業は実にすばらしい」

養蜂家が前に進み出たのを見て、クラクストンもあいさつしようと巣箱のほうに数歩進んだ。

「市の職員が本気を出せばこれだけのことができるんですよ」クラクストンは大声で言った。「この公園に植えられた自生の植物、そこにいくつも並んでいる蜂の巣箱。さあ、もっと近くへ。養蜂家くん。握手をさせてほしい」

養蜂家の男性はクラクストンに近づいた。フェイスガードのせいで顔がよく見えず、燻煙器を腰のところでかまえていた。燻煙器はステンレスのじょうろによく似ているとセオドシアは思った。ちがうのは注ぎ口が短いことくらいだ。

クラクストンが手を差し出すと、養蜂家は燻煙器を目の高さまでかかげた。突然、ブーンという小さな機械音がした。養蜂家は燻煙器をクラクストンの顔にまともに向け、乳白色の蒸気を噴射させた。

「なにを……?」驚いて不明瞭な声を出したクラクストンは、たちまち濃い白煙に包みこまれた。クラクストンは恐れおののき、おぼつかない足取りでふらふらと歩き出したかと思うと、顔を真っ赤にして咳きこみはじめた。空気がまったく入ってこないのか、乾いてかすれたケホケホという咳だった。やがて彼は白目をむき、膝をがくがくさせはじめた。次々と押し寄せる煙を払おうというのだろう、両腕を激しく振りまわしている。

あれは本当に煙なのかしら？　セオドシアはふと気になった。というのも、クラクストンの近くにいる全員が急に激しく咳きこみ、目をこすりはじめたからだ。

煙じゃない。なんらかの有害物質だわ。

白煙がその場にいる全員をのみこむようないきおいで、ティーテーブルに押し寄せた。逃げようとする人々が黒い影となって右往左往する。視界はゼロに近く、ほとんどなにも見えなくなっていた。

セオドシアはあわてず騒がず、エプロンで口を覆い、騒ぎの中心に飛びこんだ。

「みなさん！　いますぐここを離れてください！」と大声で呼びかけた。それから片手をあげて大きく振った。「こっちです！」

咳きこむ人、すすり泣く人、わめく人、悲鳴をあげる人。お客の多くが有害な蒸気のせいで人目をはばかることなく涙を流しながら、白煙から遠ざかるほうに誘導するセオドシアのあとをおぼつかない足取りでついていった。

いつの間にかヘイリーがセオドシアの隣に来ていた。目を真っ赤に腫らし、涙を流している。携帯電話を片手でしっかり握りしめていた。

「緊急通報ダイヤルに電話したの？」セオドシアは一行を安全な場所へと誘導しながら、かすれた声で訊いた。

「いま電話してるところ」ヘイリーは大声で答えた。「なにがあったのか説明しろって……」

「毒ガスよ。毒性の煙幕が張られたと伝えて」周囲に人があふれているせいで、セオドシアはいっときヘイリーの姿を見失った。けれどもすぐに見つかった。「来てくれそう?」

「来てくれるって」怒鳴り声と悲鳴にかき消されないよう、ヘイリーは声を張りあげた。

「救急車と救急隊員、それに治療に必要なものをすべてよこすように伝えて」セオドシアは周囲を見まわした。「具合の悪そうな人が二十人以上いるようだから」

「通信指令係の人からの質問だけど、そんなことをした犯人はいったい……」

「単独犯だと思う」セオドシアは大声で答えた。「犯人は養蜂家になりすまし……」

バーン!

やかましい音――というか破裂音――が響きわたり、セオドシアは歯が振動するのを感じ、体がのけぞった。それでも、頭はいま耳にしたものがなにかを瞬時に理解した。

銃声? そうよ、まちがいない。いまのはたしかに銃声だわ。

目をぬぐい、少しずつ晴れてきた薄い白煙に目をこらすと、偽の養蜂家の姿があった。右手に拳銃を持ち、足もとにはクラクストンが倒れている。

防護服のせいで偽の養蜂家の正体はやはりわからず、もう片方の手には燻煙器が握られている。けれども、セオドシアの背筋を凍らせたのは、そのたたずまいだった。彼は満足しきった様子で足もとのクラクストンをながめていた。自分の手で彼を殺害し、さらにはこれだけの大騒動を引き起こした達成感を味わっているようだった。

偽の養蜂家は大事な決断をするように小首をかしげた。それから、くるりとうしろを向き、ぎこちない動きながら全速力で公園のなかを走り出した。

そのとたん、セオドシアの頭のなかで激しい怒りが爆発した。顔に恐怖の色を浮かべたお客たちがあいかわらずうろたえた様子なのを横目に、セオドシアはうつぶせに倒れているクラクストンをじっと見つめた――死んでいるようにしか見えなかった。次の瞬間、強い思いにとらわれた――犯人を追いかけて捕まえなきゃ！

手もとに武器になりそうなものはなく、ろくに考えもせずに真っ先に目についたものをつかんだ――あざやかな黄色のキズイセンをいけた背の高いガラスの花瓶だった。セオドシアは花瓶を小脇に抱えて走り出した。

「とまって！」セオドシアは大声で叫びながら、偽の養蜂家を追って公園の緑地を猛然と走った。ワスレナグサが植えられた花壇を飛び越え、ハナミズキの小さな林を迂回した。前を行く偽の養蜂家の走り方はなんともぶざまだった。防護服がかさばっているのと、燻煙器が繰り返し脚にぶつかるせいで、うまく走れないのだ。そのため、追いかけるセオドシアとの距離がじょじょに縮まってきた。

あの人がクラクストンさんを殺した。そんなおそろしい考えがセオドシアの頭のなかをぐるぐるめぐり、それが足を前へ前へと進ませた。しかも、あの人は有害なガスをまき散らし、大勢の具合を悪くした。わたしのお客さまの具合を悪くしたのだ。

セオドシアは頭を低くして肩をすぼめ、歩幅をなるべく大きく取って速度を最大限にまであげた。長年ジョギングをしているから、スタミナには自信がある。だから、追いつけるかも？

そうかもしれないけど、追いついたあとはどうするの？

その問題は白黒の犬が解決してくれた。コリーとラブラドール、両方の血を引くミックス犬が、近くの木が植えられているあたりから突如として飛び出したのだ。犬は脚を激しく動かし、お尻をジャックウサギのように突き出して、逃げる男を追いかけはじめた。犬としてはゲームのつもりなのだろうが、加勢してくれたのをセオドシアはありがたく思った。

犬はぐんぐんと距離を詰め、すでに男のすぐうしろにまで迫っていた。甲高い声でたてつづけに吠える。男が足をとめて遊んでくれないとわかると、今度は体を小さくまるめていきおいよく飛び出し、はためいている男の防護服の脚にかみついた。

やった、その調子。セオドシアの胸は希望で一気にふくらんだ。

けれども、そううまくはいかなかった。犬が邪魔したことで男のスピードはいくらか落ちたが、完全に足をとめるまでにはいたらなかった。犬に妨害されて腹をたてた男は、すばやく振り向き、拳銃をかまえた。前を向いて走ったり、うしろ向きに走ったりしながら、犬に銃のねらいをさだめた。

犬を殺すつもりだわ。セオドシアはこの世のなによりも犬が好きだ。

「やめて！」彼女は叫んだ。

大声をあげられてびっくりしたのだろう、偽の養蜂家の手がびくっと横に動いた。あわてたようにあたりを見まわし、セオドシアがフルスピードで追いかけてくるのを見てとった。

あらたな標的を見つけた偽の養蜂家は銃を彼女に向けた！

セオドシアが首をすくめて地面に身を投げ出したそのとき、男は引き金を絞った。バキューンという大きな音につづき、ヒュッという甲高い音が聞こえ、なにかが――おそらく銃弾だろう――頭の上をかすめていった。

そこでセオドシアは即座に決断した。急いで立ちあがると、いつでも動ける姿勢をとって、右腕をうしろに引いた。そして投げた。持てる力をかき集め、偽の養蜂家めがけてガラスの花瓶を投げつけた。花瓶はくるくるまわり、水と花をまき散らしながら飛んでいった。セオドシアはすべてをスローモーションのように感じながら、弧を描いて飛んでいく花瓶を魅入られたように見つめていた。次の瞬間、超空間に入りこんだように事態は一気に加速し、今度は映画の超高速シーンを見ているようになり、偽の養蜂家がかぶっているヘルメットの側面に花瓶がいきおいよくぶつかった。たちまちガラスの破片、水、花が四方八方に飛び散った。

完全に不意を突かれたのと頭を直撃されて一時的に動揺したのとで、襲撃者はバランスを崩した。左によろけ、芝生に足をとられてつまずき、そのまま倒れた。片方の膝が地面にぶつかり、転ぶまいと必死に両腕をのばした。男はなんとか体勢を立て直そうと両腕をむなしく動かしつつ、銃はどこかと手探りした。

やった！

「とまれ！」方向転換して激しく吠えはじめた怖い物知らずの犬にセオドシアは大声で命令した。けれども男が死に物ぐるいで銃を手探りしているのを見ると、犬は猛然と駆けていって、もう一度、防護服の脚にかみついた。

偽の養蜂家は防護具が邪魔してなかなか銃を見つけられず、思わず悪態をついた。それから片脚を大きく振りあげ、邪魔な犬の頭をまともに蹴って、追いやった。

「もうすぐ警察が来るわ！」セオドシアは大声で言うと、手を下にのばしてガラスの破片をひとつ拾いあげた。

偽の養蜂家は警告を無視し、パルメットヤシが一本、風にそよいでいる小さな丘をのぼりはじめた。小高い場所にたどり着くと、くるりと向きを変えてセオドシアに顔を向けた。

セオドシアは足をとめた。

どうするつもり？

わたしの力で、あの卑劣な犯人に突進して倒せるだろうか？　警察が到着するまで組み伏せておける？　十中八九、無理。遠くでサイレンの音がかすかに聞こえる——ヘイリーの緊急通報に応えてくれたんだわ、よかった——けれど、いますぐ到着するわけじゃないし、わたしがいるところまで来るにはまだ時間がかかる。

セオドシアはガラスの破片を振りあげ、切りつけるような仕種をした。

偽の養蜂家は反撃するように燻煙器を持ちあげ、セオドシアに向けた。けれどもレバーを押しさげても、煙はさっぱり出てこなかった。

あてがはずれてかっとなった偽の養蜂家が地面にたたきつけると、燻煙器は派手な音をたてて転がった。それから男は腕をのばし、セオドシアをまともに指さした。無言ながらも不吉な仕種だった。おまえの顔はしかと覚えたからなと言っているも同然だった。それから偽の養蜂家はくるりと向きを変え、急ぎ足で芝地を突っ切り、林に逃げこんだ。数秒後には見えなくなった。エンジンを吹かす大きな音が聞こえ、やがて……静かになった。かすかな鳥のさえずりと、木々を吹き渡る風の音だけになった。

セオドシアは息を切らし、おびえ、むしゃくしゃした思いでその場に立っていた。武器もなく、なんの考えもなしに犯人を追いかけた自分にあきれてもいた。

わたしをそこまで駆りたてたものは……なんだったの？　たぶん、純粋な復讐心だろう。強烈な怒りに突き動かされ、われを忘れかけたのだ。

いいことじゃないわ。それに褒められたことでもない。セオドシアは自分に言い聞かせた。いまだアドレナリンが放出しつづけるなか、セオドシアは向きを変え、来た道をゆっくり引き返しはじめた。割れたガラスと折れた黄色のキズイセンが散らばった道を。

2

セオドシアは生まれてこの方、こんなにたくさんの救急車を見たことがなかった。周辺の病院からサイレンをけたたましく鳴らし、赤と青の緊急警告灯を激しく点滅させながら、次々に到着してくる。そのすぐうしろに見えるのは、白黒ツートンの警察車両の大群とチャールストン消防署の救急隊だ。

セオドシアのまわりでは、あいかわらずみんな、咳きこんだり、洟《はな》をすすったり、ひどくひりひりする真っ赤な目を必死にこすったりしている。芝生に寝そべる人もいるし、椅子に力なくすわりこんでいる人もいる。

マスクが手早く渡され、早々に到着した救急隊員に目を洗浄してもらっている人も大勢いる。

ひとりの救急隊員が四十フィートほど離れた地面に横たわるクラクストンのもとに駆けつけ、しゃがんでバイタルサインの有無を確認した。バイタルサインがないとわかると、遺体に黒いビニールシートをかけた。けれども、追加の救援部隊が到着しても、遺体に目を向ける人はいなかった。誰ひとり、近寄らなかった。誰も存在を認めたがらない放射性廃棄物の山かなにかのように。

セオドシアは目に入った巡査をつかまえ、わきに引っ張っていった。

「ウォーカー巡査、あそこに銃があります」

ウォーカー巡査はぼさぼさの眉毛をしかめてセオドシアを見つめた。おどおどした犬のような顔をした彼は、きょうは長時間勤務なのか、やけにくたびれた様子だった。けれども、目は鋭さをたもっていた。

「犯人は――養蜂家の恰好をしていた犯人は、白煙をまき散らしたあと、クラクストンさんを撃ったんです」セオドシアはあいかわらず息を整えようとしながら遺体を指さした。

「その銃はどうなったんですか?」

「犯人の手から落ちたんです」セオドシアは言った。「わたしがここまで追ってきたら、犯人は……よかったら犯人が銃を落とした場所まで案内します」

ウォーカー巡査は唇をかんだ。「お願いします」

落とした拳銃と置き去りにされた燻煙器を持ったウォーカー巡査とともにセオドシアが戻ってきたときには、地元の環境保護局が到着していた。白い化学防護服に身を包んだ職員ふたりが自動検知器のようなものを持って周辺を歩きまわっていた。噴射されたガスの正体を突きとめようというのだろう。

セオドシアはドレイトンとヘイリーはどこかとあたりを見まわした。

ヘイリーはあとかたづけをしているのだろう、枝編み細工のピクニックバスケットを集めているようだけど、ドレイトンはどこにいるの？

「ドレイトン？」セオドシアは大きな声で呼んだ。「ドレイトン？」あたりを見まわす。取り乱すほどではないものの、とても心配だった。

「こっちだ」しわがれた声がした。

振り返ると、遠くのテーブルのひとつにドレイトンの姿があった。テーブルに突っ伏して、ひどく咳きこんでいる。

たいへんだわ。介抱してあげないと。

救急隊員――道具でぱんぱんになった青いバッグを持った若い黒人女性――に駆け寄って袖をつかみ、ドレイトンのところまで引っ張っていった。

救急隊員は迅速評価をおこなった。「呼吸は苦しくありませんか？」彼女は質問した。「なにかお手伝いしましょうか？」

ドレイトンはつづけざまにひどい咳をしながら首を横に振った。「大丈夫だ」彼は声を詰まらせ、どうにかそう答えた。それから、くぐもった声で渋々ながら言い添えた。「たぶん」

名札によれば〝M・ライラック〟という名の救急隊員は携帯人工呼吸器を出してホースをつないだ。

「体の力を抜いて、少しこの酸素を吸ってみてください」

ドレイトンがうなずくと、救急隊員は透明なプラスチックのマスクを彼の鼻と口にかぶせ、ゴムバンドを後頭部にかけた。セオドシアと救急隊員が固唾《かたず》をのんで見守るなか、ドレイトンはゆっくり呼吸した。数分もすると、顔に血の気がかなり戻った。

「もう大丈夫だ」ドレイトンは救急隊員に言った。「あそこにいる人にくらべたらなんと言うこともない」彼は三十フィートほど離れた場所にある、オズグッド・クラクストンの遺体を覆うビニールシートを指さした。

救急隊員はドレイトンの視線の先をたどり、遺体が目に入ったとたんに顔をしかめた。「あと数分、落ち着くまで酸素の吸入をつづけてください」彼女はドレイトンの肩を軽くたたき、次の人の救護に向かった。

セオドシアはドレイトンにしっかりと目を配っていた。六十過ぎという年齢のわりには元気だが、さすがに若者と同じというわけにはいかない。

「具合はどう？　本当のところを聞かせて」

ドレイトンはうなずいた。「大丈夫だ。ほかの人にくらべればな。わたしはずいぶん離れたところにいたのでね、例の……あれはなんだったのかな？　毒ガスか？」

「はっきりしたことはわからない」セオドシアは言った。「そうだとは思うけど」

「きみはどこまで走っていったのだね？」

「知らないほうがいいと思う」

ドレイトンは顔をしかめ、それから愕然としたように眉をあげた。

「いやはや、まさか……」

「その、まさかなの」

「あの養蜂家を追いかけたのかね？」

「誰かがやらなきゃいけなかったんだもの」

「で、捕まえたのかね？」

「追いつめることもできなかった」

「まあ、とりあえずきみは無事だ」ドレイトンは言った。

ペティグルー公園内をぐるりと見まわしたところ、お客の大半がすでにみずから、あるいは迅速な救急隊員と警察官の手を借りて立ちあがっていた。初期対応のすばらしさに感謝だわ。どれほど危険で有害な化学物質がまかれたかもわからないまま、助けに駆けつけてくれたのだから。

けれども、まだこれで終わりではなかった。

大きな黒いサバーバンがクラクションを鳴らしながら、進んできたかと思うと、縁石を乗り越え、砂利を敷きつめた散策路を横切り、公園内に入ってきた。車は緑の芝生の上を五十ヤードほど走って、救急車と警察車両のわきを通り過ぎ、セオドシアとドレイトンが腰をおろしているピクニックエリアのきわに向かってきた。

「ずいぶんものものしいわね」セオドシアは言った。

ドレイトンは呼吸器のマスクをずらした。「誰だろう？　国土安全保障省だろうか」

見ていると、後部座席のドアがあいて、大柄でたくましい男性が大儀そうに降りた。見慣れた巨体を見てすぐに誰かわかった。チャールストン警察殺人課のトップ、バート・ティドウェル刑事だ。

ティドウェル刑事は大柄で、無遠慮で押しが強い。周囲からの尊敬が厚い一方、部下に対しては全力で捜査にあたることを要求する。FBI捜査官だった彼は、そこでの仕事に疲れ、地道な捜査を手がけてみたくなったのだ。そしてここチャールストンでは、その機会は山ほどある。

人混みを縫ってセオドシアたちのところに向かう途中、ティドウェル刑事は咳きこみはじめた。ぜいぜいという激しい咳だ。彼はだぶっとした不恰好なジャケットのポケットに手を入れ、ハンカチを取り出した。それをひらいて口にあてた。

刑事が祝福を授けるように片手をあげると、五人ほどの制服警官が即座に寄り集まった。

「報告しろ」ティドウェル刑事は言った。

「二十人以上が目に軽傷を負ってます」警官のひとりが言った。

「あとの人たちは呼吸障害です」べつの警官が補足した。

「全員、手当てをされているのか？」ティドウェル刑事は訊いた。

制服警官全員がうなずき、はいと答えた。

「このような症状を引き起こした原因はなにかわかるか？」ティドウェル刑事は質問し、視線を投げた。「ギャンドラー巡査？　たしかきみは、現場に一番乗りしたなかのひとりだったな」

「殺虫剤のようなものがまかれたとみています」ギャンドラー巡査は化学防護服姿のふたりを指さした。「持ち帰って分析するのはこれからですが、あのふたりはそう見当をつけているようです。おそらく有毒物質と思われますが、あくまでそうとう濃度が高い場合です。その場合は、大量に吸う、あるいは致死量を摂取すると……」

「犠牲者が出たのか？」

「いえ」ギャンドラー巡査は答えた。「幸いにも」

「そのうえ、ＧＳＷもあったそうだな？」ＧＳＷとは銃による負傷のことだ。

「被害者はオズグッド・クラクストンです」ギャンドラーは答えた。

ティドウェル刑事は口をあんぐりさせた。「政治家の？」

「そうです」

ティドウェル刑事はうなずくと、ゆっくり振り返り、人混みからかなり離れたところに置かれた遺体の黒いビニールシートに目をこらした。科学捜査官が到着して、写真を撮ったり、分析したりするまでは動かせない。

つづいて、彼はピクニックテーブル、散乱したティーポット、崩れかけたサンドイッチ、めちゃくちゃになった絵画をじっくり観察した。

「イベントがおこなわれていたようだな」

「お茶会だそうです」ギャンドラー巡査が答えた。「アートギャラリーのお祝いだとかで」

ティドウェル刑事はまだ現場のあちこちに目を走らせていた。やがてその目がセオドシアのところでとまった。「なるほど」彼はやっぱりなという顔をした。

けれども、セオドシアがティドウェル刑事に詰め寄って質問攻めにするより先に、ホリーのボーイフレンドのフィリップ・ボルトが駆けつけた。

「ホリー！　ホリー！」フィリップはいまにもヒステリーを起こしそうな声で叫んだ。彼はくるりと向きを変え、彼女はどこかと必死の形相であちこち見まわした。

「フィリップ、こっちよ！」ホリーが大声で返事をした。彼のもとに急ぎ、泣きながらその腕に倒れこんだ。ふたりは抱き合い、キスをし、お互いの目の涙をぬぐい合った。ようやく落ち着くと、セオドシアのところに、ドレイトンが椅子にぐったりとすわりこんでいるところにやってきた。

セオドシアは手を差しのべ、フィリップの腕にそっと触れた。「大丈夫？」と声をかける。フィリップはやせぎすで、精神的にもろい神経質なタイプに見えた。

フィリップは大きく首を横に振った。「大丈夫じゃない。とても大丈夫とは言えないよ」口をへの字に曲げ、顎を震わせた。「レストランにいたら、ホリーが取り乱して電話してきた。そもそも、ここでなにがあったんだ？」

セオドシアはいきさつを短くまとめてフィリップに説明し、ところどころホリーが割って入り、ドレイトンも少しでも役に立とうと口をはさんだ。それでもセオドシアは、偽の養蜂家を追いかけたことと、相手が発砲してきたときには地面に伏せなくてはならなかったことは伏せておいた。言わずにおくほうがいいこともある、そう思ったからだ。

フィリップは偽の養蜂家が有害物質を噴射し、その男がオズグッド・クラクストンを銃で撃ったいきさつに耳をかたむけた。彼は一部始終を理解したようだった。けれどもわかったというようにうなずきかけたとき、大粒の涙が頬を伝い落ちた。「絵は全部だめになってしまったのかい?」

ホリーは顔をしかめた。「無事とは言えないわ」

「画家のやつらはかんかんに怒るだろうな」

「事情をきちんと説明すれば、わかってくれるわよ」

「そのために保険に入っているんだものね」セオドシアは言った。けれどもフィリップはふいにホリーとの抱擁を解くと、ずたずたになったキャンバスのひとつに駆け寄ってまじまじと見つめ、またも涙をこぼしはじめた。「これはハーマン・ベッカーの作品だ」

「そうね」ホリーは言うと、今度はセオドシアとドレイトンに向かってこう言った。「フィリップはとても繊細なの」

ドレイトンはうなずいた。「そのようだ」

五分後、ホリーの物言わぬパートナー、ジェレミー・スレイドが現場に到着した。アーケイディア・ソフトウェアという新進気鋭のテクノロジー企業の共同創業者だ。きょうは濃紺のスポーツコート、ピンクのポロシャツ、それにブルージーンズという恰好だった。靴はグッチのローファーだ。

「どういうことなんだ、これは？」スレイドは歯を食いしばるようにして言った。

「見た目ほどはひどくはないのよ」ホリーはなだめるような声を出した。物言わぬパートナーであるスレイドは、ホリーのギャラリーが切実に欲していた資金を投入してくれた人物であり、ホリーは当然ながら、慎重な物言いに徹していた。

けれどもジェレミー・スレイドは、一から十まで説明を受けたあとでも表情は硬く、素っ気なかった。

「こんなのは言語道断だ」スレイドは怒りもあらわに言った。「あってはならないことじゃないか」彼はセオドシアを正面から見つめ、おまえのせいだと言わんばかりににらみつけた。

「想定外の出来事だったのよ」セオドシアは言い返した。

「いったいなにがあった？」スレイドは詰め寄った。

「一個人への攻撃がおこなわれ、そののち収拾がつかなくなったの」

スレイドはまだセオドシアをにらんでいた。

「政治家をねらったものなのか？　オズグッド・クラクストンを？」

「ええ、そう」

「そもそも、彼がこの場にいたのはおかしいじゃないか」スレイドは言った。「だいたいにして、どういうわけでやつは来てたんだ？」

ホリーはスレイドの憤り方に恐れをなしているようだったので、セオドシアが答えた。

「招待客のどなたかに連れられて来たんでしょう。同伴者として」

「それはまずいだろう」スレイドはきつい調子で言い返した。

「わたしのせいじゃないわ」セオドシアは言った。「招待状を出したのはわたしじゃないんだから」

「ああ、ぼくでもない！」スレイドは吐き捨てるように言った。「とんでもないことになった。広報にとっての悪夢になりそうだ」

「ミス・ブラウニング」セオドシアのすぐそばで、低く、もったいぶった声がした。ティーポットとティーカップをできるだけたくさん回収し、持ってきたプラスチックの箱のなかに積み重ねているところだった。

振り返るとティドウェル刑事がじっと見つめていた。いつものくたびれた恰好だが、ぎょろりとした目だけは鋭く、冴えている。その瞳の奥には、ときに背筋がぞっとするほどの知性がひそんでいるのだ。

「なにかしら？」セオドシアは疲れていた。きょうのことはすべて忘れ、家に帰りたくてたまらなかった。

「さきほど話しておられた男性のことでちょっと。やけにぶしつけで、ひどく昂奮していた男性のことです」

「ジェレミー・スレイドね」

ティドウェル刑事は大きな体を少し動かして、セオドシアと向かい合った。

「お知り合いですかな?」

「そういうわけじゃないけど」そこまで言って、言い直した。「まあ、ちょっと知ってる程度ね。あの人はホリーの物言わぬパートナーで、最近、規模を拡大したイマーゴ・ギャラリーに金銭的な支援をしているの」

「きょうにかぎって言えば、物言わぬとは言えませんな。むしろ、鼻持ちならない人物のようです。名前はスレイドとおっしゃいましたかな? 彼もきょうのイベントでここに来ていたのですかな?」刑事はひっくり返ったテーブルと椅子をしめした。「台なしになったあなたのお茶会に?」

「そうではないはずだけど」

「では、いまさっきやってきたわけですな」ティドウェル刑事が見ていると、スレイドは腹立たしげにあちこち歩きまわっていた。めちゃくちゃにされた絵を蹴飛ばし、身を乗り出して、べつの大破したキャンバスを手に取ると、ざっと目をやっただけで首を横に振って投げ捨てた。

重要な無言の合図は絶対に見逃さないセオドシアもジェレミー・スレイドをうかがった。そして、なぜいまになってやってきたのか気になりはじめた。なぜ事件後すぐにタイミングよく顔を出すことができたのだろう。

「じゃあ、やっぱり……?」セオドシアは言いかけた。

けれどもティドウェル刑事はかぶりを振って歩き去った。

かくして、セオドシアのお茶会は悲惨な結果に終わった。救急車と警察車両につづいて、鑑識がぴかぴかのバンで到着し、さらにけわしい表情の担当者ふたりを乗せた検死官事務所のバンもやってきた。鑑識は現場にロープを張って立入禁止とし、写真を撮り、測定をおこない、足跡、毛髪、繊維、その他、鑑識にとって興味深いものを捜した。クラクストンが殺害された理由を解き明かすのに役立ちそうなものを片っ端からかき集めた。彼を殺害した犯人を突きとめるために。

それにくわえ、お茶会の残骸だ。くしゃくしゃになったテーブルクロス、欠けたり割れたりした大切なティーポット、ふわふわ素材で作った蜜蜂を飾った花束がそこかしこに散らばっている。手をつけられることのなかったスコーン、ハニーハムをはさんだサンドイッチ、デュボス蜂蜜の小瓶。それらすべてがテーブルの上でつぶされ、イーゼルから落とされた絵とともに芝生に散乱していた。

汚れがつき、破壊されたたくさんのキャンバスを目にすると、セオドシアは胸が苦しくなった。上等なサドラーのティーポットから取れた持ち手を見たときも。

頭に疑問がわいた――いったい誰の仕業なの？　なにもかも台なしにされたことだけを言ってるのではなく、オズグッド・クラクストン三世を異常とも言える形で無残に殺害したことも含めての話だ。ホリーのギャラリーが受けた大打撃も。そして、これだけ多くのお客が被害を受けたことも。

それよりなにより、誰があの偽の養蜂家を捜し出し、裁きの場に引きずり出してくれるの？

蜜蜂のお茶会

公園で殺人事件に直面しなくても、自分だけの蜂蜜のお茶会を演出することはできますよ。テーブルに白いクロスを敷き、その上に黄色のストリーマーと白または黄色の花（ひまわりが映えます）を飾り、黄色と白の食器を並べましょう。お客さまが自分で好きなようにお茶を甘くできるよう、蜂蜜を用意しておくといいですよ。最初のひと品は、ハニーバターを添えた蜂蜜のスコーンをどうぞ。ティーサンドイッチは、ハニーハムとチェダーチーズを蜂蜜漬けにしたナッツのパンに挟んだものを。もう少しお腹にたまるメインディッシュを出したければ、ハニーガーリックチキンがお勧めです。デザートには、蜂蜜のアイスクリームや蜂蜜のケーキをどうぞ。ハーニー&サンズからはとてもおいしい、ビーズ・ニーズ・ティーというブレンド茶が出ています。

3

トントン。

セオドシアの自宅の裏口をノックする音がした。やわらかいながらも、簡単にはあきらめそうにないたたき方だった。

愛犬のアール・グレイを従え、ダイニングルームを抜けてキッチンに急ぎながらも、今夜訪ねてくるのが誰か、だいたいの想像はついていた。

「ライリー」彼女はドアをあけ、にこやかにほほえんだ。

「やあ、スイートハート」ピート・ライリーは身をかがめると彼女を抱きしめ、キスをした。

彼女もキスを返して体をすり寄せ、彼があたえてくれる温かみと安らぎをじっくり味わった。「聞いた？」

「一時間前に事件報告書に目をとおした。大丈夫かい？　だって、きみも現場にいたんだよね」

「一部始終を目の前で見たわ」

「おそろしい。凶器の銃が回収されたのは知ってるね」

「ええ、知ってる。人から聞いたってことだけど」

「しかも、有害物質を吸いこんだせいで、いまも数人が救急治療室《ER》で治療を受けている」

「まかれたガスがなにかわかった？　具体的な名称という意味だけど」

「まだだ」ライリーは答えた。「鑑識も監察医も膨大な数の毒物検査をおこなわなくてはならなくてね。そうそう、被害者のなかに、手と腕にひどい水ぶくれができた人がふたりほどいるそうだ。そのふたりもERに搬送しなくてはならなかったらしい」

「気の毒に」

「まったくだ」

「なにか新しい情報はないの？　犯人に気づいた人はいないの？」セオドシアは訊いた。

ライリーは首を横に振った。「これまでのところはなにも。だが、必ず捕まえてみせる、絶対に」

　仕事をしているときのピート・ライリーはきまじめでルールを遵守する前途有望な刑事だ。仕事を離れると、人好きのする、少年のような雰囲気をただよわせる。それに、あくまでセオドシアの主観だけれど、とてもハンサムだ。セオドシアはいつの間にか、彼をライリーと呼ぶようになっていた。彼のほうは彼女をセオと呼んでいる。その呼び方がどちらにとっても自然だから、ぴったり合っていた。

　ワンワン。アール・グレイの声がした。

「おっと、きみもお出迎えありがとう」ライリーは身をかがめ、アール・グレイの顔を両手ではさんだ。「元気にしてたかい？　大切なわが家の番をしていたのかな？」ライリーはアール・グレイの耳のうしろをかいてやり、大きな肩をぽんぽんと軽くたたいた。ダルメシアンとラブラドールのミックス犬（ダルブラドール）であるアール・グレイは、かまってもらえて大喜びだった。

六時をまわっていたし、セオドシアはまだ食事をしていなかった（それに、ライリーはいつだってなにかつまみたくてうずうずしている）ので、こう声をかけた。

「おなかはすいてる？」

ライリーは顔をぱっと輝かせた。「もちろん。ぺこぺこだ」

セオドシアは冷蔵庫をあけて中身をすばやくあらためた。ベイビースイスチーズとブリーチーズ、冷製肉が少々とポテトサラダがあった。クラッカーと生野菜のスライスを添えれば、小腹を満たすのにうってつけだ。

ボードに冷製肉とチーズを並べ、マスタードとマヨネーズをたっぷり添えてリビングルームまで持っていくと、ライリーはすでにチンツを張った椅子に両脚を投げ出すようにしてすわっていた。

「最高だね」彼は手をのばしてクラッカー、ローストビーフ、それに厚く切ったスイスチーズを一気に取った。

セオドシアも同感だったけれど、食べ物が理由ではない。彼女の胸をときめかせるのは、自宅であるこの小さなコテージだ。切妻屋根、化粧漆喰仕上げの外壁、クロスビームのあるクイーン・アン様式の居心地のいいささやかなコテージを手に入れるため、長いこと必死で働いてきた。屋根に苔《こけ》を生やせば、ホビットの家のようになると、ドレイトンはいつも言っている。もちろん、木釘でとめた木の床、煉瓦造りの暖炉、鉛枠の窓、チンツを張った家具をそなえた家のなかも魅力たっぷりだ。

「チーズとクラッカーをつまむために来たんじゃないんでしょ？」セオドシアはようやく口をひらいた。ライリーが死亡した政治家のクラクストンの件でやってきたことくらいわかっている。お茶会での惨劇の件で。

ライリーはうなずいた。「うん」

「どうかしたの？」

ライリーはチーズを入れた口をもぐもぐ動かし、のみこんでから言った。

「ティドウェル刑事と市のお偉方は、クラクストン殺害によってこれからたいへんな騒動が引き起こされると見ている。最終的には、完全に制御不能《メルトダウン》になるだろうと」

「メルトダウン、ね」セオドシアは苦笑した。

「チェルノブイリ原発事故のレベルにも匹敵する」

セオドシアは好奇心がうずきはじめたのを感じ、身を乗り出した。

「くわしく聞かせて」

ライリーは深呼吸し、考えをまとめているような顔をした。それから口をひらいた。

「数分ほど話を聞いてくれるかな？」

セオドシアはうなずいた。ライリーはなにかを打ち明けようとしている。どんなことかはまだわからない。

「クラクストンには人脈があった。それも、かなりの大物との人脈だ。あの男は生まれながらの政治屋で、文字どおり何百という政治問題で利権を得てきた」

「たとえば？」

「許可申請、監査、免許、なんでもござれだ。クラクストンは数多くの市や郡で公職につき、数多くの委員会、理事会、特別行動グループ、政治活動委員会に参加してきたから、経歴を列挙したら、うんときちきちに書いても紙が十二枚は必要なほどだ」

「それってまずいことなの？」セオドシアは訊いた。

「汚いやり方をしているという評判が立った場合は、まずいだろう。賄賂やリベートをふところにおさめ、見返りを求めるような人物だという意味だよ。クラクストンはまた、いろんな問題で仲介役を演じてきたし、警察本部界隈では、彼が数え切れないほどの政治的ゆすりをおこなってきたという噂が絶えない」

「つまり、彼は悪人だったということね」

「石炭並みに真っ黒な心を持った悪人だ」

「でも、クラクストンさんは州議会議員選挙に出る予定だったのよ」

「大物になろうというんだろう」ライリーは言った。「海千山千の連中と肩を並べるつもりだったんだ。これまでのところ、選挙戦はかなり拮抗している」

「でも、もうそうじゃなくなった。クラクストンさんは亡くなったから」セオドシアはまばたきをした。「ひょっとして、そのせいで殺されたの？　政治的利益を得るのが目的？　犯人は政敵かもしれないってこと？」

ライリーは肩をすくめた。「可能性はあるが、まだ捜査は始まったばかりだ。くわしく調べないと、はっきりしたことは言えないよ。それに、クラクストンの死を望んでいた人は大勢いる。彼はおそれられていただけじゃなく、そうとうきらわれていたんだ。政治家としての生活および私生活のあらゆる場面で殺したいほど憎まれていた」

「で、この話の結論は？」セオドシアは訊いた。

ライリーは首を横に振った。「結論なんかない。いや、きみに対してはあるかな。きみがこの事件にほんの少しでも近づいてはいけない理由を、いま六つほどあげたじゃないか。かかわってはいけない理由を」

「そんなの変よ」セオドシアは反論した。「だって、わたしはすでにかかわっているものとばかり」

「ただ巻きこまれただけで、本当の意味でかかわってるわけじゃない」

「本当の意味でかかわってるんだってば」

「いいかい、スイートハート。ぼくたちが相手にするのは最低最悪の中傷合戦と化した南部政治なんだよ。つまり、誰もかれもがクラクストンに腹をたてていた。市長、市議会、州議会議員、実業界、政党の職員……」

「でも、捜査は正攻法でおこなわれるんじゃないの？」

「クラクストンのような政治家がかかわっていない場合ならね。それに、捜査によってなにが飛び出すかを、大勢が固唾をのんで見守っている状況でなければ」

「どういうこと？　大勢ってどんな人なの？」

「この殺人事件の解決を望む人もいれば、すべてを海の底に沈めたほうがましと考える人もいる。長く政治家をやってる人たち、選挙運動資金の提供者たち、雇われ政治家、政治的な便宜を要求し、期待する人たち、脅された人たち、破滅またはなかば破滅した人たち」

「クラクストンさんの影響力って、そんな広範囲におよんでたの？」

ライリーはセオドシアの手を取った。「かかわらないでほしいと言ってる理由がこれでわかっただろ？　例の好奇心の遺伝子のスイッチを入れないでほしいんだよ」

「わかった。そのとおりね」けれどもセオドシアは心のなかではこう考えていた。わたしがかかわるべき理由は、それこそいくらでもあるわ。

「それに、ラケットという要素もあるし」ライリーが言った。

「ラッキーな要素？」

「ラマー・ラケットだよ。クラクストンの対抗馬である大物政治家だ」

「なるほど、名前は聞いたことがあるわ」セオドシアはしばし考えこんだ。「たしか、スプリング・ストリートにある派手なデザイナーズホテルのオーナーよね。彼は容疑者なの？」

「現時点ではちがう。でも、言っておくけど、ラケットもかかわり合いにならないほうがいい人物だ」

セオドシアはほほえんだ。「ということは、お父さんはお金持ちで、お母さんは美人なのね」

「父親はおそらく億万長者で、若かりしころ、母親はミス・ジョージア州だった」

セオドシアは興味を引かれ、思わず身を乗り出した。「すごいじゃないの」

「ほうらやっぱり」ライリーは言った。「ぼくが言ってたとおりになったじゃないか」

「え？」

「その目を見ればわかるよ。過剰なばかりの好奇心にあふれ、出すぎたまねをしそうに輝いている」

「そんなことないわ」セオドシアは好奇心に満ちた表情をなんとかして消せないだろうかと考えながら言った。

ライリーは盛大にため息をついた。「本当だってば」

「しょうがないじゃない」セオドシアは椅子の背にもたれた。「探究心のなせるわざなのよ」

4

笛吹きケトルがさえずり、茶葉を蒸らしているティーポットからはアッサムやダージリンの香り高い湯気が立ちのぼっている。セオドシアはテーブルについて朝の一杯を口に運び、ハリスツイードのジャケットにドレイクスの蝶ネクタイでとてもあらたまった雰囲気のドレイトンは入り口近くのカウンターで忙しく手を動かしていた。いまは月曜日の早朝で、これから長く忙しい一週間が始まる。日々のお茶の提供、ランチ、主催するふたつのお茶会、何十件もの特別注文、それにケータリングの依頼。

それにくわえ、クラクストン殺害事件もある。

ドレイトンはクラクストンの件、すなわち、きのうの悲惨な出来事についてほとんど口にしていないけれど、セオドシアにはわかっていた。あのことが小さな灰色の雲のように彼の頭上をただよっているのが。それでもドレイトンは、床から天井まである棚のお茶からきょうのお勧めを選び、いくつもの茶漉しの上でせっせと手を動かし、骨灰磁器《ボーンチャイナ》のティーポットをささやかな艦隊のように並べたりと、ひたすら忙しくしていた。

「どんな気分？」セオドシアはようやく声をかけた。

ドレイトンは彼女にちらりと目をやった。

「毎日が贈り物というなら、きのうを返してほしい」

セオドシアはどうにか弱々しい笑みをこしらえた。

「同感。ただただ、おそろしかったわね」

「あの一部始終が何度も何度も頭に浮かんでくるのだよ——養蜂家の恰好をした人物、有害物質を含んだガス、絶叫する……」

「それで？」

「言葉に逃げられてしまうのだ」

セオドシアは苦笑いした。「クラクストンさんを殺した犯人にわたしが逃げられたのと同じね」

ドレイトンはピンクのファミーユローズ柄のティーポットを手に取ってカウンターをまわりこむと、セオドシアがいるテーブルに近づいておかわりを注いだ。

「そのことできみに訊きたいことがあるのだが」その顔に浮かんだ深刻な表情が、彼の気持ちを代弁しているように見えた。

セオドシアは片方の眉をあげた。「なにかしら？」

「どうして自分の命を危険にさらしてまで、あのいかれた犯人を追いかけたのだね？」

セオドシアはしばらくティーカップをもてあそんでいたが、ようやく口をひらいた。

「もっともな質問ね。ものすごく腹がたっていたからかしら？　それと、せっかく準備したすてきなイベントを台なしにされ、お客さまのひとりが襲われ、とんでもなく悲惨な状況をもたらされたからかも」

ドレイトンはため息をついた。「腹をたてるのが悪いとは言わない。しかし、血も涙もない殺人犯をあんなふうに追いかけるのは……」

「お願いだから、ライリーには言わないで」

「彼に話していないのかね？」ドレイトンはあきれた顔をした。

「いまのところはまだ。悪いけど、そのまま黙っていたいの」

ドレイトンはセオドシアの向かいに腰をおろした。「わかった。誰にも言わん。だが、もう二度と、あんな無鉄砲なまねはしないでくれたまえ。有毒ガスがもうもうと立ちこめているなかにきみが突っこんでいくのを見たときは、心臓がとまるかと思ったよ」

「煙を吸いこまないようにはしたのよ」

ドレイトンはかぶりを振った。「前にもそんな科白《セリフ》を聞いたような気がするな」

テーブルセッティングが終わり、キャンドルに火が灯り、セオドシアが〝お茶と軽食をどうぞ〟と飾り文字で書かれた小さな札を出してほどなく、背後で入り口のドアが大きくあいた。

「ずいぶん早いわね」セオドシアはひとりつぶやいた、きょう最初のお客がこんな早いうちから来るとは思っていなかった。それも、月曜日の朝に。足をとめて振り返った彼女は、ライリーが入ってきたのを見て思わず二度見した。

「やあ」ライリーは満面の笑みを浮かべて言った。

「こんなにすぐ顔を見られるとは思ってなかったわ」

ライリーの笑みが少しだけくもった。

「実を言うと、ヘイリーに話を聞きたくて来たんだ。彼女がいればだけど」

セオドシアはとたんに胸がざわざわしはじめた。

「ヘイリーに話を聞くの？　どうして？　なんのために？」

「実は、あらたにわかった情報があってね」

「どういうこと？　お願いだから、くわしく説明して」

「きのうの事件でちょっとね。ヘイリーにはボーイフレンドがいるよね」

「ベンのことね」セオドシアは言った。ヘイリーはベン・スウィーニーという名の若い男性とつき合っている。チャールストン大学で行政学を学んでいる大学院生だ。

「そう、その彼だ」ライリーは言った。「知ってる？」

「知ってるというほどではないわ」セオドシアはしばらく落ち着いて考えた。「たしか、二回ほど顔を合わせたかな。彼がバイクでヘイリーを迎えに来たときに」

「彼はバイクに乗っているんだね」

「そうよ。どうしてそんなことを訊くの？」

「きのうの午後、一台のバイクがペティグルー公園から走り去るのを目撃されている」

セオドシアは手をあげた。「わたしも音を聞いたわ。エンジンを空ぶかしするような甲高い音。あのときはわからなかったけど、言われてみれば、たしかにバイクの音だったわ。犯人はバイクに乗って、犯行現場から走り去ったのね」

「殺人事件の現場からだ」ライリーは正した。「クラクストンの死はお偉いさんたちによって、公式に殺人とされたから」

「そうだろうと思ってた」セオドシアは言った。「たしか、チャールストンには何百台ものバイクがあるのよね。もしかしたら何千台かも」

「うん、でも、ナンバーの一部が9と5と3だったのを覚えてる目撃者がいた。ベン・スウィーニーのバイクのナンバープレートの数字のうちふたつと一致する。そこで質問だ。ベンはきのうのお茶会に来てた？」

「彼がお茶会の場にいたのかと訊いてるの？　それとも会場近くにいたのかと訊いてるの？」セオドシアはふいに、この会話の行き着く先に不安を覚えた。

「その場でも、周辺でも、どっちでもいい」

「さあ、どうだったかしら」

「ならば、ヘイリーに訊くしかないな」

セオドシアは指を一本立てた。「ちょっと待って。いまは警官として来てるのよね？」

「殺人事件の捜査なんだよ、スイートハート」

「つまり、イエスってことね」

「じゃあ、ヘイリーを呼んできてもらえるかな?」

セオドシアが厨房に入ってライリーがヘイリーに用があるそうよと伝えると、ヘイリーは見るからに落ち着きをなくした。

「話をしなきゃだめなの?」ヘイリーは驚いたように目をまるくした。黒いTシャツとレギンスの上に白いシェフコートをはおっていた。履いているのはあざやかな黄色のクロックス。彼女が料理靴と呼んでいる靴だ。いまは、狭苦しい厨房で魔法の力を発揮するのを終え、リンゴのスコーンとレモンのティーブレッドをオーブンに入れたところだった。

「早く話をすれば、それだけ早く人違いの件は解決すると思うわ。わたしは人違いだと思ってるもの」

「うん、わかった」

ヘイリーはセオドシアが言ったことをじっくり考えたのち、鼻にしわを寄せた。

けれども厨房を出てティールームに入るとヘイリーは言った。

「話をするあいだ、セオに同席してもらってもいい?」

「いいと思うよ」ライリーは言った。

「だったら、わたしのオフィスに行きましょう」セオドシアは提案した。「そこなら人に聞かれる心配がないから」

三人は一列に並んで廊下を進んだ。セオドシアはデスクの奥の椅子に腰かけ、ヘイリーはそのうしろに隠れるように立ち、ライリーはデスクをはさんで反対側の大きくてふかふかした椅子にすわった。

「きょう来たのは、簡単な質問をいくつかするためなんだ」ライリーは言った。

「ベンに関する質問だよね」ヘイリーはセオドシアのオフィスのあちこちに目を走らせ、缶入りのお茶でいっぱいの木箱、積み重ねられた帽子、予備のポットカバーと瓶入りのジャムがずらりと置かれた棚をじっくりと見た。あちこちに目をやりながらも、ライリーをまともに見ようとは絶対にしなかった。

「そのとおり」ライリーは言った。「彼はきのうのお茶会に来ていたかな?」

ヘイリーは首を横に振った。「ううん。ついでに言っておくと、ベンは事件とはなんの関係もないから」

「やけに確信があるようだね」

ヘイリーは胸の前で腕を組んだ。「うん」

「目撃者の人がナンバープレートの数字の並びを勘違いしたってこともあるんでしょ?」セオドシアが口をはさんだ。「一部しか見てないという話だったわよね?」

ライリーはそれには取り合わず、ヘイリーだけを見つめていた。

「オズグッド・クラクストンと州議会議員の座を争っているのが誰か知っているかい?」

ヘイリーはきょとんとした。「ええと、ううん。政治にはあんまりくわしくなくて」

「ラマー・ラケットという名の男性だ」

「聞いたことのない名前だわ」

「ラケットさんがベンとなにか関係があるの？　それを言うなら、ヘイリーと関係があるの？」セオドシアが訊いた。

「なんでこんな質問をしたかと言うと」ライリーはまたもヘイリーに向けて言った。「きみの友だちのベンは以前、ラケットの選挙運動でボランティアをしたことがあるからなんだ」

「だからなんなの？　そんなのなんの意味もないじゃない」ヘイリーはそう言ったものの、急に自信を失ったようだった。

「ベンがオズグッド・クラクストンについて否定的な発言をしたのを聞いたことはあるかな？」ライリーは訊いた。

「誰に対してもベンが否定的なことを言うのを聞いたことなんかないわ」ヘイリーはいきおいこんだ。頬が紅潮し、いまにも泣き出しそうだ。

「ねえ」セオドシアは割って入った。「もう、訊きたいことは全部訊いたんじゃない？　そろそろ仕事に戻らせてもらえないかしら……」

「わかったよ」ライリーは渋々といった声で言った。「でも、これで終わりとは言えないな。あらたに訊きたいことが出てくるかもしれない」

「べつにかまわないわ」セオドシアは言った。とはいえ、ヘイリーは心の底からおびえているように見えた。

インディゴ・ティーショップは午前中ずっと忙しかった。近所の店主たちが顔を出し、いつもの一杯を買い求め、きのうはたいへんだったわねと声をかけてくれた。何組もの観光客が来店したのは、店の魅力的な外観に引かれてのことで、煉瓦造りの建物、鉛枠の窓、くすんだ緑色の日よけ、アーチ形のドアが『不思議の国のアリス』のような冒険に連れていってくれそうに思えるからだろう。

実際、そのとおりだった。ティーショップのなかは外観に負けず劣らず魅力的だ。フレンチカントリーを少々と古いイングランドのテイストを取り入れたインディゴ・ティーショップは宝石箱のような店だった。青いトワル地のカーテンが波形ガラスのはまった鉛枠の窓に趣味よくかけられ、木釘でとめたパイン材の床に敷かれた色褪《あ》せたオリエンタルカーペットが心地よい雰囲気を醸し出している。小さな薪の暖炉とフランス製のシャンデリアが温かみのある薄ぼんやりとした光――ドレイトンいわく〝レンブラントの光〟――を放っている。いちばん奥の隅にはアンティークのハイボーイ型チェストがあり、そこにはティータオル、ポットカバー、缶入りのお茶、セオドシアが特許を持っている〈T・バス〉というブランドの化粧水や保湿クリーム、瓶入りのデュボス蜂蜜といった商品が並んでいる。淡緑色のビロードのカーテンがティールームと奥を分け、煉瓦の壁にはアンティークの版画、それに小さなティーカップを飾ったブドウの蔓《つる》のリースが飾られている。

もちろん、店は突然、降ってわいて現われたわけではない。セオドシアは倹約してお金を貯め、広告代理店勤務で得た企業年金を注ぎこんで、小さいながらも歴史のある建物を自分のものにした。ドレイトンがお茶のソムリエとして仲間にくわわった。さらに、軽い気持ちで求人広告に応募してきたヘイリーは、自分の焼き菓子作りのスキル（と祖母のレシピ）が強く必要とされているのを感じた。

その他のお茶に必要なものは系統立てて手に入れた。セオドシアはノミの市や骨董店、ガレージセールをまわってすばらしいヴィンテージもののティーカップ、ティーポット、ゴブレット、銀器を手に入れた。

数年一緒に働くなかで、セオドシア、ドレイトン、ヘイリーは自信にあふれ、息の合ったチームとなり、一から手作りしたスコーンやマフィン、上質なお茶の見事なまでのラインアップ、ほかに類を見ないケータリング、そしていつも大人気のイベントのお茶会でお客と近所の店主仲間を必ず満足させてきた。家族でいるには、必ずしも血のつながりを必要としないことを三人は悟ったのだった。

「ありがとう」お客のもとに運ぶリンゴのスコーンとクロテッド・クリームを受け取ろうと厨房に顔を出したセオドシアに、ヘイリーがお礼を言った。「おまわりさんの取り調べを受けるのって、なんか怖いよね」

「心配することなんかなかったのに」セオドシアは言った。「なにしろ、相手はライリーひとりだったんだし」

「そうだけど、顔がすごく真剣だったんだもん。というか、ちょっと手厳しい感じがした」

「元気を出して。すぐにどうでもよくなるわよ、きっと」

セオドシアはスコーンを届けると、入り口近くのカウンターに寄って、お茶が入ったポットを手に取った。テーブルはほとんど埋まっていて、店内はかなりにぎやかだった。

「ランチタイムには鉄観音茶をポットに用意しようと思っているのだよ」ドレイトンが言った。「花の香りがする、実に春向きのお茶だからね」

「ぜひ、お願い」

「その、シルバーチップ入りセイロン・ティーだが……」ドレイトンはセオドシアが手にしたティーポットをしめした。「蒸らし時間を多めにとったほうがいい」彼は目を閉じて考えた。「二分にしよう」

「了解」セオドシアは両方の肩をあげ、首の凝りをほぐした。「きょうは朝から忙しいわね」

「お客さまはみな、クラクストンの話ばかりしているのではないかな？」

「その話ばかりよ。質問は山ほど来るし、なかにはずいぶん露骨なものもあったわ」

「のらりくらりとかわしておけばいい。どうせ、一日か二日で忘れられてしまうさ」

「わたしもヘイリーにまったく同じことを言ったわ」

「それでいい。クラクストンはこの世を去った。これ以上、なにが起こるというのだね？」

ドシンと大きな音が店内に響きわたり、バシッという鋭い音とともに入り口のドアがあいて、店内の壁にぶつかった。

「申し訳ないが」ドレイトンがむっとした声を出した。「そんな乱暴にしなくても……」

次の瞬間、ホリー・バーンズとジェレミー・スレイドが店内に飛びこんできた。ふたりはあたりをきょろきょろ見まわし、不安そうに身を震わせ、落ち着かない様子でかかとを上げ下げした。どちらも昨夜はろくに眠れなかったらしく、世の中の重荷をすべて背負っているような顔をしていた。

「セオドシア！」カウンターに友の姿を認めたホリーが、震え声で言った。いまにも泣き出しそうなせつないその声に、店内にいる全員が何事かと顔を向けた。

5

「ホリー？」

セオドシアはパイン材の床に靴音を響かせながら、ホリーとジェレミーを出迎えようと急いだ。「どうしたの？」

「信じられないことになった」ジェレミーの顔には苦悶《くもん》そのものの表情が浮かんでいた。

「非常事態よ」ホリーは瞳をぎらつかせ、鬱積した不安のせいか、歯をカチカチいわせている。

「非常事態というのは、ギャラリーのことなんだ」ジェレミーが補足した。

「ちょっとだけ待ってて」セオドシアはお茶のポットを急いで客席に届けると、ホリーの手を取って、ふたりを近くのテーブルに案内した。ホリーとジェレミーが倒れこむように椅子にすわると、セオドシアは店内の様子をすばやく確認した。数分ならなんとかなりそうだったので、セオドシアは腰をおろした。「最初から話して。なにひとつ省かずに」

「もう最悪」ホリーは訴えた。肩をがっくりと落とし、口もとが引きつっている。「すでに契約を交わした知名度が高い画家の何人かが、急に手を引くと言ってきたの」

「それだけじゃない」とジェレミー。「大口顧客のうち三人が注文をキャンセルし、全額返金を要求してきた」

「もう終わりだわ」ホリーが大声を出した。「きのう、イマーゴ・ギャラリーはようやく業界で頭角を現わそうとしていたところだったのに、きょうは大きく報道され、事業を失いかけている。殺人事件のせいでね！」

「われわれにはなんの責任もないというのに、殺人事件の連帯責任を負わされるとは」ジェレミーが言った。

セオドシアはふたりがまくしたてる愚痴に耳を傾けた。話を聞けば聞くほど、ギャラリーの状況は深刻度を増していった。アーティストたちは、ホリーたちのささやかなギャラリーがクラクストン殺害の責任を負わされるのではと不安になり、ホリーたちのもとをぞくぞくと離れつつあった。

「あなたの投資だけど」セオドシアはジェレミーに顔を向けた。「投入したお金も危ないんじゃない？」

「そのとおり」ジェレミーは言った。「イマーゴ・ギャラリーに投資したのは、リニューアルの一助としてもらうためだった。より才能のある芸術家を集めると同時に、より裕福でふさわしい買い手にアピールできるようにするのが目的だった」

「イベントを企画し、うちの広報活動を盛りあげることもね」ホリーが言い足した。

「たった一度の破壊活動によって、われわれのギャラリーが大混乱に陥るなんて、信じられるか？」ジェレミーが言った。「マスコミがクラクストンの死を大々的に報じたせいだ」

「それにうちのギャラリーのことも」ホリーは大きな声を出した。

「メディアに言われっぱなしじゃだめよ」セオドシアは言った。「あなたがリーダーシップをとってただちにダメージコントロールをしないと。悪意あるマスコミの記事の影響を食いとめる戦略を考えるの」

「それであなたのことが頭に浮かんだのよ」ホリーは言った。「あなたはマーケティング業界にいたんでしょ。危機管理を必要とするクライアントを担当したことも何度かあったはずよ」

けれどもセオドシアは首を横に振っていた。「こんな最悪のパターンは手がけてないわ。残念だけどここまで難度の高い対応は経験してなくて」

ジェレミーが不安そうな目をホリーに向けた。「彼女に訊いてごらんよ」とひそひそ声で言った。

「わたしになにを訊くの？」ふたりが顔を見合わせた様子からすると、なにかもくろんでいるらしい。

意味深な間ののち、ホリーが口をひらいた。

「マスコミ対応は無理でも、やっぱりあなたの頭脳が必要なの」

「きみが唯一の頼みの綱なんだよ」ジェレミーが横から言う。

「どういうこと？」セオドシアは訊いた。聞きまちがえたのかしら？　頼みの綱ですって？

ジェレミーはまたもホリーをちらりと見てから、視線を戻し、セオドシアをまともに見つめた。

「ホリーの話では、きみはいわゆるご近所探偵だそうだね。これまで何度も事件を解決に導いたとか」

「現実に起こった殺人事件を解決したのよ」ホリーが言葉に力をこめる。

セオドシアはエプロンをいじった。「それはどうかしら。解決したというより、いくつかつじつまの合わない点に気づいて、警察を正しい方向に導いたといった程度よ」

けれどもホリーは首を横に振った。「ちがうわ、セオ、あなたときたら、謙遜するにもほどがあるんだから。しばらく前、女の人が殺されたファッションショーがあったでしょ。被害者を撃った犯人を突きとめるのに貢献したじゃない」

「しかも、その際に殺されかけた」ドレイトンが三人に聞こえる程度の声でつぶやいた。

セオドシアが目を向けると、ドレイトンはあいかわらずカウンターのなかにいて、なにくわぬ顔で茉莉花茶《ジャスミン》の茶葉をブラウン・ベティ型のティーポットに量り入れていた。

「ドレイトン、わたしたちの会話にくわわりたいなら、こっちに来てすわったら？」セオドシアは声をかけた。

ドレイトンはやわらかい調子で〝いや、けっこう〟というように両手をあげ、首を横に振った。

「ならいいけど」セオドシアは言った。ドレイトンは離れた場所から茶々を入れるほうが好きらしい。「で、おふたりの相談は……ちょっと待って、なんの相談だったかしら？」

「あなたの力を貸してほしいの」ホリーは言った。「あなたのような人が必要なの。地元に顔がきいて……」彼女は首をすくめ、ティールームをぐるっと見まわした。「それに、いろいろと聞き耳を立ててくれる人が。ゴシップとか街の情報とか噂とか」

それだけですまないことはセオドシアにもわかった。「オズグッド・クラクストンさんを殺した犯人を突きとめてほしいと言いたいんでしょ？」

ホリーもスレイドもうなずいた。

セオドシアはふたりからの依頼を受けるかどうか、しばらく考えた。昨夜、ライリーに教えてもらった情報で、いまも頭がくらくらしている状態なのは言うまでもない。クラクストンの人脈のひろさ、不正工作、過去の悪行。けれども、過去の経歴を知っていることと、実際の容疑者を捜し出すのとはまったくの別物だ。「わたしにはできそうにないわ」

ホリーが手をのばし、セオドシアの手をつかんだ。「あなたならできるわ。そう信じてる」

「ちょっと調べてくれるだけでも」とジェレミーが訴える。「とても助かる」

「気がついていると思うけど」とセオドシア。「クラクストンさんは善人じゃなかったのよ」

「そういう噂はずいぶん耳にしているよ」ジェレミーが言った。「だから、きみに頼みに来たんだ。たしかに、事件は警察が調べているとはいうものの……どうなることやら。クラクストンの生前の人脈や影響力を考えると、警察はさほど懸命かつ熱心に捜査しないかもしれないじゃないか」彼は問いかけるように首を横にかしげた。「内輪の恥をさらすようなまねはしたくないだろうからね」

セオドシアは下唇をかんだ。その点に関してはジェレミーの言うとおりかもしれない。市当局のなかには、クラクストンの事業で利益を得た者もいるだろう。となると、司法の手続きは歯がゆくなるほど遅々として進まないかもしれない。とはいえ、事件に首を突っこむと考えただけでぞくぞくしてくることは否定できない。興味をかきたてられるし、冒険心を刺激される。

「クラクストンさんはなぜお茶会に来ていたの？」セオドシアは訊いた。

「どなたかが招待したのよ」ホリーが答えた。

「同伴者として」ジェレミーは目をぐるりとまわした。

「あくまで仮定の話だけど、わたしがなにかするとしたら――」セオドシアは言った。「招待客リストを真っ先に調べたいわ。きのう、あの場に誰がいたかを確認しておきたいから」

「あげるわ」ホリーはチャンスとばかりに飛びついた。「あとでギャラリーに寄ってくれれば、リストをプリントアウトしてあげる」

「四時ごろでいい？」

ホリーはうなずいた。「ばっちりよ」

「アーティストの人たちのリストもほしいわ」

ジェレミーの表情が急にこわばった。「そいつはむやみに見せるわけにはいかないな。われわれは契約を結んでいて……」

「契約を結んでいた、よ」ホリーが割って入り、人差し指でテーブルをたたいた。「いまやそのアーティストたちは、沈みゆく船からネズミが逃げ去るように、うちのギャラリーを見限ったんだもの。だから、セオドシアが力になってくれるなら、わたしたちとしても、いわゆる、胸襟をひらく必要があるわ」

ジェレミーは両手をあげた。「わかった。彼女には全部見せることにしよう」

「あっ」ホリーはまだなにか言おうとしたものの、すぐに口をいきおいよく閉じた。

「なにを言おうとしたの?」セオドシアは訊いた。

「なんでもない」ホリーは目をそらした。

「なんでもないことはないでしょう」

ホリーは顔をしかめた。「ふと思ったの……ブッカーがばかなことをしてないといいなって」

「ブッカー?」ドレイトンが言った。あいかわらず、セオドシアたちの会話に耳を傾けていたらしい。

「ブッカーというのは誰なの?」セオドシアは訊いた。

ホリーは目を大きくひらき、テーブルをはさんで向かい合っているジェレミーを見やり、答えてちょうだいと心のなかでうながした。

とうとうジェレミーはため息をついて言った。「サディアス・T・ブッカー。ホリーが最近、契約をしたアーティストのひとりだ。いわゆるアウトサイダー・アーティストに分類されている。並はずれて才能があるが、少々変わり者でね。マリファナを少しばかりやるし、ナイフを持ち歩いていることでも知られている」

「なぜ、ブッカーさんがおかしなことをしたかもしれないと思ったの？」セオドシアは訊いた。

「とんでもないことをしでかす人だからよ」ホリーは答えた。「血で絵を描きたいなんて言うし、へんてこなストリートアートをするし。夜中の二時にこっそり出かけていって、ひと晩じゅう作業し、ビルの側面に気持ちの悪い巨大な壁画を描いたりするの。もちろん、ビルの所有者の許可なんか取ってないわよ」

「ブッカーの作風は、とても個性的な絵に文字や数字を組み合わせるものでね」ジェレミーは言った。「本人はゲリラアートと称している」

「その、ブッカーという人から話を聞いてみたいわ」セオドシアは言った。

「いや、いかん」ドレイトンが小声でつぶやいた。

「どこに行けば会えるの？」

「このあいだの話では、大学周辺でストリートペインティングをしてまわってるということだったわ。コーヒーショップやタトゥーパーラーには彼の作品、グラフィティアートやファントムアートのファンが多いの」ホリーは言った。

「ファントムアートというのは？」セオドシアは質問した。

「ブッカーが描いて、サインを入れて、立ち去ったあとに残された作品のことよ」

「興味深いわね」セオドシアは言った。とても興味深いわ。

二十分後、セオドシアは厨房でリンゴのスコーンを食べていた。ヘイリーはさきほどオーブンから天板一枚分のブロンドブラウニーを出し、いまはボウルに入れたチョコレートフロスティングの材料を混ぜ合わせ、泡立て器で激しくかきたてている。

「あたしのマリガン・スープはきょうの最高のひと品めになると思うよ」ヘイリーが言った。「牛の肩バラ肉、ユーコンゴールドポテト、ニンジンがたっぷり入ってて、レモンとポピーシードのビスケットとよく合うはず」

「いいわね。ほかにはどんなメニューがあるの？」

「シーフードのサラダ、キャラメリゼしたタマネギとチェダーチーズのキッシュ、キュウリとクリームチーズをはさんだティーサンドイッチのブルーベリージャム添え、それとブリオッシュにカニサラダをのせたティーサンドイッチ。午前中に焼いたスコーンもティーブレッドもまだたくさん残ってる」

ドア枠をひかえめにノックする音が聞こえ、ドレイトンが顔をのぞかせた。

「セオ、店が混んできた」

たしかにインディゴ・ティーショップは混んでいたが、セオドシアの手に負えないほどではなかった。彼女は注文を取って厨房に伝えると、急いで引き返して淹れたてのお茶が入ったポットをドレイトンから受け取った。ちょっとしたバレエを踊るように、せかせかと動いたり、ひったくるようにして受け取ったり、注いだりとせわしないことこのうえないが、それがセオドシアのエネルギーの源だった。こうしていると、自分が居心地のいいささやかなこのティーショップをどれだけ愛しているか、あらためて身に染みて感じる。小さな店を経営することが、自分にとってどれだけ大事かを。

一時十五分、カメラマン兼タブロイド紙発行人のビル・グラスがふらりと入ってきた。彼は入り口近くのカウンターにいるセオドシアに気づくと、指を二本、額に当てて敬礼のまねごとをした。きょうのグラスは色褪せたデニムのジャケット、腰穿きしたジーンズ、すりきれたローファーという恰好だった。ニコンのカメラを首からさげていた。

「いたいた、死の天使が」グラスは言った。

セオドシアは彼にちらりと目をやった。「ここに来ていていいの？」言葉はていねいだが、有無を言わせぬ響きがあった。

「なんで？」グラスは作り笑いを浮かべた。

「チャールストン・カントリークラブのブッシュにもぐりこむか、女子青年連盟の会議に押しかけていなきゃいけないんじゃない？　おたくの新聞にのせるはずかしい写真を撮らなきゃだめなんでしょ？」こう言えば、いたたまれなくて出ていってくれるかも？

「それも悪くはないが、きのうのあれの半分もおもしろくないと思うぜ。まったく最高のお茶会だったよな、え？」彼は近づいてくると、てのひらでカウンターを力いっぱいたたいた。

「本物の殺人事件を目の前で見られるチャンスなど、そうあるもんじゃないもんな！」

ドレイトンが藍色の紙コップをカウンターに置いた。

「お持ち帰り用に、ダージリン・ティーを注いで差しあげよう」

「持ち帰りだと？」グラスの顔がくもった。「このおれに出てけと言ってるのか？」

「そうしていただけると助かります」ドレイトンは言った。

けれどもグラスは空気を読むような人間ではなく、圧をかけられてもびくともしない。それどころか、ハエ取り紙のようにへばりつき、騒々しい音をたててお茶をすすり、ときには下品な意見をまくしたてる。

セオドシアはどうやって彼を追い払おうかと知恵を絞った。早じまいするふりをしてみようか？　だめだわ。お客さまが大勢いらっしゃるんだから、それは無理。そのとき、奇妙な考えが頭に浮かんだ。図々しく写真を撮るグラスのことだ、目撃者の姿をとらえているかもしれない。

「きのうはたくさん写真を撮ったんでしょう？」セオドシアはグラスに訊いた。「蜜蜂のお茶会で」

「もちろんだ」グラスは言った。「特ダネ級のやつも何枚かあるぜ」

「見せてもらえないかしら？」

グラスはセオドシアに見えるようカメラを持ちあげ、少なくとも四十枚近くある写真をクリックしてめくっていった。その肩ごしに、セオドシアは必死で目をこらした。

「満足したか？」グラスは訊いた。

「どれもすごくいい感じ。わたしのパソコンに取りこんでもいい？」

「USBケーブルがあるなら、難なくやれるぜ」

そこで、ふたりはセオドシアのオフィスに入り、ばたばたしたのち、セオドシアのパソコンに画像をダウンロードした。

パソコンの大きな画面で写真を見ると、ずいぶんちがって見えた。「よく撮れてる」彼女は一枚一枚確認しながら言った。

「当然だろ」とグラス。「おれが撮ったんだから」

「よく撮れてると言ったのは……事件の状況がよくわかるという意味。その場にいた人たちとか、クラクストンさんと養蜂家の恰好をした犯人とのやりとりとか。有害物質を含んだ蒸気がテーブルの上にまで流れてきても、ひたすらシャッターを押しつづけていたなんて、感心したわ」

「なんにも見えなくなるまでひたすら押しつづけたからな。いやはや、怖いのなんの。紛争地帯に逆戻りしたのかと思ったくらいだ」

「いつ紛争地帯に行ったのかしら？」セオドシアは訊いた。

「いまより若かったときだ」グラスはもごもごと言った。「AP通信の下請けで撮ったんだよ」

「わかってる」ここでグラスと言い合いをするつもりはなかった。あとで綿密かつもっとじっくりと調べたいので、彼が撮った写真を返したくないからだ。やってみなきゃわからないでしょ？　なにかわかるかもしれないんだし。「ねえ、しばらくこの写真を預かっていてもいい？」

「しょうがないな。人に売ったりしないならいいぜ」彼は用心深い顔でセオドシアを見た。

「しないんだろうな？」

「ええ」

「だったらいい。けど、なにを見つけるつもりなんだ？　全部の写真に目をとおしたが、とんでもない新事実なんかなかったぞ。養蜂家の防護服に袖をとおす前の犯人の素顔なんか写ってないからな」

「写ってたらよかったのに」

グラスはせつなそうな顔になった。「なあ、おれだってそう思ってるさ。そしたら、おれが撮った写真が《ポスト＆クーリア》紙の一面に掲載されたかもしれないんだからな。ひょっとしたらフォックス・ニュースかＣＮＮで取りあげられるかもしれないんだぜ」

セオドシアは最後の数枚に目をこらし、パソコンの画面を軽くたたいた。

「撮った写真をチャールストン警察に提出した？　事件の捜査にあたっている捜査員に」

「ああ、もうひとつのライカのカメラのほうは提出したよ」

「でも、こっちの写真は渡してないのね」

「ああ。そうしたほうがいいのか？　警察に提出するって意味だが」

「しばらくはふたりだけの秘密にしない？」

「そうだな」グラスは足を踏み替えた。

「なにを見つけるつもりなんだ？」好奇心にあふれながらも不安そうな声だった。

「自分でもわかってないの」セオドシアは言った。

「現時点では、意味のあるものを捜したところで、無駄足に終わるような気がする」

グラスはうなずいた。「そうだな」

6

午後もなかばになると、あわただしさは一段落した。びっくりするほどたくさんのお客を引き寄せたランチタイムが終了し、いまは四組のお客がアフタヌーンティーを楽しんでいる。セオドシアはポットで淹れた平水珠茶《ガンパウダー・グリーン》、アールグレイ、それにシナモン・スパイス・ティーとともに、クリームスコーンやヘイリーお得意のレモンとポピーシードのビスケットを運んだ。その後、お客の様子に目を配りつつ、入り口近くのカウンターに引き返した。ドレイトンがモンブランのペンを出して、愛用のモレスキンの手帳にせっせと書きこんでいた。鼈甲《べっこう》縁の眼鏡が鼻のなかほどまでずり落ちている。

「未払いの税金を計算しているの？」セオドシアは訊いた。

「いや、そうではない」ドレイトンは顔をあげ、ぎょっとした顔をした。「そんな脅かすようなことを言わないでくれたまえ。個人の資産に関し、わたしがどういう姿勢でいるかはきみもよく知っているではないか。やりすぎなくらいに手堅くやる性格なのだぞ」

「わたしたち全員がそうだわ。そのためにミス・ディンプルにお願いしているんだもの」ミス・ディンプルというのはこの店の帳簿係であり、ときどき給仕を手伝ってくれ、おまけに

ている。

確定申告の書類もしっかり揃えてくれる女性だ。彼女のおかげで店はまっとうに商売ができ

「実を言うと、お茶会のアイデアがふたつばかり浮かんだのだよ」

「考えてくれる人がいてうれしいわ」セオドシアは言った。

「キツネと猟犬のお茶会はどうだろう？　オールド・ブリテン・キャッスルズの食器をいくつか手に入れたのは知っているね？　もうひとつ、秘密の花園のお茶会はどうかな？」

「どっちもすごくいいし、型にはまってない感じがする。明日開催するたのしい川べのお茶会もそうよね。楽しくて、奇抜で、一か八かやってみようと言ってくれて本当によかった」

「冗談を言ってもらっては困るな。明日はほぼ満席ではないか」ドレイトンは言った。「残っているのはあと二、三席くらいだろう」

「あなたが商売上手なおかげだわ。店を訪れる全員にチケットを売りこんでいたのを知ってるんだから」

ドレイトンは片方の肩をあげた。「口コミで売るのがいいのだよ。きみが常々指摘しているように、利益をあげることは、単に生計をたてるよりも大事なのだから」

「小規模の店の多くはそこをわかってないのよね。あきれちゃうわ」セオドシアは言った。「ささやかな戦略をたてることや、販売員としての自覚を持って注文を取ることをいやがるんだもの」

「なるほど」ドレイトンはセオドシアをまじまじと見つめた。「きみはクラクストン殺害事

件にかかわるつもりなのかね？」

「そういうわけじゃないわ。ホリーとジェレミーに手を貸すといった程度よ」

「単なる言いまわしの問題だ。言葉をもてあそんでいるだけではないか」

「容疑者をもてあそぶほうがいい？」

「とんでもない！　そもそも、いっさい関与すべきでないと考えている。クラクストン殺害はたまたま起こったわけではない。あらかじめ計画された犯行だ。犯人は入念に計画を練ったのだよ」彼の額にしわが寄った。「しかも、犯人はクラクストンがわれわれのお茶会に参加するのを知っていた」

「鋭い指摘ね」セオドシアは言った。「犯人は本人からじかに聞いて知っていたんだわ」

「だが、いったい誰が？」

奥の廊下に大きな足音が響いた。

「まるで突撃隊員のような足音だな。あるいは、ヘイリーが例のクロコダイルの靴でどたどた歩きまわっているのだろうか？」

「クロコダイルじゃなくてクロックスよ。それと、あれはヘイリーじゃないわ」

「だったら誰だろうな？　裏口のドアは鍵をかけてあるはずだが」

するとヘイリーがカーテンを押しひらいて、ふたりをのぞき見た。

「あたしが鍵をあけたの。ベンが来たから」

ドレイトンの眉がまたもあがった。

「ちょうど話をしたいと思っていたの」セオドシアは急いで奥の廊下に出て呼びかけた。「ベン？」

ベン・スウィーニーは立ってクリームスコーンをもぐもぐ食べていた。ブロンドの髪を長めにのばし、二十代の若者のあいだではやっているらしい無精ひげを生やしていた。ロックバンドのAC／DCの黒いTシャツに穴あきジーンズという恰好のせいで、修士号取得に向けて勉強に励んでいる学生というより、アマチュアバンドのファンにしか見えない。

「あ、どうも」ベンは口を動かしながらくぐもった声で返事をした。「ヘイリーを迎えに来たとこなんだ」

「あとちょっとで帰れるよ」ヘイリーが厨房からベンに声をかけた。「残ったティーブレッドを包んで、食洗機のスイッチを入れたら」

「警察から話を聞かれた？」セオドシアはベンに訊いた。「あなたのバイクの件で」

ベンはスコーンをまたひとくちかじった。「ああ。おれじゃないって答えた。あの時間は図書館にいたってね」

「オズグッド・クラクストンさんとは面識があるの？」

ベンはごくりと唾をのみこんでから、首を横に振った。「全然」

「クラクストンさんの政敵、ラマー・ラケットさんとは？　ラケットさんの選挙活動に協力したことがあると聞いたけど」

ベンは眉根を寄せた。「あの間抜け野郎か？」彼はあざけるように鼻を鳴らした。「そんなのは二年も前のことだし、学部の政治学の授業の一環で、ボランティア活動に参加しただけだって」

「それだけ？」

「なあ、ふたりのどっちにしろ、道でばったり会ってもわからないよ。車で轢《ひ》いたとしても」

「もう帰れるよ！」ヘイリーが大声をあげながら厨房のドアを飛び出し、ベンとセオドシアのあいだに体を入れた。

ベンがヘイリーの肩を抱いた。「じゃあ、帰ろう」

「楽しんでね、おふたりさん」いきおいよくオフィスを突っ切って裏口のドアから出ていくふたりの背中にセオドシアは声をかけた。

「いまのはベンだったのかね？」ティールームに戻ったセオドシアにドレイトンが声をかけた。

「ええ。彼にオズグッド・クラクストンさんを知っているかと尋ねたら、知らないと言われたわ」

「クラクストンの対抗馬の男についてはどうだ？ ラケットだったかな？」

「その人の選挙運動でボランティアをしたのは、授業の課題をこなすためだったからにすぎないそうよ」

「その言い分を信じたのかね？」

「九十八パーセントくらいは」

「残りの二パーセントは？」

「まだなんとも言えない状態」


午後四時を過ぎたころ、セオドシアはイマーゴ・ギャラリーに到着した。外から見ると、ピンポイントのスポットライトが窓から洩れている。けれども正面のドアをあけて入ると、なかはがらんとして見えた。少なくとも人の姿はまったくなかった。それでも、真っ白な壁にかかった色あざやかな絵に光が降り注ぎ、かなり大きな金属の彫像——首を絞められた鳥を思わせる形をしている——が白いアクリル樹脂製のブロックにのっていた。その一方、十以上のキャンバスがカウンターに立てかけられ、近くに置かれた細長い木枠には絵が積みこまれていた。まるで、このあと梱包して搬出するかのように。

「誰かいませんか？」セオドシアは声をかけながら、とてもスタイリッシュな灰色の業務用カーペットを歩いていった。

「はい？」奥から声が返ってきた。よく通る低い男性の声だ。自分の作品を引き取りに寄ったアーティストだろうか？　あるいは小切手を受け取りに来たのかもしれない。

数秒後、フィリップ・ボルトが出てきた。彼とはきのう顔を合わせているが、それまでにも何度か会ったことがあり、そのほとんどは、ホリーが開催する展覧会のオープニングパーティでのことで、彼はバーテンダーをつとめていた。いま現在は、カンバーランド・ストリートでいわゆるゴーストキッチンを経営している。なぜ幽霊《ゴースト》かと言えば、本物のレストランを開業できるまで、テイクアウト専門でやっているからだ。

「フィリップ」セオドシアは声をかけた。「元気だった？」フィリップは華奢な体形で、骨と皮ばかりといっていいほどやせているが、体にぴったりしたTシャツとブラックジーンズという恰好のせいで、細さがよけいに目立つ。黒い髪をうしろでまとめ小さなお団子に結っているが、それが面長、ややかぎ鼻、黒い瞳を強調しているように見える。

フィリップは肩をすくめた。「いまいちだね。ホリーがすごく動揺してるから。ジェレミー・スレイドのほうは……」彼は天を仰いだ。「彼がいまどんな気持ちかは想像がつくよね。自分はなにも悪いことをしてないのに、投資した金が失われていくのを指をくわえて見てなきゃいけないんだから。いや、それを言うなら、彼じゃなく、われわれ全員が投資した金なんだけど」

「そこまで悪い状況じゃないかもしれないわ」セオドシアは物事のいい面を見るほうが好きだ。ほかの人が絶望的と思うような状況でも、まだなんとかなるんじゃないかと感じることが多い。

「いや、よくないよ」フィリップは言った。「最悪だ。ホリーと話せばわかる」

もう話したわ、とセオドシアは心のなかでつぶやいた。

「ホリーはこっちにいるんでしょ？」

「うん、奥に行って連れてくる」

フィリップは奥のオフィスに消え、ドアを閉めた。ひそひそとした言葉のやりとりが聞こえ――会話の内容までは聞き取れない――ホリーが黒髪をなびかせ、アクセサリーをじゃらじゃらいわせながら、小型のつむじ風のように飛び出してきた。そのすぐうしろをフィリップがついてくる。

「セオ」ホリーは息せき切って叫んだ。前に手をのばし、セオドシアの両手首をがっちりつかんだ。「とんでもないことになったわ」

「なにがあったの?」セオドシアは訊いた。ほんの一瞬だけ、いいニュースかもしれないと期待した。警察が重大な手がかりをつかんだとか。あるいは、誰かの身柄を確保したとか。

そういう話ではなかった。

「わたし、訴訟を起こされそうなの!」ホリーはセオドシアをつかんでいた手を放し、その手を大きく振りあげた。「よりによって、オズグッド・クラクストンの奥さんに!」

「一時間前に裁判所からホリーに書類が送達されてきたんだ」フィリップが口をはさんだ。

「それだけじゃないの」ホリーの声がしだいに大きくなった。「奥さんはもともと離婚するつもりでいたんだから!」

「どうしてあなたが訴えられるの?」セオドシアは訊いた。「なにもしてないじゃない。犯人は外部の人間なのよ。クラクストンさんが亡くなった責任をあなたが負ういわれなんかないわ。どう考えても……ばかげてる」

「それが、まだ訴状を全部読んでなくて」ホリーは手を額にやってさすり、それから髪をひと房取って、ねじった。「なにしろわたしの読解力ときたらものすごくお粗末なんだもの。そういうのに向いてないの。目で見て理解するタイプなの」彼女は同意を求めるようにフィリップのほうを向いた。「そうでしょ、フィリップ？」

「そうだね。きみは根っからの視覚型人間だ」

「とにかく、この訴訟のおかげでリスクがさらに高まったわ」ホリーはセオドシアに言った。「つまり、これまで以上にあなたの力が必要ってことよ」

「おいおい。なんの話だ？」フィリップが言った。

「セオドシアはわたしたちの力になると約束してくれたの、気前よく引き受けてくれたのよ。やってくれるんですって……えっと、あれはなんて言うんだったかしら？」ホリーは口を必死に動かし、どうにかこうにか不安そうな笑みをこしらえた。「隠密捜査みたいなことを。警察は警察で容疑者を捜すけど、セオドシアもあちこち嗅ぎまわって、真相の解明に努力するというわけ」

「彼女にそんなことができるのかい？」フィリップは驚いた顔でホリーからセオドシアに視線を移した。「できるのかい？」

「やるだけやってみるわ。警察が見逃した矛盾点を指摘できるかもしれないし」セオドシアは片手をあげ、ひらひら動かした。「とにかく、ホリーが助けを求めてきて、わたしは助けると答えた。それだけのことよ」

「なるほど」フィリップはかかとに体重をあずけてうなずいた。「気に入った。それに、きみは頭が切れると聞いてるから、力になってくれると言ってもらえて助かるよ」

「でしょ、フィリップ？」ホリーはフィリップの腕をつかんで、引き寄せた。

「そうだね。まずやるべきなのはイマーゴ・ギャラリーをつぶさないことだ。だから、できることはなんでも……」フィリップは考えこむような、ものほしそうと言ってもいい表情でセオドシアを見つめた。「でも、きのうの殺人事件のような場合は、どこから手をつけるんだい？　あんないかれた事件をどうやって調べるっていうんだ？」

「まずは事件のあらましをつかむことから始める。招待客リストを調べて、アーティストのリストに目をとおす。なにかぴんとくるものがないか確認するの」

「じゃあ、そのあとは？」

「そのあとは掘りさげて、いくつか質問する。もっと踏みこんで調べるべきものが見つかったら警察に引き継ぐ」

「いいんじゃないかな」フィリップはぐんぐん機嫌がよくなっていった。「すばらしい。きみの頭脳を事件解決のために使ってもらえるのは本当にありがたい。なにしろ絵は返品されてくるし、制作依頼はキャンセルされるしで、ホリーにとってきょうは一難去ってまた一難だったから」彼が見つめると、ホリーはうなずき、疲れた笑みを浮かべた。「だから、どんなことでも、本当にどんなことでも力になってもらえれば、物事がいい方向に進みはじめるような気がするよ」

「リストを持ってくるわ」ホリーは言ってオフィスに向かった。

セオドシアはあたりを見まわすと、手をのばしてカウンターに立てかけてある大きなキャンバスに触れた。見たところ、青と緑を基調にした抽象画で、片隅に小さな赤いシールが貼ってある。「この絵は売約済みなの？」彼女はフィリップに訊いた。

フィリップは渋い顔になった。「売約済みだったんだ。しかしその後、買い手からホリーに電話があって、気が変わったと言われた」

「残念ね」

「ひどい話だよ」

「はい、これがリスト」ホリーが戻ってきて、プリントアウトしたばかりでまだ温かい紙を三枚差し出した。「最初の二枚はきのうの招待客で、三枚めはうちが契約している若手アーティストのもの」

「このなかの何人のアーティストが去ったの？」セオドシアは訊いた。

「五人から電話があって、よそでお世話になりますと言われたわ。その人たちの名前と連絡先の隣に小さな印をつけておいた」ホリーは口をゆがめた。「〝よそでお世話になります〟ですって。遠まわしな言い方だけど、それでもじわじわときいてきちゃって」彼女は自分のギャラリーを見まわした。「夢が崩れていくようで」

「すぐに調査に取りかかるわ」セオドシアは言った。

「犯人を見つけるのは簡単じゃないわよ」

「あのさ」フィリップが割って入った。「犯人だと思うやつに金を賭けるとしたら、ぼくはクラクストンの政敵のラマー・ラケットだな。思うに、あの男はとんでもなく腹黒い」

「そう思う根拠は？」セオドシアは訊いた。

「うん、レストランの経営者をやってると、自然と接客業の友人たちからいろいろ話を聞くことになる。で、ラマー・ラケットに肯定的な意見を持ってるやつなんかほとんどいない。見るからに気むずかしくて、スタッフにきつくあたることで有名なんだ」

「それはわたしも聞いてる」ホリーは答えた。

「でも、ラケットさんは犯人かしら？」セオドシアは訊いた。

「断言するのはむずかしいな」とフィリップ。「けど、ラケットがかかわってるなら、みずから手を汚さず、人を雇ってやらせた可能性は常にある。それでも、ラケットはクラクストンと互角にやり合ってる最有力候補だ」

「どっちが当選したかしら？」セオドシアは訊いた。「どっちが選挙戦で勝利したかしら？」

フィリップはじっと考えこむように顔をしかめた。「むずかしいな。クラクストンもラケットも汚い手を使ってたし、世論調査では互角だったように記憶している」

「いまだったらどう？」

「いま？」フィリップは訊き返した。「クラクストンの後継としてふさわしい候補者を探すには時間がなさすぎるから、まずまちがいなくラケットが当選するだろう」

「そうよね」セオドシアは言った。「わたしもそう思う」

7

「まだいたのね」ドレイトンが残っているといいけれどと思いながらインディゴ・ティーショップに大急ぎで戻ったところ、彼はご機嫌な顔で忙しそうに働いていた。

「ティーポットの水気は拭き取ったし、床の掃き掃除は終わったし、そろそろ戸締まりをしようかと思っていたところだ」

「すばらしいわ。ところで、あなたにひとつ提案があるの」

「やれやれ」ドレイトンは落ち着かない様子で蝶ネクタイに触れた。「その提案とやらは、オズグッド・クラクストン殺害事件と関係があるのではないかな？」

「どうしてわかったの？」

「きみはイマーゴ・ギャラリーから戻ってきたばかりだし、しかも狩りの昂奮でわくわくしている顔をしているからさ」

「なるほど……」さすがにわかっていらっしゃる。

「まあ、いい。話を聞こう。具体的にはどのような提案なのだね？　郡の死体保管所に押し入ってクラクストンの遺体を盗み出すとか、そういうおぞましいことではあるまいね」

「そこまで悪趣味なことじゃないわ。でも……手品のように帽子から名前を出すとしたら、クラクストンさんの死を願ったかもしれない人の名前を出すとしたら、あなたは誰にする?」

「引っかけ問題かね?」ドレイトンは訊いた。

「ううん、まじめに訊いてるの」

「そうか。ならば、おそらく……」ドレイトンはジャケットの襟に手を這わせ、またも蝶ネクタイのへりに触れた。「ぱっと思いつくのは、クラクストンの対立候補の政治家だな」

「ラマー・ラケット」

「カントリーウエスタンの歌手のような名前だ」

「実際にはラケットさんはホテルの経営者だけど」セオドシアは言った。「議員候補であり、スプリング・ストリートに新しくできたブティックホテルのオーナーでもある」

「ああ、知っているとも。アユン・ホテルだな。《チャールストン・マガジン》の記事を読んだ。名前の由来はインドネシアのバリ島にある大きな川だそうだ。きっと、とても静謐《せいひつ》で穏やかな雰囲気のホテルにちがいない」

「じゃあ、一緒に行ってくれるのね?」

ドレイトンは肩をすくめた。「少しばかり静かな気分にひたっても悪くあるまい」

ふたりは店の戸締まりをし、裏の路地にとめてあるセオドシアのジープに乗りこんだ。

「軽く一杯やるだけかね? それともディナーをいただくつもりかね?」車に揺られながら

ドレイトンが訊いた。

「その場の状況しだいよ」セオドシアは言った。

彼はダッシュボードを指でたたいた。「それでいいだろう」

アユン・ホテルはふたりがこれまでチャールストンで目にしたどんなホテルともちがっていた。ロビーに足を踏み入れると、ひとつの壁は一面を緑の植物に覆われ、コイが泳ぐ池があり、象をかたどった巨大な大理石像や木彫りの竜が置かれ、壁にはバリの聖獣バロンのお面が飾られ、床はチーク材が使われていた。家具はどれも手彫りで、刺繍《ししゅう》の入ったクッションが置かれていた。

「耳をすましてごらん」ロビーにたたずみ、ドレイトンが言った。

「えっ？」そう言ったものの、すぐにセオドシアにも聞こえた。水がしたたる音、風鈴、ガムラン音楽が織りなすやわらかな音が。

「魔法でバリに連れてこられたような気がするよ」ドレイトンは真顔で言った。

「すてき、本当にすてきだわ、でも、どうして来たのか忘れないようにね」セオドシアは、黄色いシルクのサリーをまとった女性がパソコン入力をしているフロントに向かった。

「すみません」セオドシアは声をかけた。「ラケットさんのオフィスはどちらでしょうか？」

フロントの女性は片手をあげた。「そこの廊下を行った先ですが、あいにく、ただいまお会いすることはできません」

「そう」セオドシアは落胆の気持ちをあらわにした。

「ただいま、選挙の関係者と打ち合わせ中ですが、あと十分か十五分で終わると聞いています。どちらさまかうかがっても？」

「セオドシア・ブラウニングといいます」

フロント係はセオドシアの名前をきちんと書きとめてから言った。

「よろしければラウンジでお待ちになりますか？」

「そうします」

「ヌサドゥア・ルームでお待ちください」フロント係は言った。「ロビーの真向かいにございます」


「まさしく本物という感じがするね」シダと竹と漁網がふんだんにあしらわれ、明るさを抑えた照明が設置された小さなレストランでラタンのテーブルにつくとドレイトンが言った。「昔のジャワにいるようだ」彼はあたりを見まわした。「ただし、目玉が飛び出し、怒りに顔をしかめた木彫りの仮面はいただけない。あれを見ていると、あまり友好的でない人たちが住むものさびしい島に流れついた気分になってくる」

セオドシアはジャングルのティキ、タイガー・シャーク、ミスタ・バリ・ハリ、その他、少なくとも二十ものトロピカルな名前の飲み物のカラフルな写真が並ぶメニューをドレイトンに差し出した。「カクテルを見て。考えが変わるかもよ」

ドレイトンは弱々しくほほえみ、飲み物のメニューに目をとおした。「なるほど、いい面もあるということか」

「お食事もできるのよ。タコのグリルを注文してみない？」

「遠慮しておく」

「マグロのタルタルは？」

「わたしの好みからは少々かけ離れているように思う」

「サテ・バビならどう？」

「それはなんだね？」

「豚肉の串焼き」

「いくらかましだな。そうそう、フリキ・ティキ・ビーンズも頼んでくれないか。それと、ココナッツ・シュリンプもよさそうだ」

フラワー・モヒートと小皿料理を三つ頼んでシェアしたが、どれもとてもおいしかった。

二十分ほどたったころ、ラマー・ラケットが大股でレストランに入ってきた。

ラケットは虚勢と傲慢が服を着て歩いているタイプだった。かかわり合いになりたい相手ではないが、政治家としてはうってつけの性格なのだろう。怖いもの知らずで、きつい言葉が簡単に口をついて出る。背が高くて細く、肌はオリーブ色、銀髪をひろい額からうしろになでつけ、探るような目と薄い唇の持ち主だった。着ているのは細いストライプが入った灰色のダブルのスーツで、ブランドはおそらくアルマーニ。数千ドルはするはずだ。それでも、マフィアの一員のように見えるとセオドシアは思った。あるいは、そのものずばり、やり手の政治家に。ラケットのすぐうしろをついてくるのは、体にぴったりした黒のスカートスーツ姿の疲れた顔の女性だった。やせた猫背気味の肩と縮れたブロンドの髪、ブリーフケースのほか、いまにも飛んでいってしまいそうな巨大な書類の山を抱えていた。要するに、仕事を抱えすぎているように見えた。

「ラマー」遅れまいとして必死についていきながら女性が呼びかけた。「選挙まであと六週間なんですよ！　アレックスと打ち合わせをする必要があります。広報のほか、相手陣営があらたに候補者を立ててきた場合、というか立ててくるのは当然ですから、その対処方法を話し合わなくてはなりません。いくつか戦略を練り直さなくてはならないんです！」

けれどもラケットは平然としていた。「そのうちにな、クラリス」彼は彼女をさがらせようと片手をあげた。「それに……」彼はにやりとした。「先行きは明るいとしか言いようがないじゃないか」

彼はご機嫌な様子でレストランの奥へとずんずん進み、店内の客全員に選挙キャンペーンのピンバッジを配り、クラリスはそのあとをついてまわった。ピンバッジは昔、ニューヨークがおこなった観光キャンペーンの〝アイ・ラブ・ニューヨーク〟のロゴをまねたものだった。ラケットのバッジには大文字のI、つづいてハートマーク、そのあとに〝勝者〟の文字が並んでいる。その下に大文字で〝ラマー・ラケット〟と書かれていた。

ラケットがテーブルに近づいてきたので、セオドシアは声をかけた。

「ちょっとお話ししたいのですが」

ラケットは足をとめ、セオドシアとドレイトンを一瞥《いちべつ》した。「わたしに用があるというのはきみたちかい？」彼はふたりに大ぶりのバッジを渡した。

「お願いします」セオドシアは頼んだ。

「少しお時間をいただけるなら」ドレイトンも加勢する。

クラリスが顔にかかった髪を吹いて払った。「ラケット氏はたいへん忙しいのです」と不機嫌な声で告げた。

ラケットは場慣れした笑みを浮かべた。「献金をしていただけるのかな？」

「そうではないんです」セオドシアは言った。

ラケットの顔から笑みが消えた。「ではなんの用だ？」

「わたしたちはオズグッド・クラクストンさんの死を調べています」

「そこまでにしてください。これ以上お話しすることはありません」クラリスがきつい調子で告げた。

「では、おふたりは捜査員《インベスティゲーター》なのか？」ラケットは少し興味を引かれたようだった。

「私立探偵《プライベートインベスティゲーター》です」セオドシアは罪のないうそをついた。

「なるほど。しかし、きみたちに話せるようなことはなにもないよ」ラケットは言った。

「何者かが気の毒にもあのとんまを射殺した。少なくとも、新聞にはそう書いてあったが」

「とんまとまでは書いていなかったのでは？」ドレイトンが口をはさんだ。

ラケットは考えこむ表情をした。「ああ、たしかに。しかし、残念なことだが、このようなことは今日《こんにち》の政治の世界では普通のことだ。みずから問題を解決しようとする頭のおかしな人間は、わずかながらいるもので……」彼はセオドシアたちに見つめられているのに気づいて言葉を切った。「おいおい、まさかクラクストンの死にわたしが関与しているとにおわせているわけではあるまいね？」そうとう気を悪くしたような声だった。

「事件があった時間帯は、ラマーは選挙活動をしておりました」クラリスがけたたましい声で言った。

セオドシアはしだいに目障りになってきたクラリスのことは相手にしなかった。彼女を見ていると、しつこくまとわりつくやかましい小型犬を思い出す。だからセオドシアはラケットだけに目を向けた。「とんでもありません」とうそをついた。「あなたの評判にけちをつけるつもりは毛頭ないんです。でも、あなたもクラクストンさんも同じ政治の世界にいるので、なにかお考えがあるのではと思いまして」

「あの男を殺した犯人についてだな？」ラケットは興味をそそられると同時に、気をよくしたようだった。

「そうなんです」セオドシアは言った。「きっとなにかご存じだと思ってました。すでにあなたとあなたのチームとで、クラクストンさんの死の状況について検討し、誰が犯人か考えているのではないでしょうか」

ラケットは首を横に振った。「そうでもないよ。〝なんていかれた事件なんだ〟と思った程度でね。それよりなにより、街の噂によれば、襲撃者はバイクに乗った男だそうじゃないか。

おおかた、揃いの色のウェアを身につけて走る、みすぼらしいバイク野郎のひとりだろう」

「容疑者はまだ絞りこめていないんです」セオドシアは言った。

「だったら、わたしから話せることはなにもない」ラケットは顔に手を持っていき、人差し指で下唇をとんとんとたたいた。「容疑者と言えば、地元の政治関係者でこれという者は浮かんでこないな。どいつもこいつも腰抜けばかりで、あんないかれた行為におよぶわけがない。しかし……」

「なんでしょう？」セオドシアは先をうながした。

ラケットは誰にも聞かれていないのを確認するように、すばやく周囲を見まわした。

「オズグッド・クラクストンを亡き者にしようと望む者がいるとすれば、ミニョン・メリウエザーだろうよ。あの男と離婚間近だった女房だ」

「なぜそう思われるんですか？」

「金がからんでいるからだ」ラケットは言った。「ミニョンとクラクストンが離婚の初期段階だったのは知っていることと思う。まだ、どちらがなにをもらうかの交渉も、財産分与についての話し合いも始めていなかった。そしていま、ミニョンは形の上ではいまもクラクストンの妻だから、彼女がすべてを相続するというわけだ」

「相続するものはたくさんあるんでしょうか？」

「そうだな、わたしの考えでは……あると思う。それもかなりの額になるだろう。クラクストンは狡猾な悪党だった。あちこちから上前をはね、長年のあいだに大金をかき集めてきた。

実際の話、あの男は五十ドル札の束をチャールストンじゅうの貸金庫に隠し持っているにちがいない。でなきゃ、知恵をはたらかせ、ケイマン諸島のオフショア銀行にでも預けているんだろう」

「最後にもうひとつ、質問させてください」セオドシアは言った。

「手短に頼む」

セオドシアはラケットから渡されたピンバッジをいじった。

「選挙キャンペーン用のピンバッジを作ったのは、クラクストンさんが殺害される前ですか？　あとですか？」

「それは関係ない。勝つのはわたしと決まっていたからね」フグの形をした照明が放つ淡い光のなか、ラケットはセオドシアをじっと見つめ、オオカミのような笑みを浮かべた。


セオドシアはドレイトンを自宅の前で降ろし、歴史地区にある自分の小さな家に向かって車を走らせた。裏の路地に車をとめ、木の門から裏庭に入った。小さな池に目をやると、新しく買い求めた金魚の群れがのんびりと泳いでいた。マグノリアの木、バナナシュラブの木、最近になって花がひらいた紫色のアイリスをながめ、深々と満足のため息をついた。

ようやく家に帰れて、セオドシアの胸は喜びでいっぱいになった。ここを建てた最初の所有者がヘイゼルハーストという、趣のある名前をつけた、ちょっと変わったすてきなこの家にやっと帰ってきた。たしかに、周囲に建つお屋敷にくらべるとそうとう小さいが、それでもここはなにからなにまですべて彼女のものだ。ヘンゼルとグレーテルが住んでいそうな、クイーン・アン様式で建てられたこの家はほんの少し左右非対称の造りで、屋根はシーダー材で茅葺き屋根風に仕上げてある。アーチ形のドア、二階分の高さがあるささやかな小塔、壁面を這う青々としたツタ。誰もがあこがれる完璧なコテージだ。

家のなかではアール・グレイがキッチンで待っている。

「クゥーン？」セオドシアが入っていくと、愛犬は待ちこがれたように彼女を見つめ、それから尾で床をたたいた。

セオドシアはキッチンのカウンターにバッグと鍵を置いた。「どうしてた、相棒？」愛犬の耳を引っ張り、マズルにキスをする。「軽くひとっ走りする？」夜のジョギングは彼らの習慣になっている。アール・グレイは昼間、ドッグウォーカーに散歩に連れていってもらっているものの、世の中でいちばん好きな人間と走るのがなによりも好きだ。

「ワン」アール・グレイはマズルからしっぽまでをすばやく振った。

「じゃあ、そうしましょう」セオドシアは二階に駆けあがると、トレーニングウェアとテニスシューズにすばやく着替え、リードをつかんでアール・グレイと並んで裏口のドアから外に出た。裏庭を飛ぶように突っ切り、軽い足取りで門を抜け、暗い路地を走り出した。

夜に走るのは気分がいい。セオドシアはいつもそう思っている。黄色い球形の灯具がついた古めかしい街灯から、光が飛び石のように点々と落ちている。歴史的建造物や住宅のまわりにめぐらされた錬鉄の門は閉じられ、ときには施錠されていて、小さな要塞を思わせる。

チャールストン港から流れこむ霧で湿度が高くなり、音がくぐもり、すべてのものがいくらかやわらかく、この世のものではないように見える。闇もまた、セオドシアにとって一種の目隠しであり、詮索好きな目を向けられることなくチャールストンの秘密の路地を心置きなく走ることができる。魅力に満ちたこれらの路地は一七〇〇年代から存在し、ストールズ・アリー、ロンジチュード・レーン、フィラデルフィア・アリーといった名前がついている。フィラデルフィア・アリーについては、決闘をする者たちの路地という、なにやらおそろしげな意味を持つデュエラーズ・アリーのほうが好みだけれど。

道幅の狭い玉石敷きの宝箱のような通りの両側にはテラスハウス、彫像、それに背の高い煉瓦壁に取りつけられた秘密の出入り口が並んでいる。こんもりとしたヤシとオークの木にさえぎられているせいで、昼のあいだは人目につかず——観光客にはまず見つけられないだろう——夜になると、背筋がぞくぞくするほど薄気味悪くなる。

けれども、この静かな夜にアール・グレイと歩調を合わせてジョギングするうち、セオドシアはいつもとはちがうルートを行こうと決めた。そこで、アーチデイル・ストリートに向かい、ジグザグに進んでボーフェイン・ストリートを横断し、グリーブ・ストリートを走ってチャールストン大学がある界隈に入った。

ちょっと思いついたことがあるからだ。ブッカーというアウトサイダーアーティストがそのあたりで作業をしていると、けさホリーから聞いて以来、その思いつきがずっと頭を離れなかった。

〈ベニーズ・ベーグルズ〉と〈ウォッシュ・タブ・ランドリー〉の前を走り過ぎ、ラボー・ストリートに折れた。数人の学生がぶらぶら歩いているが、壁に絵を描いている人はひとりもいない。来るのが早すぎたかしら？　ブッカーは今夜は作業しないのかも。ちょっとばかばかしくなって、セオドシアはグリーブ・ストリートにとって返し、暗い路地のひとつを進んだ。ピザ店の裏——半開きになった裏口から洩れてくるチーズとソーセージのにおいでそれとわかった——を走り、タイ・レストランの裏（そのあたりにはスパイスのにおいがただよっている）を走った。大型ごみ収集容器が暗がりに置かれ、ごみ箱はいっぱいになっていた。途中で積みあげられた段ボールの陰から縞模様の猫がぬらりと現われ、セオドシアに向かってしっぽを振った。

アール・グレイはセオドシアのほうを向いて目をぎらつかせた。その目はこう言っているようだった。猫がいる。追いかけたらおもしろそうだよ。

「だめよ」セオドシアは諭した。路地をさらに進んでいくと、漆黒の闇に目がしだいに慣れてきたからだろう、ふいに捜していたものが見つかった。

前方に大きな人影が見えた。横から見るとプロレスラーかと思うほどの巨漢が、絵の具の入ったバケツに絵筆を浸し、それを目の前の煉瓦壁に塗りつけていた。

あなたなの、ブッカー？

8

胸が高鳴るのを覚えながら、セオドシアは歩くペースまで速度を落とした。そして、なにがおこなわれているのかよく見ようと、そっと近づいた。ああ、やっぱり。建物の裏の壁に絵を描いている人がいる。

セオドシアはすっかり勇気を得て、その男性のほうに歩いていった。近くまで来ると、頭上の街灯が放つ小さな光の円のなかに足を踏み入れた。ここでようやく、煉瓦壁に描かれたものが見えた。オレンジに黒い縞の虎が、自分の尾をつかもうと猛々しい表情でうろつきまわっている絵だった。周囲には数字と記号がちりばめられ、歯をむき出した顔がいくつかぞんざいに描かれている。

「あなたの絵、いいわね」セオドシアは会話のきっかけを作ろうと声をかけた。「ちょっとだけバスキアを彷彿させるわ」

ブッカーはセオドシアにちらりと目を向けた。「バスキアは苦悩の人だったが、おれは飢える画家にすぎない」

「ホリーと契約しているのよね。そうでしょ？　ブッカーという通称で呼ばれているんじゃない？」

「ああ」ブッカーはそう言ってセオドシアを横目で見た。いかつくてぶっきらぼうな顔だった。しかも、肩幅がひろく、筋肉がたっぷりついていて、濃い金髪をしたフットボールのラインバッカーの選手のような巨漢だった。格子柄のワークシャツにはペンキが飛び散り、ジーンズやバイクブーツにまで垂れている。不思議なことに、声は柔和で、少し甲高かった。

「ホリーの知り合いか？」

「彼女とは友だちなの」

「ふうん。で、あんたは何者？」ブッカーは絵を描く手を休めずに訊いた。

「セオドシア・ブラウニングよ。チャーチ・ストリートでインディゴ・ティーショップというお店をやってる。実を言うと、きのうのホリー主催のお茶会でケータリングを担当したのがわたし」

「事件のことは《ポスト&クーリア》で読んだ。ペティグルー公園じゅうに毒ガスが大量にまかれたんだってな」

「ガスの正体がなんなのかは、まだわかってないの」

頭上から射すナトリウム灯の淡い光のなかで、ブッカーは振り返り、そっけなくほほえんだ。「もっとまともなやつだったら、あんな目には遭わなかったさ」

「ずいぶんひどいことを言うのね。だって、そもそもあの人は冷酷無残に殺されたのよ。それなのに、なぜそんな言い方をするの？」

ブッカーは足もとにある黒ペンキの缶に筆を浸した。それから、慎重な手つきで、悲鳴をあげている頭の絵の輪郭を描いた。「あいつとは昔いろいろあったからかもな」

セオドシアの内なるレーダーが警報を発しはじめた。「いまなんて言ったの？」

彼女はホリーとジェレミーの疑念のとおりかもしれないと、はやる気持ちをおもてに出さないようにつとめた。「彼とは昔いろいろあったと言ったわね。くわしく話してもらえないかしら？」

ブッカーは頭の輪郭を描くのを終えた。それから、下に手をのばして、地面に置いていたデニムのジャケットを拾いあげてはおった。ジャケットにはペンキが点々とついていて、ジャクソン・ポロックの作品のように見えた。あるいは、ポロック自身が着ていたものかもしれない。彼はしばらくしてから口をひらいた。

「オズグッド・クラクストンはチャールストン市で権力をふるう金持ちの政治屋だった。数多くの役職につき、数多くの委員会のメンバーに名を連ねてた」

「わたしもそう聞いている」セオドシアは彼に話をつづけさせようとして言った。

「やつが委員をつとめてた委員会のひとつにチャールストン芸術委員会がある。毎年、ふさわしい芸術家に助成金を授与してた――連中は奨励金と呼んでる。おれは三年つづけて、助成金のひとつを申請した。すべての書類を整えて、作品の写真を提出した。けど、申請はとおらなかった。あとちょっとのところまでは行ったんだよ。一度は最終候補に残った。けど、そのときに、おれの作品は連中がかかげる使命と相容れないとか、おれが描く絵は過激すぎるし挑発的だと言われた」

「なるほど」ここからが本題のようだ。

「そして去年、ようやく運に恵まれた」

「助成金をもらえることになったのね」

ブッカーの顔がくもった。「ぬか喜びだった。当分はその日暮らしをしなくてもいいんだと思って、天にものぼる気持ちになったよ。なのに、突然、一万八千ドルの助成金はおれのものじゃなくなった」彼はセオドシアに向き直ると、口をゆがめ、歯をむき出しにした。

「誰のせいでそんなことになったか当ててみな」

「オズグッド・クラクストンさん？」セオドシアはか細い声で言った。

ブッカーはうなずいた。「ご名答だよ、お姉さん。クラクストンはおれの絵を退廃的だと言いやがった。ナチスもピカソやセザンヌ、ダリの絵についてまったく同じことを言ってたよな」

「そのせいで、助成金を受け取れなくなったの？」

「クラクストンの野郎が委員会で口汚く反論し、おれの助成金を強引に取り消させたせいだ」

「めちゃくちゃだわ」

「そのとおり。けど、本当なんだよ。あいつはナチスのヨーゼフ・ゲッベルスよろしく国民啓蒙大臣気取りでね。ま、そういうわけで、ミス・セオドシア、オズグッド・クラクストンにされようが、当然の報いとしか言いようがないね」

「宇宙の秩序がはたらく場合もあれば、みずから手をくださなくてはならない場合もある」

セオドシアはあまりに残酷な物言いに身震いし、その場に立ちつくした。あなたがオズグッド・クラクストンを殺したのか、宇宙の秩序を回復しようとしたのかと、単刀直入に尋ねたかった。けれども、どうしようもないほど怖かった。目の前にいるこのとんでもない大男は怒りで判断力が低下しているだけでなく、あきらかに復讐という行為に肯定的だからだ。

アール・グレイにリードを強く引っ張られ、セオドシアはわれに返った。

「犬を飼ってるのか」ブッカーはいまアール・グレイに気がついたというように言った。

「かわいいな」

「そろそろ家に帰りたいみたい」

「このへんに住んでるのか？」

「すぐ近くよ」自分がどこに住んでいるか、ヒントになるようなことを言うつもりはなかった。

「そうか、じゃあ、おやすみ、お姉さん」ブッカーは言った。「おれはここでまだ絵を描いてるけど、お姉さんはぐっすり休んでくれ」

「おやすみなさい」セオドシアは向きを変え、走って路地を引き返した。それから、首だけうしろに向けてブッカーがついてきていないのをたしかめると、グリーブ・ストリートに入り、自宅に向かった。

セオドシアはアール・グレイと自宅に帰り着くと、ドアに鍵をかけ、施錠状態を二度確認し、そこでようやく冷蔵庫からフィジーウォーターのペットボトルを出した。二、三度口をつけたところで、まだ気持ちが落ち着かず、いくらかおびえていることに気がついた。ブッカーは怒りをうまく制御できないタイプらしい。

明かりを消して二階にあがりながら、ブッカーが養蜂家の防護服を着てクラクストンに接近した可能性はあるだろうかと考えた。きのう、あとを追ったセオドシアを威嚇してきたのは彼だったの？　そうかもしれない。でも、今夜、彼は気づいた様子をまったく見せなかった。あるいは、とてつもなく演技力があるとも考えられる。自分の素顔を隠すのがうまい人はいくらでもいる。それに、ブッカーが犯人だったら、だますのがとてつもなく上手な社会病質者かもしれない。

アール・グレイはL・L・ビーンの高級犬用ベッドでまるくなり、セオドシアはシャワーに入り、湯の温度を高くして、きょう一日でたまった精神的な塵の一部を洗い流した。指がしわしわになりかけてきたところでシャワーを出て、厚手のテリークロスのバスローブにくるまった。

住みはじめてすぐのころ、この二階全体を寝室と読書室を兼ねたロフトに改装した。乙女チックでありながらくつろいだ気持ちになれる部屋に。壁にはローラ アシュレイの壁紙を貼り、四柱式ベッドの寝具も揃いの柄にした。読書室にはマシュマロのようにやわらかい椅子が一脚とアクセサリー、シャネルとディオールの香水、アンティークのくしのセット、ヒョウの置物、日記、ジョー マローンのキャンドルがところ狭しと置かれた化粧台がある。アンティークの中国のジンジャージャーランプは、ずっと前からほしいと思っていて、さんざん考えた末に大枚をはたいて買ったものだ。ランプはキッチュで独創的で落ち着ける空間に完璧なタッチ——とやわらかな光——を添えている。

セオドシアはベッドに枕を四つ重ねてもぐりこみ、ホリーに渡されたふたつのリストを手に取った。先に招待客のリストに目をとおしたところ、何人かよく知った名前が見つかった。地域の大物、チャールストンの旧家の末裔など、ほとんどが歴史地区の住人だ。

このなかの誰かが裏で糸を引いてクラクストンさんを殺させたなんてありうる？　もちろん、ありうることだ。著名人や裕福な実業家が何十年にもわたって歴史を牛耳ってきたのだ。

セオドシアはアーティストのリストの確認に移った。知った名前が二、三人いたが、もともと地域でよく知られている人物だからだ。彼らはチャリティオークションに自分の作品を寄付したり、公共の建造物のために作品を創作したりしている。そんな成功しているアーティストがクラクストンのような人に興味を持ったりするとは思えない。

一方、ブッカーのような人もいる。喧嘩腰で、すぐにカッとなり、しかも、外見からすると、どう考えても成功しているとは言いがたい。

セオドシアは電話をつかみ、ライリーにかけた。

「ブッカーのことを話しておきたいの」電話に出た彼に言った。

「ブッカー」ライリーはその言葉を検査するようにゆっくりと繰り返した。「そいつは人の名前なのか、それとも職業か？」

「画家の名前」セオドシアは答えた。「サディアス・T・ブッカー。というか、イマーゴ・ギャラリーのホリーが代理人をつとめているアーティストなの」

「で、そのブッカーという人物のなにがそんなに特別なのかな？」ライリーは訊いた。「あ、わかったぞ。その人の絵を買ったんだね？」

「ううん。でも、彼のことを持ち出したのは、ホリーとジェレミーが彼をちょっと疑わしく思ってるようだったから」

「疑わしいというのはどういうことかな？　どういう意味合いなんだ？」

「話を最後まで聞いて。きょうふたりがお店に立ち寄ったとき、話しはじめてすぐクラクストンさんの名前が出てきたの」

「なるほど」

「それで、容疑者の話になったときに、ホリーとジェレミーがこそこそ目を見交わして、ブッカーがばかなことをしていないといいんだけどってホリーが言ったの」

「いい話じゃないな」

「ええ、本当に」

「ほかにはどんなことを言ってたんだい？」

「クラクストンさんはブッカーさんがもらえることになった芸術活動に対する多額の助成金を撤回するのに関与したというようなことを言ってた気がする」本当は暗い路地で、ブッカー本人の口から知らされたことは黙っていた。

「となると、その男を調べないといけないな」

「ええ、そうね」

「サディアス……ラストネームはなんだっけ？」

「サディアス・T・ブッカー」セオドシアはそこでいったん言葉を切り、さりげない声に聞こえるよう祈りながらつづけた。「クラクストンさんと離婚直前だったミニョン・メリウェザーさんも調べているの？」

「なんで彼女のことなんか知りたいんだい？」

ライリーの口調から、痛いところを突いたのがわかった。

「じゃあ、彼女のことを調べているのね」

すると、ライリーはいつもの人当たりのいい刑事の声に戻った。

「スイートハート、警察はありとあらゆる人を捜査の対象にしている。つまり、きみがやる必要はないってことだ」

「でも、わたしは……」

「うん、わかってる。きみは現場にいたんだよね。それはわかってる。きみは犯人の大男を追いかけ……」

「それも知ってるの？」

「もちろんだとも。それについてはこころよく思ってないけど。とにかく、きみは市民としての義務を果たしたんだから、もうそれでいいだろう。クラクストンを殺した犯人を追うのはぼくのほうでやるから。いいね？」

「少し質問をしただけなのに」

「それはよくやったよ。助かった部分もある。あまり深みにはまらないようにしてほしい、いいね？」

「ええ」セオドシアは言った。

「その返事を素直に信じられないのはどうしてだろうな？」ライリーはため息をついた。

「今週はなにか楽しいことをしよう。ディナーに出かけるとか。〈サラセン〉か〈プーガンズ・ポーチ〉のような、しゃれた店で。どう？」

「ぜひ」セオドシアは言った。

「水曜の夜、カレンダーに印をつけておいてくれ」

「わかった」

「じゃあ、ゆっくりおやすみ。いい夢を」

「おやすみ」

セオドシアは電話を切り、ベッドに寝そべった。明かりを消し、寝具にもぐりこむ。けれども、眠りに落ちるまでには長い時間がかかった。ようやく眠りについたときには、蜂の燻煙器の形をした大きなペンキ缶を持った男に追いかけられる夢を見た。

9

火曜日の朝、笛吹ケトルが陽気に歌い、茶葉を蒸らしているティーポットから香りのいい湯気が立ちのぼるなか、セオドシアはティーショップ内をせわしなく動きまわっていた。きょうは忙しい一日になりそうだ。午前のお茶のサービスはいつもてんてこまいだし、きょうはたのしい川べのお茶会ランチの準備をしなくてはならない。ミス・ディンプルが手伝いに来てくれるのがありがたい。

けれどもとりあえずいまは、セオドシアひとりでテーブルに麦わら色のランチョンマットを置き、シャンティイの銀器を並べ、さらにシェリーのデインティブルー柄のティーカップとソーサーを置いていく。ティーライトと砂糖入れをつかみ、そのまま厨房に駆けこんで薄くスライスしたレモンを並べた皿と小さなクリーム入れを手に取った。

やれやれ。店内を見まわした。ほかになにをすればいいんだっけ？　そうそう、ゆうべのことをドレイトンに話してあげよう。ブッカーと話をしてわかったことを彼がどう考えるか、意見を聞いておきたい。

セオドシアがカウンターに近づくと、ドレイトンはお茶の缶をせっせとおろしているとこ

ろだった。その様子は、魔法の準備をしている錬金術師を思わせる。

「きのうホリーとジェレミーが訪ねてきて、ブッカーというアーティストの話をしていったのを覚えてる？」セオドシアは訊いた。

「なにかおかしなことをしたんじゃないかと気にしていた男のことかね？」ドレイトンは顔をあげずに言った。やはり覚えていたようだ。

「ええ、そう。それでね……」いまから話すことを聞いてドレイトンが激怒しないといいけれど、とセオドシアは思った。「きのうの夜、ブッカーさんと鉢合わせしたの」

ドレイトンは今度は顔をあげ、セオドシアを見つめた。「彼と鉢合わせした？　申し訳ないが、ちょっと外に出て空に向かって吠えてきていいだろうか」

「だめよ、ドレイトン。ちゃんとわたしの話を聞いて」

ドレイトンはセオドシアのほうに首を動かした。「どうも短縮バージョンを聞かされるような気がしてならないのだがね。まずは、実際にあった事実を話してもらえんか？　鉢合わせしたのではなく、きみが捜し出したこととか」

「そういう言い方もできるわね」

ドレイトンは不安そうに眉根を寄せた。「本当は彼と話などしていないと言ってくれたまえ」

「本当に話をしたの」

「いいかげん、学ばないといかん」

「それどころか、たくさんのことを学んだわ。ブッカーさんはオズグッド・クラクストンさんをこころよく思っていなかった。というのも、クラクストンさんは自分の政治権力を利用して、彼から助成金を取りあげたから。一万八千ドルもの助成金をね」

「ほう」ドレイトンはいくらか興味をそそられたらしい。「そこに動機がひそんでいそうだ」

「わたしもそう思った」

ドレイトンはピンクの花柄のティーポットに茶葉を六杯量り入れ、熱湯を一定の速度で注ぎ入れた。「では、ブッカーが少々おかしな人物であるというホリーの勘は正しかったわけだ」

「ブッカーさんはクラクストンさん殺害についてよだれを垂らさんばかりに喜んでいたわ。まともなやつなら、あんな目には遭わなかったって言ってた」

「それは自白したも同然ではないか。その話はライリーにも伝えたのだろうね」

「もちろん伝えたし、ライリーは調べてみると言ってくれたわ」

「では、きみが調べる必要はないわけだ」

セオドシアは緑色の釉薬《ゆうやく》がかかったティーポットの縁を、指で軽くたたいた。

「ライリーもそれとまったく同じことを言ったわ」

ドレイトンはほほえんだ。「優秀な頭脳は同じように考えるものだ」

「それでも刺激的なことに変わりはないわ。ブッカーさんはクラクストンさんに恨みを抱いていて、殺人犯かもしれないんだもの」

「わたしはおそろしくてたまらんよ。その男と知り合いにならずにすむなら、最高に幸せだ」

チリンチリン。

セオドシアとドレイトンは同時に正面入り口に目を向けた。

「お客さまだ」ドレイトンが言ったときにはセオドシアはすでに顔に笑みを浮かべ、出迎えのためにドアへと急いでいた。

ほどなくティーショップは忙しくなり、セオドシアはシナモンのスコーンやバナナのブレッドの注文を取り、ドレイトンは祁門《キーマン》紅茶とアイリッシュ・ブレックファスト・ティーをポットで淹れる作業に集中した。ヘイリーもチョコレートのマフィンをオーブンで焼いていたので、多くのお客が期待に胸を躍らせていた。

忙しさとざわめきが最高潮に達した十時十五分、デレイン・ディッシュが全速力で航行するスクーナー型帆船のごとくティーショップに猛然と入ってきた。黒いスカートスーツと小粋な帽子でめかしこんだ彼女は、知り合いの顔を見つけると足をとめて小声であいさつし、急いでセオドシアをわきに引っ張っていった。

「ひとつ知らせておきたいことがあってね、遊びにきてるグローリーンおばさんのほかに、もうひとり、最近知り合ったすてきな方をきょうのランチのお茶会に連れてくるわ」デレインは長いメッセージを息継ぎもせずに伝えた。

「いいわね」セオドシアはあわただしく手を動かし、テーブルを片づけ、ティーカップとソーサーを青いプラスチックの洗い桶に重ねていた。「お客さまが多いほど楽しいもの」

デレインは〈コットン・ダック〉というブティックのオーナーであり、チャールストンの社交界になくてはならない存在だ。彼女はまた、熱心なファッショニスタであり、ゴシップに異常にくわしく、しかもリタリンをのみすぎているみたいに、いつもハイテンションなタイプAの性格の持ち主だ。

「というのもね、そのお友だちは最近、ご主人を亡くされたの」デレインはシャネルのバッグに手を入れ、リネンのハンカチを出し、涙などひと粒も出ていないのに目もとに押しあてた。ハート形の顔、色白の肌、ふっくらした唇の彼女はきれいだ。美人と言ってもいい。けれども彼女にはひと筋縄ではいかないところがあって、いつも話をはしょる癖がある。

セオドシアは食器をさげる手をとめた。「それは残念ね。お友だちのご主人はいつ亡くなったの？」

デレインは手でハンカチを絞りながら鼻にしわを寄せた。「日曜だったかしら」

セオドシアは目を細くし、デレインをじっと見つめた。デレインはなにか大事な情報を省略してるんじゃない？　絶対にそうよ。

「そんな目で見ないでよ」デレインは口を尖らせた。「責められてる気持ちになるじゃない。まるであたしが凶悪な罪をおかしたみたいじゃないの」

「デレイン」セオドシアはアール・グレイに言い聞かせるときと同じ、きっぱりとした有無を言わせぬ口調で言った。デレインからは妙な雰囲気が感じられ、セオドシアは平静でいられなかった。背筋がぞわりと粟立った。「包み隠さず話して。ご主人を亡くされたお友だちって誰なの？」

帽子についている派手な羽根飾りを揺らしながら、デレインは答えた。

「ミニョン・メリウェザー・クラクストン」

「オズグッド・クラクストンさんの奥さん？」

いま、その名前だけは聞きたくなかった。

「なにをたくらんでいるの、デレイン？　ご主人が殺されたお茶会を開催したわたしたちの店に、どうして彼女を連れてこようとするの？」

デレインは手袋をはめた手でセオドシアの腕に触れた。「ご主人じゃなくて、離婚することになっていたご主人よ、セオ」

ミニョン、とセオドシアは心のなかでつぶやいた。ラケットさんによれば、お金が大好きな人らしい。しかも、あろうことか、夫であるクラクストンを殺害または、お金を払って夫を殺害させたかもしれない人物なのだ。

しかし、すぐにセオドシアの温厚で人並みはずれてお人よしな性格がまさり、彼女はかぶりを振った。だめよ、わたしがここで判断することじゃない。「ふたりの婚姻関係がどうか、あるいはどうだったかは関係ないわ」セオドシアは言った。「きょうのランチの会はミニョンに不愉快な思いをさせてしまうかもしれない。悲しい気持ちを誘発してしまうことも考えられる。場合によっては涙も。どうしてそんな危険をおかそうとするの？」

「彼女の心を乱すつもりなんかないわ」デレインは言い返した。「親切にしてあげたいのよ。思いやりの気持ちを見せてあげたいだけなの」

デレインに思いやりの気持ちがあるとはお世辞にも言えないのをセオドシアは知っている。実際にはうぬぼれが強くて傲慢で、自分勝手だ。陰で人の悪口を言うし、交際相手には容赦がないし、しかもあきっぽい。デレインがわずかなりとも思いやりの心を見せるのは、犬と猫に対してだけだ。

「どうすればいいのよ、セオ？　誘ったのをなしにしろってこと？」デレインは緑色の目をぎらつかせ、口を引き結んだ。

「まさか、そんなことをしたら失礼でしょ。ただ……わかった……ミニョンを連れてきていいわ。でも、彼女が傷つく可能性があることは覚悟していて」

「セオもきっと彼女を好きになるわ」デレインは自分の言い分がとおったからか、また上機嫌になって言った。「ミニョンはとてもすてきな人よ。潑剌《はつらつ》としてて頭がよくて、おまけに実業家なの」彼女は親指と人差し指をくっつけた。「もうあとちょっとで、すてきなブティックをオープンさせるんだから」

なんとなく、ブティックという単語が気になった。「いまなんて言ったの？」

「ミニョンのブティックの話をしてたの。〈ベル・ドゥ・ジュール〉っていうヨーロッパ風のすっごくしゃれたお店。しかも、彼女はパリでノミの市やそれよりもっと高級な市場《マルシェ》で買い物をして、帰国したばかりなの。あなたもよく知ってると思うけど、ブティックの商品を揃えるのって、べらぼうにお金がかかるんだから」

「興味深いわね」セオドシアは言った。

「でしょ？」

けれども、セオドシアの興味は少々異なる観点からのものだった。ミニョンがパリで注ぎこんだというべらぼうなお金に、俄然、好奇心をかきたてられたのだ。と同時に、少々の疑念も。ミニョンはクラクストンの個人財産に手をつけ、そのせいでまずいことになって彼を殺したのだろうか？　殺人事件の場合、お金は強力な動機になる。実際、犯罪行為の理由としてFBIがあげているなかに、復讐、政治的イデオロギー、虚栄心、嫉妬と並んでリストアップされている。

「じゃあね、バイバイ」デレインは言った。「またあとで。そうそう、明日は〈コットン・ダック〉に来るわよね？　あたしの店のすごいトランクショーを見に。三人の超すごいデザイナーが参加するから三つのトランクショーって言うべきかもしれないけど」デレインはにっこりとした。「忘れてないわよね。約束したでしょ！」

セオドシアは急いでうなずいた。「なにがあっても見に行くわ」

もっとも、ほかにやることはいろいろある。とりあえずいまは、カウンターに並んだティーポットを取りに行かないと。せっかくのお茶を蒸らしすぎて、タンニン過剰になってしまったとドレイトンににらみつけられる前に。

けれども、なんとかなるもので、ミス・ディンプルが店に駆けこんできたころには、セオドシアはすべてを正常な状態に戻していた。

「こんにちは、お嬢さん」セオドシアはミス・ディンプルに言った。

あいかわらず元気いっぱいの高齢の帳簿係はピンクに染めた巻き毛の下の目を細め、入り口近くのカウンターに急いだ。「お電話をもらったときは舞いあがっちゃいましたよ。わたしが給仕のお手伝いに入るのが好きなのはご存じでしょう？　楽しい息抜きになりますしね。縦に並んだ数字の合計を出したり、給与小切手を作成したりしていると、たまにうんざりしてきますから」

「きみが来てくれるとわれわれもうれしいよ」ドレイトンが言うと、ミス・ディンプルはさらに笑顔になった。ミス・ディンプルにとって、ドレイトンは悪いことなどひとつもできない、完璧な南部紳士なのだ。

「なにをすればいいでしょうか？」ミス・ディンプルは訊いた。彼女はぽっちゃりとしていて、身長は五フィートあるかないか、そしてとても頭が切れる。かすれた声で話し、「あらあら、まあまあ」とか「なんとまあ」といった古めかしい言いまわしをよく使う。

「お茶のおかわりを注いでまわって、お勘定を計算しておいて」セオドシアは頼んだ。「午前中にいらしたお客さまはそろそろお帰りになるから、そしたらテーブルを片づけて、フル回転でお願いね。少し飾りつけをするから」

ミス・ディンプルは三分の一ほど埋まっている店内を見まわしながら、目をしばたたいた。

「この状態で正午から、たのしい川べのお茶会を開催するんですよね？　それで合ってますか?」

「合っているとも」ドレイトンが声をかけた。

「なんてすてきで独創的なんでしょう」ミス・ディンプルは感心したように言うと、片手にティーポットを持ち、もう片方の手に冷水のピッチャーを持って歩き去った。


セオドシアはたのしい川べのお茶会の飾りつけをどうしようかと、長い時間をかけて真剣に検討してきた。その結果、手芸用品店に行き、箱入りのドライモスを見つけられるだけ購入した。そしていま、テーブルの上をようやく片づけ終え、あとは頭のなかで思い描いていたものを実現できるかどうか、ためすだけになった。

最初に、各テーブルに緑色のドライモスを一面に敷いた。つづいて、黄色いラッパズイセンをいっぱいにいけたクリスタルの花瓶を置く。そこに、『たのしい川べ』の絵本を何冊か置き、〈キャベッジ・パッチ・ギフトショップ〉のオーナーのリー・キャロルに借りた動物のぬいぐるみをずらりと並べた。

「それはカエルのトードですね」ミス・ディンプルは言うが早いか、ぬいぐるみのひとつをさっと手に取った。「わたしのお気に入りなんです。でも、登場する動物たち全員のぬいぐるみを飾ったんですね」彼女はふくよかな胸に手を置き、喜びを表現した。「すてきです」

「まだこれで終わりじゃないのよ。ミス・ハッティーの骨董店にお願いして、ロイヤル アルバートのお皿をたくさん借りたの」セオドシアはテーブルのひとつに何枚もの皿を置き、いちばん上の皿をミス・ディンプルに渡した。

「まあ、びっくり」ミス・ディンプルは思わず叫んだ。『たのしい川べ』の世界を描いたお皿があるなんて、思ってもみませんでしたよ」

「それだけあの本が愛されている証拠ね」

ミス・ディンプルが皿、カップ、ソーサーを並べていき、セオドシアは参加者へのおみやげとして、リボンで結んだラベンダーのドライフラワーと小箱入りのウォーカーズのショートブレッドをそのわきに置いた。それから少し離れたところから出来栄えを確認した。

「うん」満足感で顔を輝かせながら言った。「これでいいわ」


正午（あるいは、ドレイトンのいつも遅れる腕時計によれば十一時四十五分）になるとお客が到着しはじめた。そのなかには、フェザーベッド・ハウスという朝食付き宿《B&B》のふたり連れの宿泊客がふた組（経営者のアンジーに勧められて）と、お茶について勉強したい娘をふたり連れた母親がいた。ジル、クリステン、ジュディ、ジェシカ、モニカ、リンダなど、お茶会の常連の姿もあった。

セオドシアは心のこもったあいさつで全員を出迎え、ミス・ディンプルにさりげなく引き継ぎ、ミス・ディンプルがそれぞれのテーブルに案内した。

お客の流れがゆっくりになり、セオドシアがデレインはもう来ないものとあきらめかけたとき、甲高くて騒々しい声が聞こえてきた。次の瞬間、デレインがいきおいよく入ってくると、ふたりの連れに向かってチャーチ・ストリートの歴史に関する説明を大声で始め、歴史ある古い建物がこんな魅力たっぷりのティーショップに変身するなんてすごいでしょ、とつづけた。

それからデレインは顔をあげて叫んだ。「セオ！」

セオドシアは肩を怒らせながらデレインの出迎えに向かった。けれどもデレインはすでにぺちゃくちゃしゃべっていた。

「セオ、こちらはあたしの大事な大事なグローリーンおばさんよ。いまちょっとこっちに来てるの。短いあいだだけど」デレインは暗号文を伝えるかのように、六十過ぎとおぼしき白髪交じりの髪の女性を横目で見た。

「はじめまして」セオドシアはあいさつした。

「それとこちらが……」デレインはもうひとりの連れを、前に押しやるようにした。「ミニヨン・メリウェザー・クラクストン」

「ミセス・クラクストン」セオドシアは手を差し出した。「このたびはご愁傷さまでした」

「ありがとう」ミニヨンは目をきらきらさせながらはずんだ声で応じた。「ご親切にどうも」

セオドシアは三人を席まで案内しながら、ミニヨンを観察した。つい先日亡くなった夫よりも十歳は若く、数インチほど背が高い。赤みのある茶色の髪を高く結いあげ、わざと乱した感じのお団子にしているが、それが卵形の顔によく似合っているし、ふっくらとした唇がなまめかしい。なにより興味深いのは、ミニヨンのはしばみ色の目がやや斜視気味で、そのせいでどこか異国風で、獲物をねらっているような感じに見えることだ。ウェストのところまである紺色のかわいらしいカシミアのジャケット、クリーム色のスカート、それにグッチのハイヒールのサンダルという恰好だった。

お金はあるところにはあるものなのね、セオドシアは心のなかでつぶやいた。それからかぶりを振ってその考えを振り払い、ティールームの中央に進み出た。

「みなさま」セオドシアが言うと、ざわめきがぴたりとやんだ。「初開催となります、楽しい川べのお茶会にようこそ」

ぱらぱらと拍手があがり、いくつかコメントが寄せられた。

「テーブルの飾りつけがすてき」

「ぬいぐるみの動物がどれもかわいいわ」

「お皿を見て！」

「みなさん、ご存じのように」とセオドシアは話をつづけた。『たのしい川べ』はイギリス人作家のケネス・グレアムの手による作品です。一九〇八年に発表されたこの作品に登場するのは、もぐらのモール、川ねずみのラッティー、ひきがえるのトード、あなぐまのバジャーで、全員がエドワード王朝時代のイギリスの田舎に暮らしています。何世代にもわたって愛され、数えきれないほど版を重ね、ドラマ化および映画化され、さらに二〇一四年には『ダウントン・アビー』の製作者であるジュリアン・フェロウズによってミュージカルとして脚色されました」

今度はさっきよりも大きな拍手があがった。

「というわけで当然ながら」セオドシアはつづけた。「お茶とイギリスにまつわるすべてを愛するインディゴ・ティーショップとしては、すばらしいこの作品をヒントに、本日のメニューに反映させようと考えました」

すでに全員がセオドシアの話に引き込まれ、身を乗り出すようにして聞いていた。

「本日の最初のひと品として、バジャーの大好物でイギリスでも定番のメニューであるクランペットに、クロテッド・クリームとエルダーベリーのジャムを添えてお出しします。ふた品めはトード特製、イギリスのマヨネーズを使った燻製マスのティーサンドイッチ。メインはモールのチェダーチーズとソーセージのスコッチエッグ、つけ合わせとして緑の葉物野菜を柑橘ドレッシングで和えたサラダをお出しします。デザートには、ラッティーのジンジャービールのカップケーキをお楽しみください」

セオドシアが指をくいっと動かすと、ドレイトンが急ぎ足でそばにやってきた。

「本日のお茶会では、たのしい川べと名づけた特製オリジナルブレンドをお飲みいただきます」ドレイトンは言った。「紅茶に細かく砕いた桃、リンゴ、ヒマワリの種を混ぜた絶妙な組み合わせです」

そのときから、お客はセオドシアとドレイトンの思うがままだった。ミス・ディンプルとヘイリーが焼きたてのクランペットをせっせと配り、セオドシアとドレイトンはお茶を注いでまわった。

「気に入ってもらえたようだ」十分ほどたってから、ドレイトンはすれ違いざまにセオドシアに耳打ちした。

「当然よ」

「燻製マスのティーサンドイッチにみなさん、夢中なようだ」

「なのにあなたは、燻製マスなんか受けないって思ってたのよね」とセオドシア。

「いやはや、わたしの認識がまちがっていたな。それでよかったわけだが」

「喜ぶのはあとに……」そのとき、正面入り口から背筋も凍るほどすさまじい音がして、ティールーム全体に響きわたった。

おしゃべりの声がやんだ。

全員が一斉に振り向いた。

ドレイトンが不安と警戒の色を顔に浮かべ、くるりと向きを変えた。

「いまのはいったいなんだ？」

お客全員が騒動にびっくりし、ペンキで汚れたオーバーオール姿で猫毛の男性が滑りこんできたのを呆然と見つめた。男性は顔を思いっきりしかめてあたりを見まわした。

「ブッカーさん」セオドシアは小声でつぶやいた。

10

セオドシアは無礼なふるまいに激怒し、ティーショップを飛ぶようないきおいで突っ切ると、ブッカーの腕をつかんで強く引っ張った。彼は驚きの表情を浮かべ、ぴたりと動きをとめた。

「いったいどういうつもり？」セオドシアはかみつくように問いつめた。「わたしの店に踏みこんでこんな騒ぎを起こすなんて！」

ブッカーは口をぽかんとあけてセオドシアを見つめた。

「しかも、こんなにたくさん人がいるのに」セオドシアはつづけた。

「人？」ブッカーの低いうなり声が突如として甲高い声に変わった。

「よく見てごらんなさいな。たくさんの目があなたに向けられてるでしょう？　あなたがなにをしにきたのか、疑問に思ってるの。あなたが強引で失礼だから、いぶかしんでいるの」

ブッカーは怒りを抑え、ごくりと唾をのみこんだ。「そんなつもりじゃ……」

セオドシアはもう一度彼の腕を強く引っ張って、外に連れ出した。詮索好きな目を逃れ、昼の陽射しに照らされた歩道に出ると彼女は言った。「いったいどうしたの？　どうしてあんなふうに押しかけてきて、お客さまを怖がらせるようなまねをしたの？」

　ブッカーは赤く腫れた目でセオドシアをにらみ、口をへの字に曲げた。

「あんたに文句を言いたかったからだ」

「なんのことかさっぱりわからないんだけど」

「へえ、そうかい」ブッカーはまたも頭に血がのぼったようだ。「けさおまわりがふたり、自宅を訪ねてきて、おれをベッドから引きずり出してあれこれ質問していったんだよ！」

「あら、そう」セオドシアはそう考えながら、実際はこう心のなかでつぶやいた。あ、まずい。

「ゆうべ、あんたが立ち入った質問をあれこれしていったから、おまわりを差し向けたのはあんただと思ったんだよ」

「あなたのことを告げ口なんかしてないわ。そういう意味で言ってるのなら」そうは言ったものの見えすいたうそなのはわかっているから――どうしよう、うそにうそを重ねることになるかもしれない――あまり気分はよくなかった。ブッカーの名前をライリーに告げたのは事実なのだから。とはいうものの、ブッカーは重要な容疑者かもしれないのだから、ライリーに話したのはまちがってはいない。少なくとも、セオドシアの立場とすればそうだ。

　ブッカーは一歩うしろにさがった。「あんたじゃないのか？」

「あなたをベッドからたたき起こせなんて言うわけないでしょ」

「けど、告げ口したやつがいる」

「うーん、あなたはクラクストンさんと過去にいろいろあったんでしょ」セオドシアは言った。「助成金を取り消されたりして。ほかにもそれを知ってる人はいるはずじゃない」

ブッカーは疵《きず》だらけのワークブーツを見おろし、しばらくそのままながめていた。「そうだな」

「じゃあ、話は終わりでいい？　落ち着きを取り戻した？」

ブッカーは肩をすくめた。「とりあえずは」

「もう、こんなふうにいきなり訪ねてきたりしないでちょうだい、いいわね？」通りに目をやると、バイクが二台のSUV車にはさまれる恰好で置かれていた。「スコーンとお茶がほしいなら、普通の人のように入ってくればいいの」

「おれは茶は飲まない」

セオドシアはかすかな笑みを浮かべた。「飲んでみればいいのに」そう言うと彼に背を向け、さようならというように片手をあげたのち、ティーショップ内に引っこんだ。

「なんの問題もないかな？」ティーポットを持ってドレイトンの前を通り過ぎると、ドレイトンが小声で訊いてきた。

「いまのところはね」セオドシアは言った。「お客さまはショックを受けて、さっきのおかしな中断がいったいなんだったのかと首をひねってた？」

「一瞬だけだ。そのあと、ヘイリーとミス・ディンプルが野菜を添えたスコッチエッグを運ぶと、全員の視線がほぼ下に向けられたまま動かなくなったからね」

「助かったわ」セオドシアは額の汗をぬぐう仕種をして、満足そうに笑った。

「しかし、わたしがなにを考えていたかはわかるのではないかな？」

「わかってる。蜜蜂のお茶会を思い出したのよね。でも、ありがたいことに、誰も殺されずにすんだ」

「いまのところはな」ドレイトンは不吉な口調で言った。


一時間半後、若干のお客がテーブルに残っているものの、ほかの人たちはセオドシアが売り物として出しているお茶のギフトの品定めにいそしんでいた。いちばん人気があるのはポットカバーだ——ポットにかぶせる、猫やパンダやピンク色のネズミの形をしたキルティング素材のかわいらしいカバーだ。そのほか、〈T・バス〉というセオドシアのオリジナルのスキンケア用品もある——カモミール・カーミングクリーム、ラベンダー・ラブ・モイスチャライザー、それにローズ・ペタル・フット・トリートメント。けれども、セオドシアがブドウの蔓と小さなティーカップで手作りしたリースまでもが煉瓦の壁からはずされ、カウンターへと運ばれた。

セオドシアはそれらすべてを藍色の薄紙でくるみ、できるかぎり箱に詰めた。ひとりのお客に藍色の袋を渡したとき、ミニョン・メリウェザー・クラクストンがまだ店内にいるのに気がついた。というか、ようやく席を立ち——デレインとそのおばはしばらく前にいなくなっていたのに——セオドシアのほうに向かってくるところだった。

「ミニョン」セオドシアは近づいてくる彼女に声をかけた。

「すてきだったわ。とてもすてきだった」ミニョンは言った。「こんなに楽しくお茶をいただいたのはいつ以来かしら。パリに出かけたときに〈マリアージュフレール〉や〈ラデュレ〉でいただいたお茶もよかったけど」

パリという言葉がいい会話の糸口になった。

「デレインから聞いたけど、パリでの仕入れの旅から戻られたばかりとか」

「キング・ストリートに新しくオープンするわたしのブティック、〈ベル・ドゥ・ジュール〉のためのね。木工品制作のアトリエだった建物だから、もとのハートパイン材の床と、職人が使う架脚式テーブルふたつをそのまま残したの——品物を展示するのにぴったりだから。もちろん、内壁は淡い黄色に塗り直したし、パリで買い集めたたくさんのアンティークを並べるつもりよ。古い看板、オルゴール、レース、フランスのアンティークのシャンパングラス、たっぷりのアクセサリー」

「新しい品も置くんでしょう？」セオドシアは訊いた。

「山ほどね。香水、フランスの練り石けん、ブルジョワの選りすぐりの化粧品、フランス産のマカロン、イザベル マランのTシャツ……と言えば、だいたいの雰囲気はわかるわよね。そうそう、それとバレリーナというブランドの手縫いのランジェリーも扱うわ」彼女の頬に愛らしいえくぼが現われた。「あなたのお気に召すものもきっとあると思うわ」

「聞いているだけでわくわくしてきちゃう」セオドシアは言った。「チャールストンが必要としていた店だわ。Tシャツやペッパーソースを扱う観光客向けのお店はたくさんあるけど、地元のわたしたちはそれよりもう少し高級な店のほうがいいもの」

「小売店の開業に向けて動きまわったり、販売戦略を練ったり……頭がどうにかなりそうよ」ミニョンは言った。「学ぶことはたくさんあるし、店に商品を揃えるのは……これはもう、こんなにコストがかかるなんて思ってもいなかった。自己資金をすべて使い果たしてしまったの。オズグッドのお金と保険金を相続できる立場なのはラッキーとしか言いようがないわ。でも、ビジネスにかなりのお金がかかることも、イマーゴ・ギャラリーを相手取って訴訟を起こした理由のひとつなの。オズグッドの不慮の死がいくらかでもお金になればと思って」

「あなたが訴訟を起こしたことはホリーから聞いてる」セオドシアは言った。「ご主人が亡くなった責任を押しつけられて、とても動揺しているようよ」

「正確に言うなら、あとちょっとで元夫になるところだったのよ」ミニョンは片手をあげ、ひらひら動かした。「夫婦関係はとっくの昔に終わってたから」

「それなのに裁判に訴えるのね」セオドシアは話を打ち切られないよう、非難がましい口調になるのを必死でこらえた。

「当然でしょう」

「さっき、店に男の人が押しかけてきたでしょう？　ブッカーというアーティストなんだけど、もしかして彼を知ってる？」

ミニョンは首を横に振った。「知ってなきゃだめなの？」

「ホリーのところのアーティストのひとりで、ご主人と面識があるの」

「どういういきさつで？」

クラクストンが州の芸術委員会に影響力を持っていて、ブッカーに授与されるはずだった助成金を撤回させたのだと、セオドシアは手短に説明した。

「ちょっと待って」ミニョンは目を大きく見ひらき、頬を赤く染めて片手をあげた。「そのブッカーって人が恨みを抱いていたと考えてるの？　その人がオズグッドを殺害した犯人かもしれないってこと？」彼女は愕然としていた。

「同じことをわたしも思ったわ。でも、あらためて考えてみると……うーん、はっきりしたことは言えないという感じ」

「でも、可能性はあるんでしょう？」

「半々というところかしら」

「いまのブッカーという人の話だけど、警察にも伝えた？」

「ええ。そのせいで彼はここに乗りこんできたの」

「あなたが疑惑の矛先を彼に向けたと思ったのね？」

「そうみたい」

ミニョンはしばらく黙っていたが、やがて口をひらいた。「本気で容疑者を見つけ出したいなら……」世間話をするような口調だったが、セオドシアはその奥にひやりとするものを感じた。

「えっ？　容疑者に心当たりがあるの？」

「ジニー・ベル」ミニョンの顔にけわしい表情がよぎった。「オズグッドがこの三年間、つき合ってた女」

はじめて聞く話だった。「本当なの？」

ミニョンは好奇心旺盛なカササギのように、首を傾けた。「ええ、もちろん」

「で、そのジニー・ベルという人がご主人を殺したかもしれないと考えているのね？」セオドシアは驚くと同時に好奇心をかきたてられた。

ミニョンはセオドシアの肘をつかんで、石造りの暖炉のそばの物陰まで引っ張っていった。

「ジニー・ベルは不誠実な悪女よ。あの女はあの手この手を尽くして、オズグッドを自分のものにし、わたしたち夫婦の仲を裂こうとしたの。もちろん、最終的には成功したわけだけど。オズグッドときたらすっかり舞いあがってミス・ベルといちゃいちゃしてたわ。どれだけ待ったところで彼女と結婚なんかできなかったでしょうに」

「申し訳ないけど、おふたりは離婚に向けて手続きをしていたとばかり」セオドシアは言った。「だから、ご主人はジニー・ベルさんと結婚するつもりだったんでしょう？」

「ううん、ちがうの。そんなことは一瞬たりとも信じちゃだめ。実際のところ、ふたりの関係は数ヵ月前に終わってたんだから」ミニョンはいったん言葉を切った。「しかも、いい別れ方じゃなかったみたい」

「そう」

ミニョンは声を落とした。「聞いた話だと――あくまで噂話だけどね――ジニー・ベルは彼にものすごく怒ってたらしいの。それこそ、錯乱して復讐を考えるくらい怒ってたみたい」

セオドシアはしばらく時間をかけてミニョンの話を考えた。

「ちょっと待って、つまり、ジニー・ベルさんは恨んでいたと言ってるの？　彼女が殺したかもしれないと？」

ミニョンは人差し指を立てた。「そんなことは言ってないわ」

「はっきりとは言ってないけど、そういうことなんでしょう？」

「そうね、そういうつもりで言ったんだと思う」

「なにか証拠はあるの？」

「そんなものがあれば、すぐさま警察に駆けこんでるわよ」ミニョンは言った。「だって、今後二十年間、ジニー・ベルがグラハム矯正施設にぶちこまれるなんて最高だもの」

お客が全員いなくなると、セオドシアはミス・ディンプルと一緒にテーブルの上を片づけ、それが終わるとドレイトンがティーポットを拭いている入り口近くのカウンターににじり寄った。

「もしかして、ミニョンとわたしの会話が聞こえた？」

「怒りに燃える、近々、元妻になる予定だった女性かね？」

「じゃあ、聞こえてたのね」

「ところどころ聞こえたよ。彼女の腹立ちまぎれの言葉を聞いているうちに、きみは頭がくらくらしたのではないかね？」

「むしろ、いろいろ考えさせられた。最初はラマー・ラケットさんを容疑者と見なした。すると、ラケットさんがミニョンを犯人だと名指しした。そしたら今度はミニョンがジニー・ベルという人が犯人だと言い出した。このなかの誰が、クラクストンさんを殺す充分な動機を持っていてもおかしくない」

「あるいは、やはりブッカーの仕業かもしれんしな」とドレイトン。

「たしかに。ブッカーさんの仕業かもしれない。ああ、もう頭のなかがぐちゃぐちゃだわ」

「まったく、ひと筋縄ではいかんな」

「わたしが気になっているのは、お金がほとんどないとミニョン本人が言ってたこと。それと、クラクストンさんが亡くなったことで受け取る保険金を当てにしてて、しかも、イマーゴ・ギャラリーを相手取った訴訟で勝つつもりでいる」

「捕らぬタヌキの皮算用というわけか」ドレイトンは言った。「滑稽《こっけい》でお気楽に聞こえる言いまわしだが、それが意味するところはひじょうに不吉だ」

「わかってる。ミニョンがクラクストンさんを殺した犯人だとしたら？」

ドレイトンは清潔な布巾を一枚取り、赤褐色のティーポットの内側を拭いた。

「保険金を受け取るために女性が夫を殺すのは、これが最初というわけではあるまい。シェイクスピアの悲劇にありそうではないか。もっとも、当時は保険などなかったろうが」

「お金はあったわよ」

「ごもっとも」

「数年前、おそろしい女性がいたのを覚えてる？　グース・クリークのアナスタシアなんとかって人だけど」

「アナスタシア・ゴッダードだ」

「夫の頭を芝刈り機でひいて、最終的には殺してしまったわよね。それでいて、保険金を受け取りたいから事故だと主張した」

「日曜日のあれは事故ではない」ドレイトンは言った。「冷酷な殺人事件だ」

「しかも計画的な殺人だった」セオドシアは同意した。「というのも、どんな毒物を使うかを決めるのは容易じゃないもの。それに犯人はクラクストンさんを最初からねらっていて、彼を混乱させ、気を失わせておいて、銃で始末した」

「しかも、周囲にいた人はひとりも殺していない」ドレイトンは顔を上向け、自分があのガスを浴びたときのことを思い出そうとした。「視界を悪くし、その場にいた人たちの具合を悪くさせるだけにとどめた」

「で、オズグッド・クラクストンさんを殺したいほど憎んでいたのは誰かしら？」

「全員だ」ドレイトンはモロッカンミント・ティーを注ぐと、カウンターの上をセオドシアのほうに滑らせた。

「人を憎むのと、殺人までおかすのとはまったくの別物よ。よっぽどの覚悟と冷酷さがなくては」セオドシアはお茶を少し飲んだ。

「ミニョンのような？」

「それはなんとも言えないけど。彼女も容疑者グループのひとりと考えていい。それにジニー・ベルという人物も忘れてはいけないわ。ミニョンの話では、クラクストンさんはその女性と関係があったらしいけど、いい別れ方をしなかったみたい」

「きみが言っているジニー・ベルとは、芸術連盟を率いているジニー・ベルのことかね？」ドレイトンが訊いた。

セオドシアは持っていたティーカップをあやうく落としそうになった。

「知ってる人なの？」

「個人的に知っているわけではないがね。わたしが知っているジニー・ベルならば、芸術連盟の理事長だ。小さな非営利団体で、芸術の授業を開催し、アーティストたちに少額の助成金をあたえ、無料の芸術関連事業、学校や地域社会での講演会をあと押ししている」

「きっと同じ人だと思う。とにかく、ようやく興味を持ってもらえたみたいね」セオドシアは言った。「このジニー・ベルという人に会ってみようかと思うの」

「どうやればいいのか、見当もつかんよ」

「あら、見当ならつくわ。電話すればいいの」

「いまかね？」

「ううん、ドレイトン、次の火曜日よ。冗談だってば。いますぐジニー・ベルに電話する。彼女と話せるようなら、核心を突く質問をいくつかぶつけてみるつもり」

11

「ごちゃごちゃだわ」自分のオフィスに入るなり、セオドシアは誰にともなくつぶやいた。ごちゃごちゃというのは片づけぎらいの自分のデスクとクラクストン殺害事件の両方を指してのことだ。とはいえ、どちらもきょうのうちに片づくものではないから、彼女は椅子に腰を落とし、山になったお茶の雑誌をわきにどけ、芸術連盟の電話番号を調べてかけた。

けれども、応答した快活な声にジニー・ベルと話したいと伝えると、いまは席をはずしていると告げられた。

「申し訳ございません」陽気な受付係は言った。「ジニー・ベルはただいま会議に出ておりまして。差し支えなければご伝言を承ります」

「困ったわね。どうしても彼女と連絡を取りたいの。大事なことなのよ」

「今夜、こちらで資金集めのパーティがありますので、もうじき戻ると思います」

「資金集めのパーティ?」セオドシアはたちまち元気になった。

「はい。年に一度のオークションです。寄贈された芸術作品の。地元の名のあるプロによる作品もいくつかありますが、多くはアマチュアの作品です。けれども、慎重にキュレートし

ておりますので、いい内容ですよ」受付係は忍び笑いを洩らした。「三ヵ月近く、取り組んできましたから」

「誰でも参加できるんですか？」セオドシアは訊いた。

「もちろん、どなたでも歓迎です」受付係は言った。「小切手帳をお持ちになるのをお忘れなく」

セオドシアは電話を切ると椅子をぐるりとまわし、今夜の芸術連盟のオークションに行ってみるのもいいかもしれないと思った。まずいことになるわけじゃないんだし。ドレイトンを誘って、一緒に行ってもらってもいい。

けれどもティールームに戻ってみると、ドレイトンはいま頭のなかがいっぱいらしかった。

「ずっと考えていたのだがね。きみだけが大胆にも偽の養蜂家のあとを追った。われわれはその養蜂家を男、男性という呼び方をずっとしてきている」ドレイトンは言葉を切った。

「でも、女性だった可能性はあるだろうか？　ミニョンだった可能性は？」

「考えられなくはないと思う。場合によっては、ジニー・ベルとも考えられる」セオドシアは言った。「まだ会ったことはないけど」彼女はしばらくドレイトンの疑問についてあれこれ考えた。「なんとも言えないわね。偽の養蜂家を追いかけてたときは怒りでなにもわからなくなってたから、くわしい人相風体までは頭に浮かばないの」

「偽の養蜂家は背が高かったかね？　低かったかね？」

「本当に思い出せない」

「直感ならどうだね？　襲撃者の雰囲気なり印象なり、なにか覚えていないかね？」

「彼、あるいは彼女からものすごい量の怒りがわいているように感じたわ。それと毒ガスをまくときにどこか得意そうで満足そうな様子だった。うまくいったから、ほくそえんでいるみたいな。そのくらいかしら」

「それだけでも充分すぎるよ」入り口のドアが小さくあく音がして、ドレイトンは振り返った。「お客さまにしては遅い時間だな」彼は腕時計に目をやってつぶやいた。

セオドシアもドアのほうに目を向けた。とたんに意気消沈した。

バート・ティドウェル刑事が肩をわずかにすぼめ、息をはあはあいわせながらセオドシアたちのほうにやってきた。警察支給のずっしりとした靴が木の床をたたく、カツカツという音が響きわたった。

「ティドウェル刑事」セオドシアは声をかけた。「お茶を飲みにいらしたの？」

ティドウェル刑事はいちばん近いテーブルに進路を変えると、なにも答えずにどっかりと腰をおろした。きょろきょろとあたりを見まわし、汚れた皿を入れた洗い桶を持ったミス・ディンプルに気づくと、いつものように怖い顔でにらみつけた。ミス・ディンプルは大急ぎで厨房に引っこんだ。

「感心しないわね」セオドシアは刑事の向かいの椅子にするりと腰をおろした。

「ん？」ティドウェル刑事はしらんぷりを決めこんだ。

「年配女性を脅かすなんて。どんな女性にもそんなことをしてはだめよ」

「そんなつもりはなかったのですがね」

「いいえ、あったに決まってるわ」セオドシアはごまかされるつもりはなかった。「で、ご用件は?」

「クラクストン殺害に関し、あといくつかうかがいたいことがありましてね」

「そうだと思った」

「犯人を追いかけるという愚かしい決断をくだしたとき、なにかが目に入るか、目を引くものがありましたかな? なぜあらためてお訊きするかと言えば、この二日で事件を振り返ることができたのではないかと思うからです」ティドウェル刑事はぼさぼさの眉の片方をあげた。「時間の経過とともに記憶力が改善したのではないですかな?」

「残念ながらそんなことはないわ。というか、さっきドレイトンにも同じことを訊かれたけど」

「で、ミスタ・コナリーにはなんと答えたのですか?」

「これといったことはなにもないと」

「しかし、なんらかの印象を受けたのでは? あるいは予感とか?」

「ずいぶんと非科学的なことを言うのね。警察は普通、事実に基づいて動くものなんじゃないの?」

「まあ、そうおっしゃらず」

「うそじゃない。本当になにもないの」

ティドウェル刑事は椅子の背にもたれ、ぎょろりとした目をぎらぎらさせながらセオドシアを見つめた。「なんにもですか？」

「ええ」

「けっこう。ではひとつお願いがあります」

「ええ」

「この件に首を突っこまないでいただきたい」

「それは約束できないかも」

ティドウェル刑事は不服そうに口をすぼめた。

「いえ、約束していただきます。捜査を混乱させるようなまねをしてはなりません」

「というと？」

「事件にはかかわらないでいただきたい。容疑者を求めてあちこち捜しまわらないこと。本件には市長および警察署長も強い関心を持っておりますので、イマーゴ・ギャラリーのお友だちの救世主になろうなどと考えなくてけっこうです」

「ホリーとジェレミーが努力して築いてきたものをすべて失うのを、指をくわえて見ていろというの？」

「おふたりともきっとりっぱに乗り越えますよ」

「わかってないのね。委託を受けて制作した作品がキャンセルされたり、アーティストたちがふたりのもとを去ったりしているのよ」

「ええ、わかっていますとも」ティドウェル刑事はテーブルを指でコツコツたたいた。

「しかも、ミニョン・メリウェザーがイマーゴ・ギャラリーを相手取って訴訟を起こすというのよ」

ティドウェル刑事はテーブルをたたくのをやめ、セオドシアをすばやく見つめた。

「ミセス・クラクストンが訴訟を起こすですと？」

「そうよ」

「それは把握しておりませんでした」

「これで把握したわね。で、ミニョンは容疑者なの？」

ティドウェル刑事は顔色ひとつ変えずに答えた。「それは警察の機密情報になるでしょうな」

「いいじゃないの、そのくらい教えてくれたって」セオドシアは声に苛立ちがにじみ出てくるのを感じながら言った。「警察がベン・スウィーニーから話を聞いたことはわかってるのよ。ブッカーという名前で活動しているアーティストからも。それにおそらくはラマー・ラケットと、ひょっとしたらジェレミー・スレイドからも」

ティドウェル刑事はしかつめらしい顔でセオドシアをぎょろりとにらみつけた。

「そんなことをなぜご存じなんです？」

彼女は顔をゆがめてほほえんだ。「まわりを見てごらんなさいな。わたしはティーショップを経営しているのよ。いろいろな人が集まってきて、おしゃべりを楽しむ場所を」

ティドウェル刑事はセオドシアに向かって指を振りたてた。「ちがいますな。あなたのほうから質問しているに決まっています。だから客は話す。あなたはご自分の魅力でもって、客からおいしい情報をいろいろと聞き出し、それらを継ぎ合わせているんです」

「優秀な捜査員はそうするものでしょう? こまごまとした重要な情報をひとつにまとめ、経験に基づいて目星をつけるんでしょう?」

ティドウェル刑事は椅子の背にもたれた。「やれやれ」

セオドシアはにんまりとした。「図星のようね、ちがう?」

ティドウェル刑事はしばらく黙っていたが、やがて口をひらいた。

「この事件はあなたが首を突っこんでいいものではないのです」

「どうして?」セオドシアは言い返した。

「危険な目に遭うからです。クラクストンと数人のお客の体の自由を奪ったガスを分析した結果、パワーアップさせたマスタードガスの一種と判明しました」

「マスタードガスは第一次世界大戦以降、使われなくなったものと思ってたわ」

「残念ながらそうではありません。しかしながら、今回の犯行に使われたガスは漂白剤とアンモニアの混合物でして、混ぜるとクロラミンが発生します」

「じゃあ、犯人は化学者ということ?」

「考えられますな」ティドウェル刑事は言った。「あるいは、一部の化学薬品、あるいは工業用の強力洗剤の入手が可能な人物か」

「犯人が落としていった銃はどうなの？」

「どうなの、とは？」

「指紋は検出された？」

ティドウェル刑事は指を左右に振った。

セオドシアは頭のなかに犯人の姿を思い描いた。公園内を走り、セオドシアの追跡を逃れ、犬に挑みかかっていく姿を。「なぜならば、犯人は手袋をしていたから」

「殺人にうってつけの恰好をしていましたからな」ティドウェル刑事は言った。「ナイロンのつなぎ、顔を見られるおそれのないヘルメット、ブーツ、そして手袋」

「犯行は入念に準備されたものだった。それはたしか。そう考えると、犯人はそうとう頭がいいと思わざるをえないわ」

「それほど頭がいいわけではありませんよ。犯罪者はみな、さほど頭はよくないのです」ティドウェル刑事は急に立ちあがり、そのせいで膝が鳴った。「なぜならば、いずれわたしが捕まえるからです」

わたしが先に捕まえなければね。セオドシアは心のなかでつぶやいた。

ティドウェル刑事が引きあげると、身をひそめていたミス・ディンプルが出てきた。

「さっきの人はもうお帰りになりましたか？」彼女はあたりを見まわした。

「もう大丈夫だよ、ミス・ディンプル」ドレイトンが安心させるように言った。

「よかった。ヘイリーが言うには、あの方はえらそうな口をきいているだけだそうですけど、死ぬほど怖くて」

「でも、本当はなんの悪気もないの」セオドシアは言った。「ティドウェル刑事はこれまで何件もの危険な事件を解決してきたのよ」

ミス・ディンプルは淡いピーチ色のスカーフを首に巻いた。「そうなんでしょうかねえ」

「木曜のグラム・ガールのお茶会はお手伝いしてもらえるということでいい？」

「さっきのぽっちゃりした刑事さんも来るんでしょうか？」

セオドシアはほほえんだ。「約束する、ティドウェル刑事はいらっしゃらないわ」

「だったらかまいませんよ」ミス・ディンプルはニット素材のコートを着こみ、ドアに向かった。「ではまた木曜日に」

「お疲れ」ドレイトンは言ってからセオドシアに向き直った。「ジニー・ベルとのやりとりはどうだったのか、まだ話してもらっていないが」

「やりとりできてないんだもの。不在だったから」セオドシアは指を一本立てた。「でも、今夜、わたしたちが彼女を問いつめる絶好のチャンスがありそうなの」

「わたしたち？　ということはきみとわたしということか？　またきみのサポート役をつとめねばならないのかね？」

「たまたま、芸術連盟が今夜、大きなオークションを開催するんだもの。年に一度の資金集めのイベントなんですって。電話に出た受付の人によれば、誰でも歓迎だそうよ」

「で、きみは本当にジニー・ベルを容疑者とみているのかね？」

「ねえ、ドレイトン、彼女はクラクストンさんと熱烈な恋愛関係にあったのよ。それを、クラクストンさんのほうから解消した。ミニョンの言うことを信じるとすれば、ジニー・ベルは腹をたてると同時に屈辱を感じていたらしいの」

「彼を殺すほど腹をたてていたのだろうか？」ドレイトンは尋ねた。

「昔のことわざにこんなのがあるわ。振られた女の怒りほど……」

「激しいものは地獄にもない」ドレイトンがセオドシアのかわりに最後まで言った。日本の緑茶の缶を手に取って、しばらくラベルをながめたのち、カウンターに置いた。「わかった、わたしもお供しよう。きみがジニー・ベルを厳しく問いつめるあいだ、わたしはオークションにかけられる美術品を品定めするとしよう」

「最高」

「なにが最高なの？」ヘイリーの声がした。厨房からふらりと出てきた彼女の顔には、いくらか疲労の色が浮かんでいた。

「きみのことだ」ドレイトンが言った。「きょうはきみのランチメニューを賞賛する言葉が山のように来ているが、それを伝える勇気が出ないのだよ。この店に見切りをつけて出ていき、自分でパン屋を開業するか、レストランを始めるかするんじゃないかと怖くてね。われわれを見捨てるんじゃないかと心配でたまらんのだ」

「もう出ていくけど」ヘイリーは言った。「それは家に帰るためだからね。見捨てるわけじやないよ」ヘイリーはかぶりを振った。「そういうことよね？　見捨てるとかってのは？」

「これからもおいしいスコーン、ティーブレッド、ランチを作りつづけてくれるなら、なんの文句もないわ」セオドシアは言った。

ヘイリーはうしろに手をやって、きれいなブロンドの髪をポニーテールにまとめ、シュシュでとめた。「あのさ、あたしがこのお店をとても気に入ってるのはわかってるでしょ」彼女はあくびをした。「さてと、もう帰るね。今夜は忙しいんだから」

「ベンが迎えに来てくれるの？」セオドシアは訊いた。

「ううん、明日の夜に集まって、ビーフブラチオラの新しいレシピをためすことになってるんだ。今夜は料理学校で上級のケーキデコレーション講座があるの」

「ほらな」ドレイトンはセオドシアに言った。「やはりヘイリーは自分のパン屋をひらくつもりなのだよ」

「いずれはそうするかも」ヘイリーは言った。「でも、すぐってわけじゃないよ」

「以前、言っていたアメリカン・ビストロの講座のほうはどうなっているの？」セオドシアが訊いた。「炙《あぶ》りブッラータチーズ、チミチュリ、ローマ風ニョッキの作り方を教えてもらうんじゃなかった？」

「それは来学期」とヘイリー。

「うまそうだ」ドレイトンが言った。「いまから待ちどおしい」

天使のお茶会

天使のお茶会は、教会の友人や親しい親戚、あるいはお子さまにぴったり。ティーテーブルを天使のような白で統一し、集められるだけの天使像を飾り、美しい花束を添えてください。食器は白またはピンクが最適で、フィッツ＆フロイドのチェルビニーニのプレートがお勧めです。お気に入りの聖書の文言（たとえば、ヘブライ人への手紙13章2節〝旅人をもてなすことを忘れてはならない。そうすることで、ある人たちは天使たちをそうとは知らずにもてなしました〟など）があれば、それを紙に印刷してプレースマットにしたり、あるいは小さな記念のブーケと一緒にプレゼントするとよいでしょう。天使のお茶会のひと品めはホワイトチョコのスコーンにクロテッド・クリームを添えて。メインディッシュは、エンジェルエッグかエンジェルヘアーパスタがぴったり。デザートには、ディバインファッジ、あるいはエンジェルフードケーキがお勧めです。お茶は、ハーニー＆サンズのホワイトピオニーやアプトン・ティーのヤオバオ・ホワイトティーなどの白茶をどうぞ。

12

芸術連盟はクーパー川の近くを走るベイ・ストリート沿いに建つ、改築された倉庫にオフィスをかまえていた。赤煉瓦造りの巨大な建物は、業務用カーペットとトラック照明を新しくしつつ、天井の梁と不揃いの煉瓦壁の大半は、あえて前のまま残してあった。芸術関係の団体が入居するのにぴったりな歴史的建造物が再利用される例はこの国でも何千とあるが、ここもそのひとつのようにセオドシアには思えた。

セオドシアとドレイトンは〝資料室〟や〝類似の演奏家〟という表示のついた扉が並ぶ廊下を歩いていった。芸術連盟にたどり着くと、正面ドアの前に立つ若い女性が片手を差し出した。「チケットを拝見します」

「持ってないの」セオドシアは言った。

「でしたらおひとり三ドルいただきます」女性はそう言い、さらにこうつけくわえた。「入場料というより寄付としていただいています」

「かまわないわ」セオドシアが六ドルを渡し、ふたりはすでに人で満杯の、明るく照らされた大きな部屋に足を踏み入れた。絵画を立てかけたイーゼルや陶磁器がぎっしり置かれたテーブルのまわりに人が集まっている。さらに、壁のいたるところに油彩画とアクリル画が飾られ、まるでカラフルな切手を寄せ集めたみたいに見える。奥にはバーが設置され、ＤＪがサウンドボードを操り、数人の給仕が前菜をのせたトレイを手に動きまわっていた。

「たいしたものだ」ドレイトンが言った。「客は大勢集まっているし、作品もべらぼうにたくさんあって選びたい放題ではないか」

「そうは言うけど」とセオドシア。「まだ作品そのものはまともに見てないのよ。すべて素人によるものという可能性もあるわ」

けれども、人混みをかき分けながら進んでいくと、オークションにかけられる作品はどれもとても質が高いものだとわかった。ドレイトンは現代的なデザインのティーポット――黄色い持ち手のついた四角い形の青い磁器――をさっそく見つけ、値をつけた。一方、セオドシアはチャールストン港の荒波を航行していくヨットレガッタを描いた水彩画を見つけ、やはり値をつけた。

「入札形式のほうが一般的なオークションよりも洗練されているな」ドレイトンが言った。

「値段を大声で叫ばなくてすむ」

「でも、自分が値をつけたあとにやってきた人が、もっと高い値をつける可能性もあるわよ」セオドシアは指摘した。「その場合は引き返して、それより高い値をつけなきゃならないわ」

「鋭い」

ふたりは作品をながめたり、小声でおしゃべりしたり、ジニー・ベルはどこかと目を配りながら、会場内をぶらぶら歩きまわった。

「どの人が彼女なの?」セオドシアはドレイトンに訊いた。それらしい恰好の若い女性が何人も、せかせかと動きまわっている。

「それがよくわからんのだよ。彼女とは一度しか会ったことがないのでね」

「じゃあ、人に訊くしかないわね」セオドシアは言った。「すみません」と、大きなキャンバスを持ちにくそうに抱えながらそばを通りかかった若い男性に声をかけた。「芸術連盟の方かしら?」

男性は足をとめてうなずいた。「会員のコーディネーターをしているダンカン・ホールです」

「ジニー・ベルを捜してるの」セオドシアは言った。「どの人だか教えてもらえる? 会場内にいるのなら」

「ジニー・ベルは今夜ここにいるはずですよ」ダンカンは抱えていた絵を持ち直そうとしながら言った。「当連盟最大の資金集めのイベントですから」彼はあたりを見まわしたのち、うなずいた。「あそこにいます。黒いビロードのブレザーにロングスカートの女性がジニー・ベルです。年配のご夫婦と会話中です」

セオドシアは人混みのなかにジニー・ベルの姿を認めた。少々ゴス風の外見にくわえ、黒い髪をショートにし、弓形の黒い眉と鋭角的な顔立ちの持ち主だった。顔色が悪く、メイクはまったくしておらず、真っ赤な口紅を引いているだけだ。

「ありがとう」セオドシアはダンカンに礼を言った。「ところで、彼女のことをいつもジニー・ベルと呼んでいるの？」誰もかれもが彼女をフルネームで呼んでいるらしく、セオドシアにはそれがおもしろかった。「ミス・ベルとか、あるいはジニーと呼んだりする？」

ダンカンは首を振った。「全員がいつもジニー・ベルと呼んでいますね。理由はわかりませんけど、みんなそうしています」

「そう、あらためてありがとう」セオドシアはドレイトンに向き直った。「あなたは最初にどうしたい？　ジニー・ベルに話を聞きにいくか、軽食を少しいただくか」

「軽食だな。きみが彼女を質問攻めにしたあとでは、居づらくなるだろうからね」

ふたりはバーカウンターまで行って白ワインをふたつ頼み、小さなカフェテーブルを見つけてすわり、ワインを飲んだ。今夜ここに集まっているのは二十代、三十代がほとんどで、そこに裕福な年配夫婦がぽつんぽつんと見受けられる。おそらく芸術連盟は、財力のある本格的な収集家タイプが入札額を吊りあげてくれることを期待しているのだろう。

「セオ？」ドレイトンがセオドシアを見つめていた。「前菜をどうだね？」彼は給仕係を捕まえ、セオドシアがパテをのせたクラッカーを食べるかどうかと訊いていた。

「ねえ、ドレイトン？　せっかくだけどパスするわ」セオドシアは腰を浮かせ、人混みに目をこらした。「ちょっと行って、ジニー・ベルを捕まえるわ。いくつか質問してくる」

「幸運を祈る。きみのワインをしっかり見張っていよう」

セオドシアはますます増えつづける人混みを押し分けていった。背が高くて優美な金属の彫刻をのせたプレキシガラスの楕円形の台三つをまわりこむと、前方にジニー・ベルが見えた。さっきのコーディネーターのダンカンになにやら言っていて、ダンカンのほうはうなずくと、足早に立ち去った。

「ミス・ベル」セオドシアは声をかけ、小さく手を振った。「ジニー・ベルさん」

ジニー・ベルは急に立ちどまり、名前を呼んだのは誰かとあたりを見まわした。セオドシアが自分のほうにまっすぐ歩いてくるのに気づくと、ジニー・ベルはにこやかにほほえんで待った。

「今夜はものすごくお忙しいと承知してますが」セオドシアはいくらか息を切らして言った。「でも、どうしてもお話ししたいことがあって」

「忙しいなんて言葉では言い表わせないわ」ジニー・ベルは言った。「こんなに大勢の人が来たなんて信じられる？　プレスリリースを数えきれないほど書いて、精根尽き果てるまで地元のトーク番組に出なきゃならなかったけど、情報を流せば必ず報われるってことね」

「どんなマーケティング活動をされたのかはわからないけど、大きな効果があったようですね」セオドシアは言った。近くで見ると、ジニー・ベルは三十代後半で、肌が透けるほど白い。こうして面と向かうとセオドシアは怖じ気づきはじめた。

「お会いするのははじめてね」ジニー・ベルが言った。

「ええ。わたしの名前はセオドシア。セオドシア・ブラウニングといいます。ティーショップを経営——」

「そして芸術を愛している」ジニー・ベルはセオドシアの話をさえぎった。「すばらしい」

「わたしたちの利害関係には一致している部分があると思われるので、簡単な質問をいくつかさせてください」

「もちろんいいわ」ジニー・ベルは言った。「芸術連盟についてもっとくわしく知りたいということなら、わたしどもの基本綱領から引用するわね——当団体は美しい知識とイメージを渇望する、あらゆる年齢の人類に芸術および芸術教育をもたらすために存在する非営利団体である」

「すばらしいわ」セオドシアは言った。「でも残念ながら、うかがいたいのはもっと個人的な事項なんです」

「というと？」

「ご存じでしょうけど、二日前、オズグッド・クラクストンさんが殺害されました」

クラクストンの名前が出たとたん、ジニー・ベルの顔に黒い幕がおりた。

「お断りよ」その声はぶっきらぼうで、喧嘩腰といってもよかった。「あの男に関することはすべて、きわめて個人的なことだから、いかなる質問にも答えるつもりはないわ。あなたが誰だろうと関係ない」ジニー・ベルはセオドシアの顔色をうかがった。「お名前はなんといったかしら？」

けれどもセオドシアはたじろがなかった。「クラクストンさんがとても残忍な形で殺されたから？　それとも最近になっておふたりの……ええと……関係に終止符が打たれたから？」

ジニー・ベルの真っ赤な唇がゆがんだ。「ずいぶんとぶしつけなことを訊くのね。そもそも、なぜこんなことに関心があるの？」

「イマーゴ・ギャラリーの友人の窮地を救おうとしているとだけ、言っておきます」

「そのために、わたしの私生活に立ち入ろうというの？」

「それに、いくつか噂も聞いたので」

ジニー・ベルの顔に、なるほどという表情がひろがった。「わかったわ、陰険女のミニョン・メリウェザーがわたしについて悪意に満ちたうそを並べたてたのね？」

「さあ。全部うそなんですか？」

「うそに決まってるでしょうが」ジニー・ベルはわめいた。「クラクストンの死のことで訊きたいことがあるなら、というか、どうやらそのようだけど、あいつの死を望んでる者がいるとしたら、ミニョン以外に考えられないわ」

「彼女が殺したと考えているんですね？」セオドシアは迫った。

ジニー・ベルはせせら笑った。「あの女は頭がそうとういかれてるもの、人殺しだってしかねない。薄情者で金に貪欲な最低の女だわ。しかも、殺し屋を雇って汚れ仕事をやらせるようなしたたかさも持ち合わせてる」

「クラクストンさんの事件に関し、警察からは話を聞かれましたか？」

ジニー・ベルは口をへの字に曲げた。「あいにく、警察はすでにわたしの存在を突きとめ

くるりと向きを変えて歩き去った。

悪いけど、イベントに集中してお客さまの応対をしなくては」そう言うと、ジニー・ベルは

き集められるだけの情報を捜査員に提供した」彼女は大きく息を吸うと顎をあげた。「さて、

「ええ、伝えた。事件に巻きこまれた身である以上——もちろん、心ならずもだけど——か

「ミニョンが犯行に関与した可能性があることは伝えたんですか？」

たわ」

「どうだった？」ドレイトンが訊いた。テーブル席でくつろぎ、あいかわらずワインを口に運んでいるところへセオドシアが戻ってきたのだ。

「どうだったもこうだったもないわ。ジニー・ベルはたちまち、貝のように口をつぐんじゃったんだもの」

「意外とは思わんな。おそらくクラクストンとの関係を持ち出されて決まりが悪かったのだろう」

「決まりが悪いというよりも、怒ってる感じだった。で、彼女が誰を犯人と名指ししたかわかる？」

ドレイトンはしばらく考えてから口をひらいた。「当てずっぽうで言ってみるが、ミニョンだろうか」

「当たり」

「不倫の話が信じるに足るものなら、あのふたりの女性は互いに毛嫌いしていたことだろう。いや、それを言うなら、いまも同じだろうな」

「ふたりが面と向かったら、第三次世界大戦もかくやという状態になるでしょうね」セオドシアは腰をおろし、力なく椅子にもたれかかった。「わざわざ出かけてきたけど、時間の無駄だったかも」

「わたしはさっきのティーポットを手に入れられれば、そこまでは思わないな。引きあげるときに入札額を確認するよう言ってくれたまえよ」

「ところで給仕の人はどこに行っちゃったの?」セオドシアは言った。「いますぐ、なにかつまみたいのに。血糖値をあげてくれるものがほしいの」彼女は前菜のトレイを持った給仕の姿を求めてあちこち見まわしたが、ふと気づくと、部屋の反対側にいる見慣れた顔をじっと見つめていた。ここにいる誰よりも、ほぼ頭ひとつ分背が高い、ぼさぼさの髪の持ち主だった。セオドシアは驚いてドレイトンを肘で軽く押した。「放蕩《ほうとう》息子のように、いましがた入ってきた人を見て」そう言って入り口の方向をそれとなく指さした。

「ブッカー」ドレイトンは画家の姿を認めて言った。「今夜は顔を出すのかどうか、気にかけていたのだよ」

今夜のブッカーはセオドシアが先日見たときよりも見苦しくない恰好だった。赤と黒の格子柄のシャツ、ブルージーンズはベルトから銀色のチェーンをぶらさげており、ドクターマーチンのものとおぼしき黒くてごついブーツを履いている。ちりちりに縮れた髪をひとつにまとめ、そこそこ見られるポニーテールにしていた。

「あの男もこの企画に参加しているひとりなのだろうか？」ドレイトンが訊いた。「彼の作品が展示されているのを目にしたかね？」

セオドシアは首を横に振った。「とくに気づかなかったけど。もっとも、絵はちゃんと見てないから」

「彼の作品は独特だという話だったね？」

「殴り書きした文字や模様、それに奇妙な顔が多いわ。風変わりな動物も描かれてる」

セオドシアとドレイトンが魅入られたように見つめるなか、ブッカーは軽快な足取りで人混みをかき分けていった。やがてジニー・ベルを見つけると、急いで駆け寄ってあいさつをし、強く抱き締めた。彼女のほうもうれしそうに抱擁を返した。

「ふたりは知り合いのようだ」ドレイトンは言った。

「そうね」

「きょうわれわれの店に押しかけてきたときは、ブッカーがあんなにも愛想がよくて人好きがするとは思いもしなかったよ」

「同感」セオドシアは親しげに語らうブッカーとジニー・ベルを用心深く見守った。ふたりの笑顔と仕種からすると、よく知った間柄のようだ。単なる友人以上の存在かもしれない。そう思ったとたん、セオドシアの頭をおぞましい考えがよぎった。ジニー・ベルとブッカーが親密な仲ならば——しかもふたりともオズグッド・クラクストンを激しく憎んでいた——

ジニー・ベルがブッカーを説き伏せてクラクストンを殺させたということも考えられるのでは？　もしかしたら、それほどせっつく必要はなかったかもしれない。なにしろブッカーは、クラクストンに助成金を取り消されたことをいまだに根に持っているのだから。

「なにを考えているのだね？」ドレイトンが訊いた。セオドシアがあれこれ思案しているのに気づいたのだろう。

「ジニー・ベルはクラクストンさん殺害の黒幕なんじゃないかしら」

「彼女が彼を殺したということかね？」

「さもなければ、ブッカーを口説いて殺させたか」

ドレイトンはあらためてふたりの様子をうかがった。ブッカーがジニー・ベルの耳に何事かささやくと、彼女は頭をのけぞらせ、おかしそうに大笑いした。「昔からの仲良しみたいに見える」

「ひょっとしたらジニー・ベルが裏で糸を引いているのかも」セオドシアはしばし目を閉じ、すぐにあけた。「あ、そう言えば」

「どうしたのだね？」

「たしか、ブッカーさんはバイクに乗っているはず。警察が事件にはバイクがからんでいると言ってたのを覚えてる？」

「ベンのではないかと警察がにらんでいるバイクだな」

「でも、そうじゃなかった。偽の養蜂家を追いかけたあと、音が聞こえた気がしたの。野太い騒音がしているのは頭の片隅で気づいていたけど、警察がベンをあやしみはじめるまでバイクの音だとは思ってなかった。たしかブッカーさんはバイクを持っていたはず。そう言えば、きょうの午後、ティーショップの外にバイクが一台とまってたわ。彼のかしら？」

「どうだろうな」ドレイトンは言った。「たしかにブッカーはバイク乗りらしく見えるし、恰好もバイク乗りらしい。ベルトにつけたチェーン、ごついブーツ。ブッカーがバイクの免許を持っているか、ライリーに頼んで、自動車局の記録を調べてもらったらどうだね？」

「もっといい考えがあるわ。外に出て、通りに彼のバイクがとまっているか確認するの」

「いま？」

「そうよ。でも、先にワインを飲んでから」

ドレイトンはグラスを傾け、底に残っていたワインを飲みほした。グラスを置いて言った。

「きみのおかげでいつもわくわくしっぱなしだ」

13

空に雲がわきたち、錬鉄のてっぺんで輝く球体が黄色みを帯びた淡い光を地面に落としている。夜の空気はじめじめとして、半ブロック離れたところをクーパー川がチャールストン港に向かってゆるやかに流れている。

「あったかね？」ドレイトンが訊いた。ふたりは歳月と夏のような暑さで盛りあがったところをよけながら、ひびの入った歩道を歩き、駐車中の車両を一台一台、調べていた。大半は年季の入った車かＳＵＶで、新車のＢＭＷやメルセデスがぽつぽつ交じっていた。

「バイクは一台もない」セオドシアの声には落胆の色がにじんでいた。

「きみの勘違いで、ブッカーはバイクに乗っていないのかもしれんな」

「そんなはずがないわ。今夜乗ってきていないからって、持っていないことにはならないでしょ」

「やはりライリーにお願いするべきだろう」

「べつのやり方でたしかめればいいわ」セオドシアは言った。

ドレイトンは眉根を寄せ、警戒心もあらわな目で彼女を見つめた。

「こんなことを訊くのもなんだが、なにをするつもりだね？」

「ブッカーさんのガレージを調べにいくしかない」

ドレイトンはこめかみのあたりをぴしゃりとたたいた。「そんなことだろうと思った。ここに来るだけでおしまいのはずがないのはわかっていたよ」

「ドレイトン、気に入らないなら、あなたを家の前で降ろして、わたしひとりで行ってもいいのよ」

「その場合、きみのとてつもなく突飛な大冒険を見逃すことになるではないか」

「ねえ、ドレイトン、あなたが冗談を言ってるのか、そうでないのか、ときどきわからなくなるわ」

ドレイトンは口をとがらせた。「それはわたしも同じだ」


「どうしてブッカーの自宅を知っているのだね？」ドレイトンが訊いた。車はイースト・ベイ・ストリートを走ったのち、リヴァーズ・アヴェニューに入っていた。地元の人がいまだにノース・ブリッジと呼ぶメモリアル・ブリッジを渡り、隣のノース・チャールストンに入った。ビジネスおよび輸送の拠点であるノース・チャールストンは、サウス・カロライナ州で三番めに大きな都市だ。春の温暖な天気の今夜、街はにぎわっていた。ジョギングや犬の散歩を楽しむ人々。けばけばしいネオンサインから〈タートルズ・ガンボ・バー〉や〈ポーキーズ・リブ・ジョイント〉など、店の名前が浮かびあがっている。〈クラブ・ヒヤシンス〉の前には入場を待つ客の列ができている。前を通ると、ロカビリー・バンドの重低音が聞こえてきた。

「ホリーから、アーティスト全員の連絡先のリストをもらったの。それを写真に撮って、携帯電話に入れてあるのよ」セオドシアは説明した。

「頭がいい」ドレイトンは言った。「少なくともわたしはそう思う」

セオドシアが運転する車はエイヴィエイション・アヴェニューを突っ切り、空港、つづいてノース・チャールストン・コロシアムのそばを通過した。

風景が変わり、やや労働者階級向けの家並みになっていく様子を見ながらドレイトンは言った。「彼が住んでいるのは人通りがあまり多いところではなさそうだ」

「ブッカーさんは自分は飢える画家だと言ってたわ」

「いましがた通り過ぎた大衆食堂を見た感じからすると、そうだろうなと思うよ。豚の腸《チットリン》とダーティライスを宣伝する貼り紙が窓に出ていた。きみは食べてみたいと思うかね？」

「ダーティライスは好きよ。チットリンのほうは、大好きというほどではないわね」

「すぐにはよさのわからない料理だからな」

車はさらに二十ブロックほど進んだ。

「かなり近くまで来てるはずよ」セオドシアは道路の端に車をとめて、携帯電話でグーグルマップを確認した。「ブッカーさんが住んでいるのはドラモンド・ストリート。このちょっと先だわ、きっと」

「ナビはまかせるよ」

そこから二ブロック進むとドラモンド・ストリートに出た。

「右と左、どっちかしら？」セオドシアはつぶやいた。

「左だろう」

セオドシアは左折した。「今度は三一八番地を捜しましょう。どの家でもいいけど、番号は見える？」

「街灯が遠くてまばらにしかないから、家があるかどうかもよくわからんな。明かりがぽつぽつあるだけの暗い影にしか見えない」ドレイトンはサイドウィンドウに顔を押しつけるようにして、二家族用住宅、平屋建ての家、若干のチャールストン風シングルハウスに目をこらした。

「でも３１８という数字は見える？」セオドシアは訊いた。

「いや、しかし、３１５は見えた気がする」

「じゃあ、通りの反対側なんだわ」セオドシアは速度をぐんと落とし、暗い家並みに目を走らせた。通りに直接面し、側面にベランダのあるおんぼろのヴィクトリアン様式の家がそれらしく見えた。「たぶんこれが……」

「これではないか？」ドレイトンもコンソールボックスに身を乗り出し、古いヴィクトリアン様式の家をながめた。

「数字の3と1が見えるわ。この家よ。最後の数字の8はきっとはがれちゃったのね」

「そうだとしても驚かんよ。なにしろ、どれほどいい建築物でも、激しいハリケーンと強烈な湿度にさらされているのだからね」

セオドシアは車を道路わきに寄せてとめた。

「ここがブッカーの自宅なのはたしかなのかね？」

セオドシアは右、つづいて左に目をやってからうなずいた。「まちがいないわ」

「で、どうするのだね？」

「このブロックをぐるりとまわって裏道に入り、ブッカーさんのガレージをちょっとのぞいてみる」

「ガレージがない場合は？」

セオドシアの決意は揺るがなかった。「それでもざっと見るだけ見ましょう」

彼女は交差点まで車を進めて左折し、半ブロック行ったところで細くて暗い路地に入った。ごみ箱、廃棄された車数台、それに〈バード衛生〉の文字が入ったやたら大きな緑色のごみ収集容器ひとつが並んでいる。また、ところどころ、フェンスの材料や廃棄された家具が積みあげられていて、そのなかに黄緑色の古いリクライニングチェアもあった。

「あれを適当にあされば自宅の家具が全部揃いそうだ」ドレイトンが言った。「えり好みさえしなければな」

「スポードの食器で食事をし、ルイ十四世様式の椅子を二脚持っている人の言うことかしら」

「いや、その、わたしの言いたいことはわかっているだろうに」

「シーッ」セオドシアはたしなめた。いまいるのはブッカーの自宅裏のすぐそばで、砂利と砕いた貝殻を敷きつめた未舗装の路地を、ざくざく音をさせながら車を進めた。古いヴィクトリアン様式の家の裏でスピードをゆるめ、ガレージがあるのを確認したところでとまった。一台分のガレージは片側にやや傾いていて、灰色の塗装は色褪せ、長いリボン状にはがれている箇所もある。

「あった」

「やれやれ」ドレイトンはしゃちほこばって、目の前のダッシュボードを強く握っていた。ドレイトンをちらりと見やったセオドシアは、彼に同情した。緊張し、見るからに落ち着きがなさそうだ。ジープを降りたくないにちがいない。

「あなたは車で待ってて」

「本当にいいのかね？　なんなら一緒に行ってもいいのだよ。見張り役として」

「必要ないわ」セオドシアはそう言ってジープを降りた。「足音を忍ばせて家の正面にまわり、ドアがあるか確認する。あるいは、なかをのぞけそうな窓があるかどうかを」

「いいだろう」ドレイトンが言うと、セオドシアは車のドアを静かに閉めた。

セオドシアはおそるおそる自分のジープの前をまわりこみ、アルミ製のガレージの扉に手をかけて持ちあげようとしたが、施錠されていた。しかたない、少し探索してみよう。片手をガレージにつけ、ゆっくりした足取りで端から端まで歩き、二十フィートほど先にある古いヴィクトリアン様式の家があるほうに向かった。近くまで行くと、家の奥――キッチンかも？――で明かりが煌々《こうこう》とついているのが見え、なかに誰かいるのかもしれないと思った。ブッカーさんはルームメイトと暮らしているの？

セオドシアはその考えを頭から押しやり、のび放題のカラジウムの茂みに足をとられないよう、ガレージに背中をぴったりつけた。突然、神経過敏になったのか、周囲の物音に波長が合った。一ブロック離れたところで吠えている犬、ドラモンド・ストリートを走っていくマフラーが壊れた車、二軒先の家でドアが乱暴に閉まる音。

セオドシアはその場で凍りついた。誰かがこっちに来る？　ううん、まさか。夜闇にまぎれる忍者のごとく忍び足で角をまわりこみ、家の裏に面したガレージの正面側まで移動した。すると、暗い明かりのなかにドアの輪郭が見えた。

やった！

さらにゆっくりとした足取りでドアに近づいた。ドアノブを握ってまわす。うんともすんとも言わない。

どこか引っかかっているとか？

両手を使ってもう一度やってみたが、一インチも動かない。なかをのぞけるような窓がないためいらいらしてきたセオドシアは、バッグに手を入れてクレジットカードを取り出した。それから、これ以上ないほど慎重に、ドアとドア枠の隙間にそれを挿しこんだ。鍵のかかったドアノブの横までカードをスライドさせ、うまくいくよう祈りながら前後に動かした。これまでにも何度かこの方法をためしたことがあり、たいていはうまくいった。けれどもこの錠前はしぶとく、ぴくりとも動かなかった。

セオドシアは深呼吸して気持ちを静め、がんばってもう一度やってみることにした。今度はさらに指に神経を集中させて、錠前のベロがある溝までクレジットカードをスライドさせた。ためしにそろそろと小刻みに動かしたのち、シーソーのように前後に動かした。

その甲斐があってか、カチリという小さな音がした。

うまくいったの？

クレジットカードを抜き取ってからドアノブをしっかり握った。手のなかでドアノブがなめらかにまわりはじめたとき……。

「おい！」荒々しい声が怒鳴った。次の瞬間、屋外照明が点灯した。「そこを離れろ！」

セオドシアは目がくらむようなまぶしさにたじろいだ。家のなかにいる人に見られたのだ！

家のなかに人がいるだけではすまない。ドタン、バタンと騒々しい音がするから、その人物はほどなく外に出てくるつもりだ。

どうしよう？　逃げる？　危険を承知でなかをのぞく？

散弾銃の銃声が頭のすぐ上で炸裂し――バーン――セオドシアは鼓膜が破れるかと思った。つづいて、家のなかの人物が裏口から飛び出してきた。白いタンクトップとずりさがったカーキのズボンという半分裸の大男だった。「てめえか、ビンガー？」大男は大声を出した。

「ここに来るなと何度言ったらわかるんだ?」

セオドシアはその場を動かずに大男にわけを話す気にはなれず、すでに走り出していた。ガレージの端から端までを飛ぶように走り、息を切らしながら自分のジープまで戻ると、ドアをあけて飛びこんだ。「さっきのおそろしい音はなんだったのだね?」大急ぎでエンジンをかけるセオドシアに、ドレイトンが訊いた。

「問題発生」彼女はジープのギアをドライブに入れて走り出した。一瞬、タイヤがスピンし、泥と貝殻がまき散らされた。

しかしその直前、散弾銃を持った大男がセオドシアを追って飛び出し、ジープの後部に散弾銃を向けた。

「逃げろ!」ドレイトンはうしろを振り返って必死の形相をした大男に気づき、叫んだ。

「早く!」

セオドシアはアクセルを強く踏んだ。そして、銃を持った大男から充分に離れたと思ったそのとき、今度はドーンという大きな音が大気を切り裂き、セオドシアのジープのリアウィンドウが吹き飛んだ。

「伏せて!」彼女が叫ぶと同時にガラスの破片が車内に飛び散り、シルバーのベルのように軽やかな音をたて、そこらじゅうがガラスだらけになった。「ドレイトン、頭を低くして。目を覆って!」

セオドシアは悪魔に追われているかのように車を走らせた。六ブロック行ったところで右に急ハンドルを切り、さらに六ブロック進んだ。闇に包まれた教会の前まで来て、ようやく車をとめた。

「怪我をしてない？」セオドシアはドレイトンに訊いた。

「いや、なんともない」ドレイトンはもごもごとそう言い、肩にたまったガラスの破片を払い落とした。「わたしなら大丈夫だ。しかし、きみのほうはどうなのだね？」

「なんでもないわ。ぴんぴんしてる」

「飛んできたガラスの破片があたったりしたのでは？」

「ううん、わたしなら……」セオドシアは右手をうしろにやり、首筋をさすった。「なんでもない」そのとき、頭が生ぬるくて湿っているのに気がついた。「なにか当たったようだわ」手を後頭部から離すと、真っ赤な点々がたくさんついていた。

「室内灯をつけて、わたしに見せたまえ」

セオドシアは指示に従い、ドレイトンが見えるよう髪をふたつに分けた。

「髪の毛にてかてかした点々がいくつかついているのが見える。しかも、頭皮に刺さっているものもあるようだ」

「じゃあ、わたしは撃たれたってこと？」セオドシアはおびえた声で訊いた。こんなことになるとは、まったく予想していなかった。

今度のドレイトンの声は落ち着いていた。「頭皮にガラスの小さな破片がいくつか、もぐりこんでいるようだ。救急治療室に連れていかなくては」

「うそでしょ」アドレナリンがいまも血管をめぐりつづけているせいで、全身に震えが走り、膝に力が入らない。

　セオドシアが不安そうなのを見てとると、ドレイトンは言った。

「車を降りて、席を替わろう。わたしが運転するよ」

「いいの、本当に?」

「もちろんだとも」


　ドレイトンはチャールストン医科大学の救急治療室まで(ゆっくりと慎重に)運転し、セオドシアがジープを降りてナースステーションに入るのに手を貸した。手短に言葉を交わしたのち、セオドシアはカーテンで仕切られた区画に連れていかれ、そこで看護師にバイタルを測定され、まもなくサミュエルズ先生が来ますからねと告げられた。

「ばかみたい」セオドシアは詰め物入りの診察台にちょこんとすわり、両脚をぶらぶらさせながら言った。「こういう異常な事態があるってことも考慮に入れておくべきだった」

　ドレイトンは首を振った。「銃を持った危険な人物と鉢合わせするとは、知りようがなかったのだよ」

「でも、やっぱりわたしが悪い。どんな結果を招くか考えず、突っこんでいったんだから」

　話しているうちに携帯電話が鳴った。目をやると、ライリーからだった。「あ、まずい。ライリーからだわ」

「出ないでおきたまえ」ドレイトンは言った。

「出ようなんて思ってないわ」

「失礼します」

ふたり同時に目を向けると、サミュエルズ医師と思われる若い研修医が白衣姿でおずおずといった様子で立っていた。

「交通事故ですか？」サミュエルズ医師は訊いた。

「交通事故ではないけど」セオドシアは答えた。

「だが、事故には変わりない」ドレイトンが言った。「この女性の頭皮に刺さったガラスの破片を取りのぞいてもらいたいのだ」

「痛そうですね」サミュエルズ医師は言った。「ピンセットを持ってきます」

セオドシアが家の前でドレイトンを車から降ろし、体のほうは大丈夫だからと安心させたのち、ようやく自宅に帰り着くと、固定電話がけたたましく鳴っていた。

ああ、まずい。セオドシアは受話器を手に取りながらつぶやいた。たぶん、またライリーからだわ。

思ったとおり、またライリーからだった。

「セオ」彼は言った。「きみに連絡を取ろうとしてたんだよ。携帯のほうに出なかっただろ」

今夜、車が銃撃された話がライリーの耳にも届いたのではと、ほんの一瞬心配になった。

その結果、救急治療室に行く羽目になったことも。けれども、ちがった。彼はおしゃべりがしたくてかけてきただけだった。

「どこに行ってたの？」ライリーは訊いた。といっても、深い意味はなく、いちおう訊いてみたという口ぶりだった。

「ドレイトンとふたりでベイ・ストリートの芸術連盟でおこなわれた芸術作品のオークションに行ったの」セオドシアはためらうことなく言った。キッチンに置かれた犬用ベッドでアール・グレイが、〝行ったのはそこだけだったっけ？〟と問いかけるように顔をあげた。

「どんな作品がオークションにかけられてたんだい？」

「ありとあらゆる形の芸術。絵画、彫刻、焼き物の器……芸術連盟で年に一度開催される資金集めの企画だったの」

「おもしろそうだ」

「とても楽しい時間だったわ」セオドシアは言った。楽しい時間《ブラスト》でもあったけど衝撃《ブラスト》の時間でもあった。

「それはよかった」

「ドレイトンはティーポットに入札してたわ」ブッカーと会ったことも、ブッカーの自宅まで行って、銃撃されたことも話さずにおこう。「あなたはどうしてたの？」

「ほとんどずっと仕事だ。クラクストンの事件と、ほかにふたつばかり事件を抱えてる。そうそう、興味深いニュースがあってね。鑑識が燻煙器の中身の分析を終えたんだ」

「それは聞いたわ。ティドウェル刑事がきょうティーショップに寄ったから」

「思ったとおりだ」

「で、毒物検査の結果を受けてあらたな展開はあったの？」

「いまのところはまだだけど、望みはある」ライリーは言葉を切り、あくびをした。「明日はクラクストンの葬儀に出ることになっていたけど、その任務は解かれた。オーナーふたりに五十ドル札偽造の疑いがかかってる印刷所を調べに行くことになったから」

「そういうのは財務省が担当するものなんじゃないの？」

「充分な証拠があがった場合だけなんだ。そのときは、すべての資料を向こうに渡す」彼はまたあくびをした。

「疲れてるみたいね」

「くたくただよ」ライリーは言った。「そろそろ電話を切って、寝ないといけない。そうだ、明日はディナーデートだから、忘れないでくれよ」

「忘れるもんですか」

「さてと、スイートハート、おやすみ」

「おやすみなさい」

セオドシアはアール・グレイを連れて裏庭に出ると、愛犬があたりをくんくん嗅いでまわるあいだ、空を見あげていた。雲はあっという間にどこかに消え、ブルーブラックの空に星がまばゆくきらめいている。それを見てふいに、頭皮から取りのぞいたガラスの破片がきらきら輝いていたのを思い出した。セオドシアは全身をぶるっと震わせると、アール・グレイを呼んで、一緒に家のなかに戻った。

二階にあがり、寝る準備をし、髪の毛をおそるおそるとかしながら、明日おこなわれるオズグッド・クラクストンの葬儀のことをぼんやり考えていた。そして、どこが会場なのだろうかと気になった。

ｉＰｈｏｎｅでざっと調べた結果、クラクストンの死亡記事が見つかり、そこに葬儀は明日の午前九時からアーチデイル・ストリートのユニテリアン教会にておこなわれると書かれていた。

セオドシアはしばらく考えたあげく、クロゼットに入って上等な黒いスカートスーツを出した。きちんとした仕立ての地味なジャケットとタイトスカートで参列すれば、弔問客になりきって、もう少し情報を引き出せるだろう。

14

ここへ来たのは調査のためよ。よく晴れた水曜日の朝、ユニテリアン教会の階段をのぼりながら、セオドシアは自分にそう言い聞かせた。昨夜は何度も寝返りを打ち、きょう、ここへ来るべきか悩んだ。けっきょく、来ることに決めた。というか、目が覚めたとき、真っ先に頭に浮かんだのがそれだった。あ、もうひとつ、ジープのことも。ダージリン・ティーとアーモンドクロワッサンで朝食を済ませ、ティーショップに電話して、クラクストンの葬儀に参列するから遅くなるとヘイリーに伝えた。それからジープを運転して販売店に行くと、リアウィンドウは夕方の五時までに直しておきますと整備主任のクラークが元気いっぱいに請け合ってくれた。セオドシアは代車のジープ・コンパス——ギアに問題あり——をおそるおそる運転して教会に向かった。

　かくして彼女は当初、独立戦争の際にイギリス軍が宿舎として使ったという壮麗なゴシック様式の建物に入った。建物はその後、何度も改修が繰り返され、一八五〇年代にはウェストミンスター寺院にあるヘンリー七世聖母礼拝堂を模した教会になるよう改造しゴシック化（セオドシア語）された。

セオドシアは来ているのに気づかれませんようにと祈りながら、うしろから三列めの会衆席にするりとすわった。

けっきょくそんな心配はいらなかった。マスコミが大挙して押しかけていたものの――カメラマンを従えた新聞記者とテレビ局のリポーターでぎっしり埋まっていた――彼らの目は葬儀に参列しているお偉方だけに注がれていた。背筋をのばし、居並ぶ頭の向こうに目を向けると、市長、副市長ふたり、市議会議員が何人か、それに判事の姿が見えた。

あの人たちは自分たちの評判を守るため、仲間として参列しているのか、それとも対立し、ときにおそれられた相手が死んだのは本当なのかたしかめるために来たのかどっちだろう。後者かもしれない。

教会の前のほうにすわっている弦楽四重奏団が、バーバー作曲の「弦楽のためのアダージョ」を眠気を誘うほどゆったりと演奏しはじめ、六人の手によってオズグッド・クラクストンの棺が通路を運ばれてきた。派手な演出だった。棺は真鍮《しんちゅう》のぴかぴかの部品がついたローズウッド材の大きなもので、上には白いバラの大きな花束が飾られ、運び手の六人は全員がセミフォーマルウェア姿だった。奇妙だけれども人目を引くことはまちがいなかった。

棺のうしろを歩くのはミニョン・メリウェザー・クラクストンだった。カクテルドレスにしか見えない黒いワンピースに、アップにした髪に短いベールをつけている。並んで歩くデレイン・ディッシュもビーズをあしらった黒いトップスに短いスカート姿でどこか芝居がかっている。黒いピンヒールでちょこちょこと歩くふたりは、とりたてて悲しそうには見えなかった。

　重々しい顔つきの葬儀会社の担当者に付き添われ、一行が中央通路をしずしず進んでいくと、セオドシアの前の席の男性が隣の人のほうを向いて小声で言った。

「まったくうそくさいったらない。クラクストンの野郎は信仰心のかけらも持ち合わせてなかったんだぜ。こうべを垂れて祈ったりしたら、金をせびれないじゃないか」

　相手は、そのとおりだというように顔をゆがめて笑い、小声で応じた。「あの男のことだ、きっとなんとかするさ」

　葬儀会社の担当者が棺を教会の前方に置くべく何度か切り返しているときに、ラマー・ラケットがセオドシアと通路をはさんで反対側の席にするりと腰をおろした。まだびっくりすることがあるのではと思っていると、ジニー・ベルが入って来て、ラケットのうしろの席に静かにすわった。

　音楽が終わると、司祭が演壇に近づいた。司祭はお辞儀をし、来世について心を打つ言葉をいくつか述べただけで、あとを市長に譲った。

　市長は会衆席をぐるっと見まわしてから半眼鏡をかけ、上着のポケットから紙を一枚出した。それから、五分間の弔辞を読みはじめた。その内容はセオドシアがいままで聞いたこともないほど当たり障りがなく、慎重に選び抜いた言葉をつらねた思慮深いものだった。うたたねをしているガラガラヘビのまわりを抜き足差し足で歩くにひとしかった。

　そのあとふたりが演壇にあがって弔辞を述べ、祈りの言葉がさらにいくつか唱えられると、司祭が最後に祝禱《しゅくとう》を捧げた。式の締めくくりに司祭は、一ブロック先にある〈プティ・モンルージュ〉という小さなフレンチ・カフェでひらかれる食事会にも参加してほしいと呼びかけた。

ほかの参列者とともに教会をあとにしながら、セオドシアは時間がないから食事会には行かないでおこうと思った。そのとき、ジニー・ベルが食事会の会場のほうに向かうのが見え、どういうつもりだろうと不思議に思い、突きとめてみるのもおもしろいかもしれないと考え直した。

突きとめるのにそう長く時間はかからなかった。短いビュッフェの列に並んでたっぷりのイチゴがのったクレープをもらうと、近くのテーブルに向かった。そのとき戦いの火蓋が切られた。

両手を腰に当てたミニョンが、ここにいられると迷惑だとジニー・ベルに告げた。ジニー・ベルは自分だってほかの人と同じで迷惑なわけがないと言い返した。

「なによ、この泥棒猫！」ミニョンは大声で怒鳴った。「わたしの人生をめちゃくちゃにしようとしたくせに。たたき出される前にさっさと出ていって」

「帰りたくなったら出ていくわよ」ジニー・ベルはふてぶてしい態度で言い返した。

「出てけと言ってるでしょうが！」ミニョンがわめく。

ジニー・ベルは口をゆがめ、高笑いした。

「ジャクソン！」ミニョンはうしろを向き、近くにいた棺の運び手のひとりを大声で呼んだ。

「ちょっと手を貸してちょうだい」

五十歳前後とおぼしき赤ら顔のジャクソンが、のろのろした足取りでミニョンのほうにやってきた。かかわり合いになりたくなさそうなのが目に見えてわかる。

セオドシアはほかの人もこの騒ぎに驚いているだろうかと、あたりを見まわした。ラマー・ラケットは薄笑いを浮かべて見ている。彼の広報担当のクラリスは携帯電話に出ていて、騒々しい罵り合いには見向きもしない。

とうとう、灰色のスーツ姿の銀髪の男性がミニョンとジニー・ベルに近づき、小声でなにやら言った。なにを言っているのか聞こうと、全員が身を乗り出したけれど、無駄だった。

女性ふたりはその後もしばらく辛辣《しんらつ》な言葉の応酬をつづけたのち、ようやく離れた。付け毛が引っこ抜かれることはなく、パンチが繰り出されることもなかった。仲裁に入った男性が事態を落ち着かせてくれたようだ。

「割って入って、なだめてくれたのは誰かしら？」セオドシアは同じテーブルを囲んでいる女性に訊いてみた。

「バック・ボールドウィン」女性は答えた。「オズグッド・クラクストンの後継の候補者よ」

「そうなんですね」セオドシアは言った。見ていると、ボールドウィンがミニョンの肩に腕をまわし、ビュッフェテーブルのほうへさりげなく誘導していた。

「セオ！」

セオドシアは誰に名前を呼ばれたのかと振り返った。けわしい目をし、おびえたようなデレインが立っていた。

「さっきのあれ、すごかったわね」デレインが言った。

「ぞっとしたわ」セオドシアは応じた。

「あたしはなにがなんでもミニョンの味方になってあげたかったけど、集中攻撃されたらと思うと怖くって。だって、誰かに殴られるかもしれないじゃない？」デレインは顔のそばで手をひらひら動かした。「ボトックス注射をしたばかりなのよ……せっかく、九百ドルもかけてふっくらさせたのに、それをだめにしたいわけないじゃない、でしょ？」

「ええ、冗談じゃないわよね」

「きょうの午後のトランク・ショーには来てくれるんでしょう？　どうかどうかお願い、セオ。来ると言って。だってあなたをあてにしてるんだもの」

「必ず行くわ」渋々ながらもそう言った。


ティーショップに戻ると、ドレイトンが上機嫌な声で出迎えてくれた。

「お帰り。少々遅かったが、とくになにかあったわけではなさそうだな。具合はどうだね？」

セオドシアは手をうしろにやって後頭部に触れた。「ちょっと痛むわ」

「そうだろう。頭に刺さったガラスの破片を取りのぞいたのだぞ。どれだけ腕のいい先生にやってもらったとしても、ひと晩ゆっくり休むのは無理だ」

「刺さったのが炸裂する銃弾じゃなく、飛び散ったガラスで本当によかった」セオドシアは言った。

「車は修理してもらうのだろう？」

「もう店に預けた。夜には直ってるそうよ」

「で……クラクストンの葬儀に参列するから遅くなるというメッセージを受け取ったときは、少々意外に思ったのだが」

「それはわたしも同じ。急に思いついて行くことにしたんだもの」

「式はどんな様子だったのだね？」

「いい式だったし、予想どおり、かなりあらたまった内容だったわ。でもそのあとの食事会は一気に暴走モードになっちゃって」

ドレイトンは若干の敬意をこめて、ティーカップを持ちあげた。

「ゆうべあんなことがあったから、なにを聞いても驚かんな」彼はお茶をひとくち飲んだ。

「なにがあったのだね？」

「ミニョンとジニー・ベルがよくある小競り合いを始めたの」

「大声で罵り合ったのかね？　それとも髪の毛のつかみ合いにまで発展したとか？」

「ほぼ誹謗中傷合戦だった」

「では、ふたりのせいで、会が台なしになったわけだ」

「それほど大規模な会だったわけじゃないけどね。葬儀のあとの食事会に参加したのは、弔問客のうちの二十人か二十五人程度だったから」

「ほとんどの人は故人とは距離を置きたかったということか」

「そうなの、政治関係者はとくに。さっさとあの場をあとにしたいみたいだったもの。みんなクラクストンさんと手を切れて喜んでいたんじゃないかしら」セオドシアは半分ほどの席が埋まった店内を見まわした。「のんびりしてる余裕はないわね。仕事をしなくちゃ」

「すでにヘイリーが注文の品に取りかかっているから、とにかくきみは急いで、厨房から運んでくれたまえ」

「まかせて」

「そうそう、わたしはティーポットを手に入れたよ」

セオドシアは怪訝そうな顔でドレイトンを見た。

「ほら、昨夜のあれだ。わたしがいちばん高い値をつけたそうだ」

その後、朝のティータイムを終えたお客が帰っていき、新しいお客がぱらぱらとやってきて、忙しさは小一時間つづいた。十一時になるころには、忙しさも一段落し、人がいるテーブルは数卓のみになった。

「荷物が届いたぞ」セオドシアがカウンターにティーポットを置くとドレイトンが言った。

「なにかしら？　誰から？」セオドシアは訊いた。小包を受け取るのはいつだってわくわくする。

ドレイトンはかなり大きな箱を傾け、目を細くした。「トゥルー・リニュー化粧品？」

「それが届くのを待ってたの。明日のグラム・ガールのお茶会で使うの」

「化粧品を配るのかね？」

「試供品よ、ドレイトン。もう、楽しみで仕方ないわ。こんなにたくさん試供品がもらえるなんてうそみたいだし、しかも明日はドナ・ブリトン美容スタジオ、ビベロ・ネイルサロン、それに〈ベター・ザン・ナチュラル・ウィッグ〉の担当者が来て、デモンストレーションイベントをやってくれるのよ」セオドシアは言葉を切った。「箱をあけてみて。なにが入ってるかたしかめましょう」

ドレイトンは段ボール箱の蓋の下にナイフを差し入れ、切り裂いた。

「ごらんあれ」彼はセオドシアになかが見えるよう、箱を傾けた。「ずいぶんたくさん入っているな。口紅、マスカラ、それにこれは……なんていうものだ？　眉マスカラだと？　なんだかわかるかね？」

「もちろん知ってるわよ。それなしではやっていけないもの」セオドシアは箱を引き寄せ、なかに手を入れた。「どれもすばらしいわ。さっそく人数分のおみやげ袋を作らなくちゃ」

「今回のお茶会はうちとしてはかなり異質だ。飾りつけについては考えてあるのかね？」

「まだ検討中。でも、ピンクのお皿を使って、テーブルの中央にはピンクのティーローズの花束を置く案に傾いているかな」

「それはなかなか……」

ドシン、バン、バシッ。

野生の馬の群れが押し寄せるような音に、ふたりは入り口のドアのほうを向いた。そこにいたのはフィリップ・ボルトだった。冴えない顔をしていた。

15

「フィリップ」セオドシアは駆け寄って彼を出迎えた。「どうしたの？」

「どうにもこうにも」いつもは穏やかなフィリップの顔が不自然なほどゆがみ、目の下に大きなくまができていた。肩をがっくりと落とし、着ているものはしわくちゃだ。セオドシアがいつも見かける完璧なフィリップではなかった。

「話してちょうだい」セオドシアはうしろにいるドレイトンにすばやく目をやった。「わたしたちにお茶を用意してくれる？　できればなにか……」

「しっかりした味のお茶だな」ドレイトンはそう言うと、すぐにお茶の缶に手をのばした。「ちょっと待ってくれたまえ。ぴったりのものがある」

　セオドシアはフィリップを従え、ふたり用のテーブルに案内し、ともに席についた。

「イマーゴ・ギャラリーでまたなにかあったの？」セオドシアは訊いた。フィリップがギャラリーに対し金銭的利害がないのはわかっているが、ホリーの幸せについては個人的に深く関心があるのはまちがいない。

「なにもかもが崩れ去っていくような感じだ。あのあと、さらに何人かのアーティストがよそで世話になるつもりなんだろう、唐突に去っていった。というわけで、いまや商売は横ばいどころか、低迷状態に陥っている。つらいのはホリーが大打撃を受けていることだ。彼女はおびえ、絶望し、すっかり自信を失っている」

「でも、あそこはとてもすばらしいギャラリーで、経営はそこそこうまくいっているんでしょ。かれこれ……三年だったかしら？」

「そして、あと三日もすればどん底だ」

フィリップはそこで言葉を切り、ドレイトンがふたりのテーブルにお茶をのせたトレイを置いて言った。「グームティー茶園の紅茶だ。しっかりした味でキレがある」

「ありがとう、ドレイトン」セオドシアは言うと、熱々のお茶をカップに注いだ。「どうぞ」ティーカップをフィリップのほうに滑らせた。「飲んでみて。気分がよくなるわ」

「そう願うよ」フィリップは信じていないような口ぶりだったが、それでも仕方なさそうにひとくち飲んだ。「うん、おいしいね。しかも熱々だ」彼はお茶の表面に息を吹きかけてから、もうひとくち飲んだ。「きみはいまもクラクストン殺害の容疑者を求めて、いろいろ嗅ぎまわっているのかな。いや、そうだと思いたい。もしも警察が誰かを逮捕し、さらには起訴にまでこぎつけたら、ホリーの気苦労はそうとう軽減されると思う。彼女にはなんの責任もないことが証明できると思うんだ」

「実際、彼女にはなんの責任もないわ」セオドシアは言った。「それと、わたしはいまも調査をつづけてる」

「それはありがたい」

「驚いたことに、何人もがオズグッド・クラクストンさんとよからぬつながりを持っていたの。その人たちには、彼の死を望んでいた可能性があるわ」

「きみがラマー・ラケットを調べていたのは知ってる」

「ええ、彼は容疑者のひとりよ。いろんな意味でね。それにクラクストンさんと離婚する予定だった妻のミニョン・メリウェザー、クラクストンさんと長年、不倫関係にあったジニー・ベル、それとあなたとホリーから教わった風変わりなアーティストのブッカー。この全員にクラクストンさんの死を望む具体的な理由がある。このなかの誰かが養蜂家の作業着を着て、彼を殺害したかもしれないの」

フィリップは両方の眉をあげ、小声で言った。「もしかして、ジェレミー・スレイドを容疑者として考えたことはある？」

セオドシアは意表を突かれた。「ホリーの物言わぬパートナーの？」フィリップがジェレミーの名を容疑者リストに放りこんでくるとは思いもしなかった。

「あの男はけっこう物を言うよ」フィリップは言った。「この一ヵ月ほど、スレイドはホリーをやたらとせき立てていた」

「具体的に言うと？」

「スレイドはもっと多くのアーティストと契約し、もっと頻繁にオープニングパーティをひらき、チャールストンの金持ち連中に近づく努力をしろとせっついてるんだ」フィリップは周囲を見まわした。「金持ちっていうのは、ここ歴史地区に住んでいて、芸術やアンティークの愛好家で、自由に使える金がある連中のことだ」

「つまりホリーの招待客リストそのものということね、ちがう?」セオドシアは言った。「日曜日の蜜蜂のお茶会には、かなりの数のコレクターや名の知られた市民が招かれていたわ。そのなかには、ギブズ美術館の後援者もいる」

「それはそうなんだけど」フィリップは少し弁解がましい口調で言った。「つまり、ホリーは突破口をひらこうとしてたんだよ」

「簡単にできることじゃないわよね。そのレベルの支援者との親交を深めるには時間と忍耐が必要だもの」

「そうなんだよ」フィリップはもうひとくちお茶を飲んだ。「きみがいまもクラクストンの事件に取り組んで、いろいろ嗅ぎまわってくれていることには感謝の言葉しかない。本当にありがとう。ホリーもぼくも、きみの努力をありがたく思ってる」

セオドシアは手をのばし、フィリップの腕に触れた。「で、あなたのほうはどうなの?」

フィリップは口をゆがめ、苦笑いした。「ぼくはどうかって? 文句を言いたくはないけど、いろいろと厳しい状態がつづいてるよ。ぼくが自分のレストランをひらこうとがんばってるのは知ってるよね」

「〈ボルト・ホール〉でしょ」おかしな名前だけど、覚えやすい。

「金の問題はあるし、許可がおりるまでひたすら待たされるし」フィリップはため息をついた。「新規に開業するためにくぐり抜けなきゃいけない、お決まりの試練ってやつだ」

「わかるわ。わたしも、外テーブルをいくつまで出せるのか、市のゾーニング委員会と格闘してるところだから」

フィリップは愉快そうに笑った。「失礼なことを言うようだけど、それを聞いていくらか安心したよ。たらいまわしにされてるのはぼくだけじゃないとわかったから」


二十分後、インディゴ・ティーショップはまたもお客で満杯になった。ランチのにぎわいは最高潮に達し、セオドシアはお客を席に案内したり、注文を取ったりと大忙しだった。きようのメニューはトスカーナ風のスープ、カボチャのブレッドでチキンサラダをはさんだティーサンドイッチ、ライ麦パンでローストビーフとチェダーチーズをはさんだティーサンドイッチ、シェフの気まぐれサラダ、そしてアミガサタケとブリーチーズのキッシュというラインアップだった。デザートは白ワインでマリネした梨を添えたヘイゼルナッツのティーケーキだ。

セオドシアは注文をヘイリーに伝え、注文のお茶をドレイトンからにこにこと受け取った。カルダモン・ティー、ニルギリ、バニラスパイス・ティーと、これまでよりも多くの種類のお茶をポットに用意した。

「バニラスパイス・ティーがとくに人気のようね」セオドシアはドレイトンに伝えた。

「このお茶を飲むと、シュガークッキーを思い出すからだろう」

「あ、そうそう、三番テーブルのお客さまが、日本の緑茶をポットで淹れてもらえないかって」

ドレイトンは上に手をのばし、お茶の缶をひとつおろした。「気に入っていただけそうな玉露があったと思ってね」

午後一時十五分、セオドシアはカウンターのなかで、ヘイリーお手製の焼きたてのレモンのスコーンをもぐもぐ食べていた。

「店の商品をつまみ食いしているな」ドレイトンがからかった。

「それがきょう最悪の出来事なら、なんの文句もないわ」セオドシアが言ったそのとき、入り口のドアがあいて、ライリーが入ってきた。「とまでは言えないかも」

「いらっしゃい」セオドシアは急いで出迎えた。「どうしたの？　昼食休憩？」

「そうならいいんだけどね」ライリーはセオドシアをわきに引っ張っていった。「ブッカーというアーティストの男を覚えてるかい？」

「もちろん」

「実は、そいつの足取りがふっつりと消えてしまったんだ」

「冗談を言わないで」セオドシアは言い、さらにあとさき考えずにこうつけくわえた。「でも、ゆうべ、彼を見かけたわ」

ライリーはゆっくりと反応した。眉間にしわを寄せ、声を出さずに口だけをぱくぱく動かし、単なる好奇心にとどまらない表情を浮かべていた。「この事件にはかかわらないという話じゃなかったっけ。ゆうべはドレイトンと芸術関係のイベントに出かけたとばかり思ってたけど」

「そうよ」急いで対策を考えなくては。「芸術連盟で開催されたオークションにね。わたしとドレイトンが帰ろうとしたときにブッカーさんがたまたま入ってきたってわけ」ライリーがあやしんでもっとあれこれ訊いてくることがないよう、明るい声をたもった。けれどもそれは失敗に終わった。

「どうして彼だとわかったんだい？」

「えっと、たしか以前、イマーゴ・ギャラリーで紹介されたんだと思う」

「それだけ？」

「ブッカーさんと大げんかしたとか、最重要容疑者だからという理由で話を聞いたりしたかという質問なら、答えはノーよ」セオドシアは手の甲をそっと頭に当て、髪を整えるふりをしながら、心のなかでつぶやいた。やっぱり、昨夜の件を洗いざらいしゃべるわけにはいかないわ。この先もずっと心の奥にしまっておかなくては。

ライリーは降参というように片手をあげた。「言いたいことはわかった。ぼくに当たらないでくれよ。情報を伝えにきたただけなんだから」

今度はセオドシアのほうが首をかしげた。「どうしてブッカーさんを捜してるの？」

「彼にいくつか前科があるのがわかったからだ」

「冗談でしょ。どんな前科なの？」

ぐいのものだ」

「軽犯罪で何度か、逮捕されている。快楽目的でのドラッグ使用と無免許運転。そういうた
「それだけじゃブッカーさんを殺人犯と見なすのは無理があるわ」セオドシア自身もブッカーに深刻な疑念を抱いているが、ライリーの意見を聞きたかった。

「まだある。ブッカー氏は以前、アップル・スプリングズ果樹園で働いていた」

「だから……なんなの？」

「その果樹園は養蜂場でもある。蜜蜂を飼育しているんだ」

セオドシアはライリーの顔を見つめ、彼の言葉が腑《ふ》に落ちるのを待った。

「だからほら、蜜蜂……養蜂家、燻煙器」ライリーは言った。

セオドシアは啞然とするあまり、「うわあ」という言葉を絞り出すのが精一杯だった。

「そんなに驚かなくてもいいだろうに」ライリーが言った。「そもそも、ぼくの目をブッカーに向けさせたのはきみじゃないか」

「それはそうだけど……」

「どうしたんだい？　まさか自分の情報がいい結果につながるとは思ってなかったとか？でも、どうやらそうなるようだよ。もしかしたらきみはぼくが思ってるよりもすぐれた捜査員なのかもしれないな」

「ありがとうと言っておくわ」

「でも、ちょっと残念なことがあってね。仕事とは関係ない話なんだけど、ディナーの約束

を延期してもらっていいかな？　いま話した果樹園まで行って、オーナーから話を聞かなきゃならないんだ。しかも、スタッフミーティングが終わるまで帰れない。行きに二時間、帰りにも二時間かかるとなると、チャールストン市内まで戻ってくるのが夜の八時か九時になってしまう」

「気にしないで。よくわかってるから。あなたは大きな事件に取り組んでるんだもの」

ライリーは彼女を引き寄せ、抱き締めた。「でも、土曜の夜には必ず」


ライリーが帰ると、セオドシアは指をくいっと曲げてドレイトンを呼んだ。

「さっきの話は聞こえた？」

「ブッカー氏に対する疑念を抱かせるに充分だったよ」ドレイトンは言った。

「彼が養蜂場で働いてたことがあるなんて、あやしいとしか言いようがないわ」

「というか、奇妙な偶然というべきだろう。ところで、ずいぶんたくさんの容疑者が集まったようだな。ブッカーを筆頭に、そのすぐあとをラマー・ラケット、ミニョン・メリウェザー、ジニー・ベルが追う形だ」

「信じられないだろうけど、ジェレミー・スレイドさんも仲間入りしたわ」

「ホリーのパートナーの？　なにを言い出すかと思ったら。スレイド氏は彼女にとっての正義の味方と思っていたのだがな。ベンチャーを育てる個人投資家だとばかり」

「さっきフィリップが来て、スレイドさんがホリーにかなりの圧力をかけていたと話してくれたの。もっと大勢のアーティストと契約しろだの、もっとハイソな顧客を引きつけろだの、そして要するに、もっとたくさん稼げと迫っていたとか」

「ギャラリーの収入が急落したいま、スレイドはパートナー関係を解消するだろうか？」

「ありえるわね」

「そのためにクラクストンを殺害したのかね？　それはどう考えても筋がとおっていないようだが」

「そんなのわからないでしょ。スレイドさんはどこかの時点でクラクストンさんと不利な取引をしたのかもしれない。それで、クラクストンさんを殺害すれば、彼とは二度とかかわらずにすむし、それによってもたらされる被害を受けるのはホリーというわけ」

「それはまた、突拍子もない考えだ」

「ドレイトン、この事件そのものが異常なのよ」

ドレイトンはしばらく考えこんだ。「これだけ容疑者が大勢いるとなると、どうやって全員を調べるのだね？　いや、それよりも、まずはひとりに絞りこんで、真犯人であると特定するべきか」

失敗をなによりもきらい、友だちにはとことん誠実をつくすタイプと自任するセオドシアは言った。「わからない。それについてはまだ検討中」

蝶々のお茶会

夏の午後、庭で過ごす時間ほどリラックスできるものはありません。そして蝶々のお茶会を楽しむのに、これ以上うってつけの場所はないでしょう。パティオの家具を芝生の上に移動し、木々にきらめくイルミネーションを飾り、生花のブーケを添えます。手芸店で売っている紙の蝶々もムード作りに役立ちますよ。お食事は軽めのものということで、まずはクロテッド・クリームを添えたシナモンのスコーン、つづいてさわやかなフルーツサラダ、そしてリンゴとブリーチーズのティーサンドイッチをどうぞ。ベリーとシトラスのハーブティーや甘いラベンダーティーもおいしいですね。アダージオのサマーローズティーもお勧めです。

16

〈コットン・ダック〉はチャールストンでも最先端を行くブティックのひとつだ。だから、水曜の午後、デレインの店のトランクショーに顔を出したセオドシアはそうとうの不安を抱えていた。おしゃれがきらいだからではない——それどころか、おしゃれは大好きだ。問題はデレインがこちらの好みなどおかまいなしに、なんでもかんでも手当たりしだいに、なだめたりすかしたりしながら押しつけてくることだ。もちろん、デレインは一日に四回服を着替えるし、自宅は大きな部屋ふたつをまるまる衣装部屋にあてているくらいだ。セオドシアのほうは朝、身につけた服は夜脱ぐときまでずっと着たままだ。

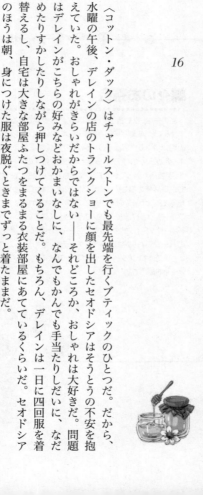

「セオ！ セオ！」デレインがうれしそうに叫び、急ぎ足でセオドシアを出迎えに来た。彼女は過剰なほどぽってりした唇を期待するように突き出し、なきにひとしいヒップを揺らしながら、とんでもない高さ（なんと四インチ！）のマノロ ブラニクのハイヒールでちょこまか足を動かしている。

デレインは混雑するブティックをきょろきょろ見まわすセオドシアの腕をつかみ、ひしめく人混みへと引っ張っていった。デレインの店のトランクショーは毎回、華やかできらびやかな一大イベントだ——大勢の裕福な女性たち、細長いグラスに入ったシャンパン、そして、ハンサムで若い男性ウェイター。きょうは三人のデザイナーが招かれ、それぞれが最新のコレクションを披露し、あわよくば注文書を書いてもらおうともくろんでいる。

「こんなに大勢の人が来るとは思ってもいなかったわ」セオドシアがそう言ったとき、シルクの室内着をつかもうとした隣の女性の肘がセオドシアのあばらにぶつかった。

「デザイナーが三人来るからわくわくも三倍ってわけ」デレインはさえずるように言うと、指を一本一本折りながら数えあげた。「ジュールズ・アーモンドはとびきり豪華なイブニングドレスを作るし、マミー・ムーンはカントリークラブ風のすてきなスポーツウェアを作るし、ウラディーミル……下の名前は忘れちゃったけど、見事な出来栄えのスカーフ、ショール、ルアナを取りそろえてるの」

「ルアナってなんだったかしら？」セオドシアは訊いた。最新のファッション用語にはときどきついていけないことがある。

「肩にかける布のことよ、おばかさんね」

「ポンチョみたいなもの？」

デレインはわざとらしく目をぐるりとまわした。「ポンチョなんかもう時代遅れ。セーリングに出かけるときとか、ビーチでのんびりするときとか、体の線をおしゃれに隠したいってときにはルアナがあれば大丈夫」

セオドシアは体の線を隠すなら大きめのTシャツでいいのでは、と反論するのはやめておいた。

「まずはシャンパンね。そしたらショッピングの開始よ」デレインは手をのばし、給仕係のトレイからグラスをひとつ取ってセオドシアの手に押しつけた。それからセオドシアをまわれ右させて軽く背中を押した。「さあ、楽しんでらっしゃい。お金をじゃんじゃん使ってね」

セオドシアはルアナとスカーフが並んでいるほうに突進していった。実際に見てみると、たしかにどれもすばらしかった。淡いピーチ色、サファイアブルー、暗い紫色、赤褐色のリネンや上質のウールを素材としたはおり物は、おそらくフランスの修道女かアンデス山脈に暮らす小柄な女性たちが安い手間賃で手織りしたものなのだろう。セオドシアはやわらかなスカーフを一枚手に取り、値札を見て、すぐにもとの場所に戻した。

買えないわ、と心のなかでつぶやいた。これ一枚を買うのにスコーンを百個売らなきゃいけないんだもの。

展示されている商品から目をそむけると、ミニョン・メリウェザーの姿が目に入った。

ミニョンはセオドシアにすぐに気づいた。「こんなところで会うなんて奇遇ね」それから含み笑いをし、内緒話をするように声を落とした。「あなたもデレインに無理強いされたんでしょ？」

「本人に悪気はないんでしょうけど……」

「ええ、わかるわ。デレインは悪い人じゃないけど、気遣いが得意じゃないのよね」

「お店の準備は順調？」セオドシアは礼儀としていちおう訊いてみた。記憶をたどってからつけくわえる。「〈ベル・ドゥ・ジュール〉でしたっけ」

ミニョンはセオドシアが興味を持っていてくれたことに感激した。

「覚えていてくれたのね！　開店の準備はほぼ整ってるの。最後に発送されたフランス産の焼き物が明日到着するから、そのあと数日かけてディスプレイを微調整して、月曜日にはいよいよオープンよ」

「わくわくしてるんでしょ？」

「期待に胸が膨らむと同時に、死ぬほどおびえてもいるわ」ミニョンは言った。「ギャンブルなのはわかっているけど……一か八かの勝負に出るのが快感みたい」

「ゆうべ、ジニー・ベルと顔を合わせたわ」セオドシアは言った。「芸術連盟の資金集めイベントで。そして彼女はきょうのお葬式にも来ていた……」

たちまちミニョンの態度が一変した。「あの恥知らずの性悪女」彼女は吐き捨てるように言った。「気にくわないったらないわ、よくもぬけぬけとお葬式の場に……まあ、いくらか仕返しをしてやったけど。警察はジニー・ベルから何度も何度も事情聴取してるにちがいないわ」

「警察は大勢の人から話を聞いているはずよ」セオドシアは言ったが、〝あなたも含めて〟という言葉はあえてつけくわえずにおいた。

つけくわえるにはおよばなかった。ミニョンが自分から言ってくれた。

「そうよ、わたしも警察から話を聞かれたもの。あれだけわたしの夫を崇《あが》めていたジニー・

ベルが、いつの間にかすっかり愛想をつかしたんだって話を力説しておいた」

「それはまた、感情の振れ幅がやけに大きいわね」

「ジニー・ベルがオズグッドの死に加担してるとわたしが確信しているのは、それが理由」

ミニョンはぎらぎらした目でセオドシアを食い入るように見つめた。「わかるでしょ？」

さっぱりわからないわ、とセオドシアは心のなかで反論した。誰がクラクストンさんを殺したのか、わたしには見当もつかない。それでも、じりじりと答えに近づいている気がする。

ミニョンはセオドシアの肩に手を置いた。「ごめんなさいね、感情的になりすぎて、われを忘れてしまったわ。ふたりとも、気分転換に楽しいショッピングをするために来たというのに」

「気にしないで」セオドシアが言うと、ミニョンはほほえみ、体の向きを変えて薄い青緑色のスカーフを手に取った。

セオドシアはスポーツウェアのラックに足を向け、見はじめた。ポロシャツと白いスコートはわたしに似合うだろうか。ううん、ちがう気がする。髪をブロンドに染めて、名前をトプシーかバニーに変えれば話はべつだけど。

「セオドシアさん？」

セオドシアは名前を呼ばれて振り返った。すると、デレインの姪で、このブティックで働いているベッティーナの姿が目に入り、思わずほほえんだ。

「ベッティーナ」セオドシアは声をかけた。「まだこっちにいたのね」ベッティーナはインターンとして働きはじめているはずだが、デレインがまだこっちに残るよう説得したのだ。安くこき使うのが目的だろう。

「ええ、まだこっちにいます。わたしとジャニーンのふたりでこれを全部、準備したんですよ。どうかしてますよね」ジャニーンというのはデレインの働きすぎのアシスタントだ。

「もうニューヨークに戻って、どこかすてきなブティックでバイヤーの仕事をしているものとばかり思ってた」

ベッティーナは悲しそうにほほえんだ。「デレインがどんな人かはよくご存じですよね。彼女に目をつけられたら要注意です。なにしろ、グローリーンおばさんまで狩り出されたんですから」彼女は振り返り、デレインが自分たちのほうに向かってくるのに気づいた。「まずいわ」

「セオ！」デレインのかみつくような声は、怒った猫の声そのものだった。「なにをしてるの？」

セオドシアは服が並ぶラックから、熱いアイロンにさわってしまったみたいに手をさっと引っこめた。「ええと……ショッピング？」

「新しい商品を見なきゃだめじゃない。それからベッティーナ、入り口の人手が足りないの」デレインは言った。「お客さまを出迎えて、感謝の気持ちを伝える人が」

「わかりました」ベッティーナは言った。

「それとお願いだから、グローリーンおばさんにクラブパフを全部食べられないように見張っててよ」デレインは非難の言葉をいったん切り、シャンパングラスごしにセオドシアを観察した。その顔に意味ありげな笑みがゆっくりとひろがっていく。「誰にも言っちゃいけないんだけど、すごい知らせが来たの」彼女は声を落とし、ささやくような声で言った。もう昂奮しすぎて、これ以上黙ってられないわ」

「そう」デレインのすごい話はどんな内容であってもおかしくない——新しいトースターを買ったというものから、新しい恋人と駆け落ちするつもりだというものまで、なんでもありだ。

「まだ公表されてないんだけど、あたしがチャールストン映画委員会の委員に選出されたの」

「おめでとう」委員会のメンバーの職がデレインが切望してやまない人目を引く役職なのはセオドシアも知っている。しかも、派手な組織であればあるほど、デレインの自尊心をくすぐるのだ。

「しかも、もう第一回の会合に出席したのよ。そしたら、映画委員会はチャールストンで撮影する制作会社に奨励金を出すんですって。すでに二、三社が興味をしめしてるらしいの」

「すばらしいわ」セオドシアは言ったが、そのとき、ジェレミー・スレイドが入ってきたのに気づいた。若くてスタイリッシュな女性が彼の腕にしがみついている。

「その映画のひとつが『暗黒の運命』っていう超常現象のスリラーでね」デレインがつづける。「ブリトルバンク・マナーで撮影する可能性が高いって話よ」

セオドシアは唖然とした。「あの古いお屋敷？　もう何年も誰も住んでないし、倒壊寸前じゃないの」

デレインの頬にえくぼが浮かんだ。「そこを向こうは気に入ってるのよ。その映画制作会社はペリグリン・ピクチャーズっていうんだけど、すでにあそこをロケ地候補にしてるらしいの。あの古いお屋敷はとんでもなく大きくて不気味な感じがするから、プロデューサーはぴったりだと思ったみたい。それでね、セオ……」デレインはまたセオドシアの腕をつかみ、赤いマニキュアを塗った爪を食いこませた。「あなたにも役がありそうよ」

その言葉にセオドシアはどきりとした。けれどもいい意味のどきりではない。

「役ですって？　絶対にお断わり。わたしは役者っていう柄じゃないし、まったく畑違いの仕事のオーディションなんか受けるつもりはありませんからね」

「なにを言ってるのよ、おばかさん」デレインは突っこみを入れた。「演技の話じゃなくて、ケータリングの話。クラフトサービスのテーブルがなにかは知ってるわよね」

セオドシアはよく知らなかったが、だいたいの見当はつく。

「食べるものが並んでるんでしょ？」

「さすがね。そのとおり。クラフトサービスのテーブルは出演者や関係者のためにいろいろ取りそろえたビュッフェみたいなもの。どの時間でも好きなようにつまめるようになってるの」

「つまり、並べるのは前菜みたいなものってこと？」

「というか、クラッカーにチーズ、マフィン、スコーン、クッキー。そんな感じ」

「なるほどね」

「で、興味はある？」

セオドシアは片方の目で、スレイドと連れの女性が派手に展示されているイブニングドレスのコーナーに向かっていくのを見ていた。「撮影日がこっちのスケジュールと合えばだけど、興味はあるわ」

「よかった。いまのはやると考えていいのよね」デレインはそこで振り返り、顔をしかめた。

「ああ、もう困ったわ」

「今度はなんなの？」

「グローリーンおばさんがシャンパンのおかわりを飲んでる」

セオドシアはにやりとした。「で、あなたは何杯飲んだの？」

「まだそんなに飲んでないわよ」デレインは言うと、そそくさとその場を立ち去った。

セオドシアはその場を動かず、ジレンマに陥っていた。ジェレミー・スレイドに愛想よくあいさつし、何事もなかったように振る舞う？　それとも、ジェレミー・スレイドをわきに引っ張っていって、イマーゴ・ギャラリーへの関心が突如として薄れたのかどうか、単刀直入に尋ねるべき？

まだ心が決まらないうちに、スレイドに近づき、できるだけさりげなく声をかけた。

「こんにちは、スレイドさん」

スレイドは店のマネキンがいきなり声をかけてきたかのように、とまどった表情でセオドシアを見つめた。

「セオドシア・ブラウニングよ。インディゴ・ティーショップの」

スレイドが、いま思い出したという表情を浮かべた。

「ああ、そうだった、セオドシアだ」愛想はいいものの、その声にはどこか奇妙な響きがあった。「また会えてうれしいよ。こちらは友人のジェニファー・コリアーさんだ」

「はじめまして」セオドシアは言った。ジェニファーは美人で、栗色の髪をミディアムに揃え、体にぴったりした黒いタンクドレスから長くて子馬のようにすらりとした手脚がのぞいている。しかも若くて、やや世間知らずな感じがする。たぶん、まだ二十二歳くらい？

「ティーショップを経営されてるんですか？」ジェニファーが昂奮した声で言った。「このチャールストンで？」

「チャーチ・ストリートよ」セオドシアは答えた。「インディゴ・ティーショップというの」

「あら、そのお店なら知ってる」ジェニファーがうれしそうな声を出した。「前を通ったことがあるから。いつも立ち寄ってみたいと思ってるの。だってわたし、お茶が大好きなんだもの」

「こうして知り合えたのもなにかの縁なので、ぜひお立ち寄りになって」セオドシアは愛想よく言った。

ジェニファーはスレイドの腕を引っ張った。「絶対行きましょうよ、ね？」

「セオドシアは日曜日のお茶会でケータリングをしていたんだよ」スレイドは両方の眉を心もちあげて言った。

「ああ、たしか残念な結果に終わったあれよね、ちがう？」ジェニファーはそこで、あの出来事などどうでもいいとばかりに肩をすくめた。「とにかく、いつかハイティーをしたいわ」

「もちろんだとも」ジェレミーはセオドシアにうなずいた。「またお会いできてよかった」それからジェニファーの腕を取って立ち去った。

セオドシアはていよく話を打ち切られたのを察した。「楽しんで」そう声をかけるとジェレミーは無視したが、ジェニファーは顔だけうしろに向け、小さく手を振った。

変だわ、とセオドシアは思った。ジェレミー・スレイドが急に冷淡になったのは、警察からまた取り調べを受けたからかしら？ あらためて調べるよう警察に進言したのがセオドシアだと思ったから？ そしてセオドシアはこうも思った――スレイドがクラクストンを殺したの？ たしかにドレイトンと一緒にその可能性を検討したけれど、そのときはこじつけにすぎるように思えた。そしていまも、動機らしい動機を思いつかず、スレイドとクラクストンのあいだにはなんのつながりも見出せずにいる――とはいえ、まだ見つかっていないだけかもしれない。

そうね。周囲のにぎわいのなか、セオドシアは方針を決めた。ジェレミー・スレイドに対する判断はしばらく保留にしたほうがよさそうだ。

つづいて、こう決心した。正気を失わないために、ここをあとにしたほうがいい。

17

インディゴ・ティーショップに戻ってみると、ドレイトンが床の掃き掃除の真っ最中で、ひびや割れ目のところは穂先でほじくりつつ、〈古書店〉の店主のロイス・チェンバレンとおしゃべりに興じていた。ロイスはテーブルにつき、お茶を口に運んでいた。

ロイスはセオドシアに気づくといきおいよく立ちあがった。

「あなたが読みたがっていたイギリスの料理本が手に入ったの。シェパーズパイ、ランカシャー風ホットポット、エクルズケーキのレシピなどがのっている本よ」

「本当？　わあ、うれしい」

「じゃあ、読みたい気持ちに変わりはないのね？」

「もちろん」

「だったら持ってくればよかったわね」ロイスは言った。「ドレイトンとぺちゃくちゃしゃべってないで」

ロイスは五十をいくらか超えた元司書で、お客が探している本を見つけるすべを心得ている。ぽっちゃり気味で、長いシルバーグレイの髪を一本の三つ編みにまとめ、背中に垂らしている。小説『ハンガー・ゲーム』の主人公カットニス・エヴァディーンのおばあちゃん版といったところだろう。

「気にしないで。一緒にお店まで行って、受け取るわ」セオドシアは言った。「このあと、あなたがお店に戻るのなら、だけど」

「もちろん、戻るわ」

セオドシアはドレイトンに視線を移した。「わたしがやることはなにかあるかしら？　それともきょうの仕事はすべておしまい？」

「すべて終了《フィニート》した」とドレイトンはイタリア語を交えて言った。「だからいまは正式に時間外だ」彼はほうきをわきに置き、埃《ほこり》を払うように両手を打ち合わせた。「デレインのところのトランクショーはどうだったね？」

「正確に言うなら、三つのトランクショーよ」セオドシアは言った。「デレインがデザイナーを三人も招待したものだから、お店のなかはぎゅうぎゅう詰めだった。もっともデレインのお店はいつだって蜂の巣を突いたような状態だけど」

「消防隊員にとっての悪夢だな」

「わたしは〈コットン・ダック〉でお買い物をするのが好きよ」ロイスが言った。「でもね、彼女のところの商品はとてもお高いのよね」ロイスはデレインの店の高級ファッションを着てみたい気持ちもありながら、あいかわらず、ブルージーンズにカラフルなワッフル編みのセーター、革のクロッグサンダルという、慣れ親しんだ学生のような服を愛用している。

「わかる」とセオドシア。「新しいイブニングドレスかビーズのジャケットを買って意気揚々と引きあげてくるには予算的に無理があったもの」彼女はドレイトンをちらりと見やった。「戸締まりをお願いしてもいい？」

「まかせたまえ。車を引き取りに行くのかね？」

「販売店から電話があった？」

「あったとも。修理はすべて完了したとのことだ。いつ引き取りに来てもいいそうだ」

「車を修理に出したの？」ふたり並んで外に出ながらロイスが訊いた。

「うん、まあね」

ロイスの〈古書店〉はインディゴ・ティーショップから一ブロック行った、古風で趣のあるビルにあった。黄色と白の縞の日よけがかかった出窓があり、きょうはそこに南北戦争関連の本が展示されていた。もともとの店は火事で失われてしまったが、運よく同じブロックに小さめの店舗物件が見つかった。すでに入居を終えた店舗は本がぎっしりと並び、まもなく営業を開始することになっている。ロイスが古本を見つけてくるのか、古本のほうが彼女のもとに集まるのか、セオドシアにはわからなかった。

ロイスは錠前に鍵を挿しこみ、ドアを押しあけた。「さあ、入って」

すると、小型で愛らしい長毛のダックスフントのパンプキンが、猛スピードでふたりに駆け寄った。

「見てわかるように」とロイス。「パンプキンはもうすっかり本屋の番犬役が板についてるの」

「完璧にこなしてるわね」セオドシアは膝をつき、小型犬のやわらかい、ぶちの被毛をなでてやった。「完璧なお出迎え役だわ」ロイスは数ヵ月前、ジャスパー郡の多頭飼育が崩壊した施設から保護されたパンプキンを自宅に引き取ったのだった。

「好きなようにくつろいでいてね」ロイスは言った。

セオドシアはにこにこしながらパンプキンを腕に抱いて立ちあがった。本に囲まれるといつもリラックスできる。彼女は、法律書や歴史書が山積みになった父親の書斎を見て育った。彼女自身も大量の本を所有し、学生時代から最初に住んだアパートメント、そしていまの自宅へと運びこんだ。『高慢と偏見』、『ビラヴド』、『大地の子エイラ』など、昔からのお気に入りもあれば、比較的最近の『ミッドナイト・ライブラリー』のような本もある。とにかく、蔵書はいまも増えつづけている。

この店内で革と製本用の糊《のり》のにおいを嗅ぐだけで、セオドシアは〝歴史〟、〝料理とワイン〟、〝地元出身の作家〟、〝宗教〟、〝小説〟、〝科学〟とロイスがていねいにラベルをつけた床から天井まである書棚を調べてまわりたくなる。しかも、小さな螺旋階段をあがると、〝ミステリ〟と〝児童書〟がおさめられたロフトになっている。

ロイスはカウンターに入って大型本を出すと、セオドシアに渡した。

「例の料理本よ」

「すてき」セオドシアはパンプキンをカウンターにおろし、何ページかめくった。バース・

バンズ、クエイキングプディング、ナポリビスケットのレシピを見ながら思う。今夜はこの本を抱いて布団に入ることになりそうだ。「おいくらかしら?」

「一セントもいらないわ。自宅の書庫の規模を縮小するのに躍起になってる人から寄付してもらったものなの。そもそも、この先一生、お茶とスコーンを無料でいただけると、ドレイトンから言われているんだもの」

「あなたなら当然よ」セオドシアは本を小脇に抱えた。

ロイスはカウンターに両手をついて身を乗り出した。セオドシアをまじまじと見つめる。

「ドレイトンから聞いたけど、またべつの殺人事件を解決しようとしているんですってね」

「わたしがどんなことをしているかドレイトンに聞いた?」

「いくらかは」ロイスは言った。「ううん、だいたいの話は聞いたわ」

「でも、オズグッド・クラクストンさんが殺されたのはもう知ってるわよね?」

「新聞に書いてある程度のことはね。あなたが蜜蜂のお茶会を開催してたこと、毒ガスがあたり一面にまかれたこと、そして発砲のことも」ロイスの顔に不安の色がくっきりと浮かんだ。「あなたがひとりで犯人を追いかけたことも聞いたわ」

「賢明な行動じゃなかったけどね」パンプキンが柔和な目でセオドシアを見あげた。そのとおりと言うように。もしかしたら、本当にそう思っているのかもしれない。

「ずいぶんと危ないまねをしたものね。でも、セオドシア、そもそもどうしてそんなことに巻きこまれることになったの? お茶会のケータリングをしたから?」

「ホリー・バーンズの力になりたいという気持ちがほとんどよ。だって、あれはイマーゴ・ギャラリーのお祝いの席だったんだから。ホリーは知ってるわよね？　以前に会ったことがあるんじゃない？」

ロイスはうなずいた。「心のやさしい女性よ。ちょっとぼうっとしてるところがあるけど、感じのいい人だわ」

「事件のあと、彼女のイマーゴ・ギャラリーの経営が急激に悪化したの」

ロイスの大きな顔に驚きの表情が表われた。「そんな、うそでしょ」

「ホリーが代理人をつとめていたアーティストの多くが彼女のもとを離れたし、売り上げもかなり減っているんですって」

「ひどい話。最近の状況では、そういう問題を起こすことなく小規模ビジネスを順調に経営していくのはかなりむずかしくなってる。力になろうとがんばってくれてありがとう」

「がんばっているだけなんだけどね。だって、具体的な成果はなにもあがってないんだもの」

ロイスは興味を持ったようだった。「容疑者はひとりもなし？」

「たくさんいすぎるの」セオドシアは言った。「全員にオズグッド・クラクストンさんを殺す動機がある。でも残念ながら、特定の誰かを名指しできるほどはっきりした証拠がないの」セオドシアはパンプキンの背中をなでてやった。「言うまでもないけど、だんだん気持ちがくじけてきちゃって」

「だめよ」ロイスは首を激しく振った。「くじけちゃだめ。あなたの直感はたいていの場合当たってるじゃない。わたしの娘が殺されたときも、あなたがたったひとりで全容を解明したようなものだったわ。プロの捜査員がいる警察は、あなたより二歩も三歩も遅れてた」

「あのときといまはちがうわ」

「とにかく、あなたは事件に終止符を打ってくれただけじゃなく、わたしに心の平安をもたらしてくれた」

「そう言ってもらえるとうれしいけど」

「だから、それを忘れないで。あなたならホリーと彼女の大切なアートギャラリーに平安をもたらすことができる。もしかしたら、殺害された政治家のご家族にも」

「そうね」

「あなたならできる」ロイスは発破をかけた。「あなたは頭がいいんだから、全力であたればいいの。肩の力を抜いて、自由にあれこれ考えてごらんなさいな」

「一点だけに集中しないほうがいいということ？」

「そうよ。そうすれば、答えのほうからおのずと寄ってくるから」

セオドシアはロイスの顔をじっくりとながめた。そこに浮かんでいるのは思いやりと励ましの表情だった。「わかった。ためしてみる価値はあるもの」

セオドシアは代車を運転して販売店まで行き、自分のジープを引き取った。数分ほど保険のことで話をしたのち、自宅に向かった。ウィンドウをおろし、残照に染まった地平線とほのかにただよう春の気配を楽しみながら。

自宅裏の路地に車をとめ、裏口からなかに入ると口笛を吹いてアール・グレイを呼び、それから二階に駆けあがった。服を着替え、アール・グレイを連れて短い散歩に出た。すでにあたりは暗く、気持ちのいい夜になっていた。空には紫色の雲が点々と浮き、満月に近い月が天空の高みから見おろしている。アザレアの茂みから鳩の鳴き声がし、裏庭のグリルでなにか焼いているようなにおいがただよっている。春の夜はまだまだひんやりとすがすがしいが、チャールストンの夏特有の暑さと湿気がじわじわ忍び寄ってくるのも、もうまもなくだ。

自宅のキッチンに戻ると、ヘイリーお手製のチキンとワイルドライスのスープを少しコンロで温め、バターミルクのスコーンをひとつ、電子レンジに入れた。夕食を食べ、少しテレビを見てから、新しく手に入れた料理本を持ってベッドにもぐりこもうと考えていた。もしかしたら、バースか緑豊かなソールズベリー平原の趣あるティーショップの夢を見るかもしれない。そして、今年の夏に予定しているキツネと猟犬のお茶会にぴったり合いそうなレシピをいくつか選ぶと決めた(もちろんヘイリーの意見を聞いたうえでのことだけど)。

スープとスコーンを枝編み細工のトレイにのせ、アール・グレイを従えて全部一緒にダイニングルームに運び、腰をおろした。そのとき、携帯電話がまごうかたなき振動音を発した。

ああ、もう。やっかいな電話セールスじゃないといいんだけど。

携帯電話をポケットから出して発信者ＩＤを確認した。電話セールスではなく、ヘイリーからだ。「もしもし？」セオドシアは電話に出た。たしかヘイリーは今夜、ベンの家に行っているはず。一緒に夕食を作るつもりと言っていた。

言葉が高速かつ猛烈ないきおいでほとばしり出て、とてもすべては理解できなかった。半狂乱に陥る一歩手前の声だった。

「ヘイリー、落ち着いて」

「セオ！」ヘイリーは甲高い声で叫んだ。「助けてほしいの」

セオドシアはすばやく立ちあがり、そのいきおいで椅子がうしろに倒れそうになった。

「どうしたの、ヘイリー？　なにがあったの？」

「いまベンの家にいて——どうしてかわかんないけど——警察の車と暴動鎮圧用の黒い装備の警官に取り囲まれてるの。拡声器で怒鳴ってて、両手をあげて出てこいってわめいてる！」言い終えるとヘイリーはしゃくりあげた。「どうすればいいの？」

セオドシアは血の気が引くのを感じた。「ふたりとも、両手をあげて外に出なさい」

18

ヘイリーのすすり泣きはつづいていた。「そのあとはどうするの？」

「わたしがいますぐそっちに行くから」セオドシアは言った。「ベンの住所を教えて、早く」

「コロニアル・ストリートの三一六番地。正面に大きなマグノリアの木が植わっているメゾネット式アパートメント」

「きっと大丈夫だから。すぐ行くわ」

セオドシアは鍵を握りしめ、すぐさまドアから外に出た。裏の路地にとめたジープに向かって走りながら、ドレイトンの電話番号をプッシュした。

「やっぱりな」ドレイトンは電話に出るなり言った。「また軽はずみなことを思いついたのだな。あまたいる容疑者のひとりを尾行するから、わたしに同行してほしいというのだろう」

「ドレイトン、ヘイリーがたいへんなことになってるの」セオドシアはすでにジープに乗りこみ、エンジンをかけていた。

「なんだって！」

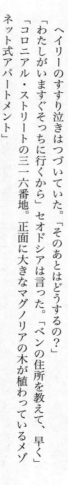

「ベンの家にいたら、警察にまわりを取り囲まれたんですって」

「いったいどうして？」

「わたしもそこまではわからない」セオドシアは言いながら、路地を飛ぶように走り、急ブレーキをかけてチャーチ・ストリートに入った。「ベンがいまも容疑者のひとりだからじゃないかしら」

「彼の住まいはどこなのだね？　現場はどこなのだ？」

「えっと、ヘイリーに教わった住所はコロニアル・ストリートになってる。コロニアル・ストリートの三一六番地」

「いまきみはどこに？」ドレイトンが訊いた。

「チャーチ・ストリートを走ってるところ」

「では、わたしの自宅から二ブロックのところを通るわけだな。少しまわり道をして、わたしを拾ってくれたまえ」

「本気？」セオドシアはそう訊きながら車線変更して青い小型車の前に割りこみ、右折してトラッド・ストリートに入った。

「家の前で待っているよ」

ドレイトンは言ったことは必ず守る。道端で落ち着きなくかかとを上げ下げしている姿が見え、セオドシアはそこに向かって車を走らせた。セオドシアのジープに気づいたドレイトンは、大きく手を振った。

車が右の前輪を縁石でこすりながら急停止すると、ドレイトンは助手席に飛び乗った。まだティーショップにいたときと同じ、上等なスラックスとシャツという恰好だったが、ツイードのジャケットを赤さび色のスエードのジャケットに着替えていた。

「ヘイリーからあらたな連絡はあったかね？」ドレイトンは開口一番、そう言った。

「全然」

「彼女は無事だろうか？」

「そう願うしかないわ。でも……声からすると、とてもおびえているみたいだった」

ベンの自宅に通じる通りは、道をふさぐようにとめた白黒ツートンのパトカー二台と蜘蛛の巣のように張りめぐらされた黄色と黒の犯罪現場テープでふさがれていた。制服警官はセオドシアの車が近づいてくるのに気づくと片手をあげ、追い払うように振った。それでも車をとめずにいると、警官は渋い顔になり、頭を激しく左右に振って、身振りで停止を求めた。

「Uターンして」ようやく車をとめてウィンドウをおろしたセオドシアに、警官は怒鳴った。

「この通りは捜査の関係で通行どめだから」

「どうしても、この先に行かなきゃいけないの」セオドシアは訴えた。「ヘイリーは……あなたたちが踏みこんだ家にいた女性は、わたしの友人なの。彼女から助けを求める電話がかかってきたのよ」

「だめだね」警官は手をくるっとまわす仕種をした。「いますぐUターンするんだ。刑事連中がまだいろいろ調べてる最中だからね」

「あそこにいる!」突然、ドレイトンが大きな声を出した。「ヘイリーが前庭の芝生に立っているのが見えるぞ。セオ、あそこに彼女が見えるだろう?」

「彼女だわ!」セオドシアも叫んだ。ヘイリーが小さなメゾネット式アパートメントの前庭で警官に囲まれていた。現場を明るく照らす警察車両と二台の黒いサバーバンのヘッドライトが淡い影を落とし、ヘイリーを小さくおびえたように見せている。「あれがヘイリーよ」セオドシアはもう一度警官に訴えた。「彼女は、ほかの誰でもなく、わたしたちに助けを求めてきたの」

「無理なものは無理なんだよ」警官は言った。「規制線を守るよう命令を受けてるんでね」

彼は混み合ってきた車の列に目をやった。「十フィート進んで車をとめ、あそこのドライブウェイでUターンするように。ライオンの石像がある場所だよ」

「そう、わかった」セオドシアは言ったが、Uターンするつもりはさらさらなかった。ヘイリーに頼られれば、なにがなんでも駆けつけるしかない。

「どうするつもりだね?」ドレイトンが小声で訊いた。

「強行突破を試みる。それしかないでしょ」

「また停止を求められたらどうする?」

「そのときは……あら、ラッキー。あそこにティドウェル刑事がいるわ。彼に手を振ってみて、ドレイトン」セオドシアはクラクションを鳴らした。短く三回、長めに三回、そしてまた短く三回。車版のＳＯＳ信号だ。

ティドウェル刑事が騒ぎを耳にして振り返った。渋滞する車の列を見やり、必死に手を振るセオドシアとドレイトンに目をとめた。むっつりした表情でしばらくふたりの訴えを検討していたが、やがて警官たちに通してやれと合図した。

セオドシアは勢揃いした警察車両のあいだをゆっくり慎重に進み、歩道に半分乗りあげる恰好で車をとめ、エンジンを切った。

「行きましょう、ドレイトン。わたしたちのヘイリーが待ってる」

急ぎ足で警官の輪に向かうと、近づくにつれ輪がばらけていった。

セオドシアはヘイリーに駆け寄って強く抱き締め、ドレイトンはヘイリーの肩を軽くたたいた。

「来てくれたんだね」ヘイリーは涙交じりに言った。

「当然でしょ」セオドシアはそう言ってから振り返り、ティドウェル刑事に「ありがとう」と感謝の気持ちを伝えた。

ティドウェル刑事は片手をあげた。「再会を喜び合うのはそのくらいにしておいてください。これから容疑者の事情聴取をおこないますので、おふたりはここで待っていていただきます」

ヘイリーはたちどころに連れ去られた。そしてベンの姿はどこにもなかった。

「彼女たちは容疑者なんかじゃないわ」セオドシアはティドウェル刑事に詰め寄り抗議した。

「とくにヘイリーにかぎってそれはない。刑事さんだってヘイリーがハエも殺せない性格なのを知ってるでしょ。ベンだってきっとそうよ」

ティドウェル刑事は、もうけっこうというように首を左右に振った。

「ミスタ・スウィーニーに関して情報を入手しましてね」

「情報？」ドレイトンが訊き返した。

「どんな情報なの？」セオドシアが訊いた。

そのとき、ベンのメゾネット式アパートメントの玄関から制服警官が出てきた。たたんだ白い衣類を持ち、その上に養蜂家がかぶる帽子がのっている。

「情報が役にたったようですな」ティドウェル刑事は言った。「あれをごらんなさい」

セオドシアは養蜂家の作業着一式をばかにしたようにながめた。

「あんなのはでっちあげよ」

「なぜそう言い切れるのですかな？」

「賭けてもいいけど、あなたが言う情報は匿名だったんでしょう？」

ティドウェル刑事は大きな頭をほんのちょっと前に傾けた。

「やっぱりそうなのね」セオドシアは言った。「それこそが、ベンがはめられた証拠よ」

ティドウェル刑事はかかとに体重をあずけた。セオドシアの反論に心を動かされたわけではないが、それでも話を聞きつづけた。「誰がはめたのですかな？」

「真犯人だと思う」

ドレイトンが彼女の腕をつついた。「セオ、もうひとり知った顔がいるぞ」

振り返るとピート・ライリーが通りの真ん中を大股で向かってくるのが目に入った。

「ああ、よかった」彼女はつぶやくと、彼に向かって駆け出した。

ライリーは彼女を抱き寄せた。「連絡をもらってすぐに来たんだ」彼は彼女の耳もとでささやいた。

「ぎりぎり間に合ったわね」いまだ機嫌が悪いティドウェル刑事のところにふたりで戻りながら、セオドシアは言った。「単なる誤解じゃないみたいなの。ヘイリーはやっかいなことに巻きこまれちゃったみたい」

「起訴するんですか？」ライリーは即座にティドウェル刑事に尋ねた。

ティドウェル刑事は渋々といった様子で質問に答えた。「まだ捜査中だ」

「ベンははめられたのよ」セオドシアはライリーに訴えた。

「何者かが、養蜂家の作業着を彼の家に隠したに決まっている」ドレイトンも加勢する。

「ちなみに、裏のポーチに置いてありました」ティドウェル刑事が言った。

ライリーは手の甲で顎をさすった。「本当ですか？　そんなところに？」

「ずいぶんと知恵がまわるものね」セオドシアは言った。

「ずいぶんと悪質だな」とドレイトン。

「申し訳ないが」とティドウェル刑事が口をはさんだ。「ライリー刑事、そっちが終わったら、話がある」

「わかりました」ライリーが言うと、ティドウェル刑事は立ち去った。

セオドシアはすがるような目をライリーに向けた。「ブッカーのことでなにかわかった？」

「あまり収穫はなかった。彼がアップル・スプリングズに勤めていたのは、もう何年も前のことだし」

「でも、ブッカーについてこれまでにわかったことから考えると、彼にできたと思う？　ベンをはめたりできる？」

ライリーはうなずいた。「もちろん可能だ。ベンがとんでもない悪人なら話はべつだけど」

「彼は悪人なんかじゃないわ」

「ずいぶんと自信満々に言うけど、本当のところはわからないだろ」

「わかるわ」セオドシアは言った。「ヘイリーのことはよく知ってるし、彼女の人を見る目を信用しているもの」

「われわれはこれからどうするのだね？」ドレイトンが横から訊いた。

「ふたりは家に帰るといい。ここはぼくにまかせて」

「われわれとしてはヘイリーも連れて帰りたいのだよ」ドレイトンが言った。「まぶしい光で目を照らされ、質問攻めにされるようなことになってほしくないからね」彼は反論は認めないというように、胸のところで腕を組んだ。

「そんなことにはならないよ」ライリーは言った。

「たしかに野蛮な尋問はしないでしょうけど」とセオドシア。「とにかく、ヘイリーを自宅に連れ帰ってもいいでしょ？」

ライリーは一瞬ためらったのちに言った。「できるだけのことはしてみる」

グラム・ガールのお茶会

地元のビューティー・アドバイザーに(サンプル持参で)来てもらい、お茶会を華やかに演出しましょう。あるいは、香水や化粧品のサンプルを集めて、お客さまにプレゼントするのもいいですね。そして燭台や高級食器、花束でテーブルを飾りつけましょう。最初のひと品はシナモンとリンゴのスコーンにクロテッド・クリームを添えて。エビサラダをはさんだサンドイッチや、山羊のチーズとイチジクジャムのサンドイッチを用意します。デザートには、クッキーやひと口ブラウニーの盛り合わせを。マンゴー、桃、花の香りがするプラム・デラックスのラベンダー・デイドリーム・ホワイトティーをお出しして、みなさんに楽しくお茶を飲んでいただきましょう。

19

木曜の朝、ヘイリーはまだ不安な気持ちを引きずっていた。昨夜はセオドシアとドレイトンが駆けつけ、警察を説得し、いかなる場合でもヘイリーが犯罪の容疑者になることはありえないと請け合ったにもかかわらず。あのときヘイリーはうれしそうにうなずき、許可を得てベンにさよならを言い、セオドシアとドレイトンと一緒の車で、インディゴ・ティーショップの二階にある自宅アパートメントに帰り着いた。けれども心の奥ではおびえていた――ベンのこと、昨夜の手入れの厳しさ、これから先のこと、すべてにおびえていた。

「ミス・ディンプルに頼んで、わたしとお茶の給仕をするのでなく、厨房であなたを手伝ってもらってもいいのよ」セオドシアは言ってみた。

ヘイリーは首を横に振った。「ううん、いいの。あたしよりもセオのほうがミス・ディンプルのお手伝いが必要でしょ。きょうのグラム・ガールのお茶会にはたくさん人が来るんだから、セオが前面に立たなきゃだめだもん」

「それはドレイトンとわたしで充分、対応できるわ」

「きょうのメニューはそんなにめんどくさいものはないから、あたしは大丈夫」ヘイリーは

寄せ木のカウンターに向き直り、カニのサラダにもう少しマヨネーズを足した。「でも警察がベンを殺人犯と決めつけてるのには、いまだに腹がたつ。ものすごくむかついてる」

「わかるわ。昨夜は悪質な罠にはめられてしまって、本当に気の毒だったわね」

「ベンの家にあんなものを置いたのは誰なのかな?」

「あなたが思っているのと同じ人物よ」

ヘイリーは下唇を震わせた。「養蜂家の道具がどこから持ちこまれたのかわからないって訴えたんだから、警察も信じてくれればいいのに」

「そうよ、そのとおり。でもその一方、警察はすべての情報をきちんと扱わなくてはならないの。みんな殺人事件の解決に一生懸命なんだから」

ヘイリーはセオドシアの顔を探るように見つめた。「セオも同じことをしてるんだよね」

「してたわ……いまもしてる……でも、たいした進展はないけど」

「そのうち進展するよ。絶対に大丈夫」ヘイリーは言った。

セオドシアはほほえんだ。このところ、あっちからもこっちからも叱咤激励が飛んでくる。最初はロイスから、そして今度はヘイリーから。つまりわたしには真相を突きとめる力があるということよね?

「本当にきょうのランチの仕度は大丈夫なのね?」セオドシアはもう一度、確認した。「さっきの申し出はまだ有効よ」

「きょうは全部、大きな三段のトレイに並べるつもりだから、手伝ってもらうとしたら、それを運ぶときだけでいい」ヘイリーは大きく息を吸い、つけくわえた。「だから、あたしのことは心配いらないよ」

「うん、わかった」セオドシアはヘイリーの肩に腕をまわし、もう一度、抱き寄せた。「あなたに何事も起こらないよう、わたしがちゃんと見張ってるわ」

ヘイリーの目に涙がこみあげた。「きっとだよ。指切りできる？」

「もちろん」セオドシアは小指をのばし、ヘイリーと指切りをした。「もしも、また警察が訪ねてくるようなことがあれば、おじに連絡を取って対応してもらいましょう」

「むずかしい試験にパスした弁護士さん？」

「そうよ」

「だんだん気分が上向いてきた」ヘイリーは言った。「なにかあってもついててくれる人がいるのは心強いよね」

「忘れないで」セオドシアはいたわるように言った。「家族というのは必ずしも血のつながりの有無じゃないってことを」

ヘイリーはエプロンの角で涙をぬぐった。「うん、わかった」といくらか声を詰まらせながら言った。

ティールームに戻ったセオドシアは、入り口近くのカウンターで忙しくしているドレイトンの様子を確認した。

「厨房は問題なしかね？」ドレイトンが訊いた。

「ヘイリーはまだ鼻をくすんくすんいわせているけど、きょう一日をやりきってくれると思う」

「ティーサンドイッチやらなにやらの仕度はひとりでできそうだったかね？」

「そんなのは目をつぶっていてもできるわよ」

「ミス・ディンプルに手伝ってもらえばいい」

「ヘイリーは必要ないって言うの。ミス・ディンプルにはわたしたちと一緒に給仕をしてもらうほうがいいって」

「まあ、料理のほうはきみが問題ないと思うのなら……」

「厨房はヘイリーがちゃんと切り盛りしてくれるわよ、ドレイトン。わたしの言うことを信用して」

「信用しているとも」彼は人差し指を立てた。「そうだ、うっかり忘れるところだった。また荷物が届いたぞ」彼は手をうしろにまわし、段ボール箱を持ちあげ、セオドシアに渡した。

「また化粧品かしら」彼女は箱をあけた。「ああ、やっぱり。うわあ、すごい。リップグロスとマグネット式のつけまつげだわ」

ドレイトンは口をすぼめた。「マグネット式のつけまつげ？　どうやってつけるのだ？　目が磁石になっていないと使えないとか？」

「つけまつげは上下二枚に分かれてて、それぞれを自分のまつげの上と下にくっつけるわけ。要するにまつげをサンドイッチするの」

「そんなものを女性たちは本当に使っているのかね？」

「もちろんよ。いますぐ、ひと組をヘイリーに持っていってあげるわ。きっと大喜びするわよ」

ドレイトンは信じられないという顔をした。「そんなものかね」


朝のお客で満席となった午前十時、ビル・グラスがカフェインを摂りすぎた水牛のように足音も荒く入ってきた。着古した緑色のアーミージャケットに丈が短すぎて毛むくじゃらの足首がかなり見えているカーキのズボン、首には青い格子柄のスカーフを巻いていた。赤ら顔なのでいまも生者の一員なのはわかるものの、それ以外はテレビドラマの『ウォーキング・デッド』で逃げまどう人にしか見えなかった。

「こいつを見てくれ」グラスは大声で言うと、自分が発行する《シューティング・スター》紙を振ってみせた。第一面はカラー写真満載で、見出しは赤い大きな活字、感嘆符がこれでもかと使われている。「表側には最高にいかした写真を使ってみた」彼は自分の仕事ぶりをながめ、高笑いした。「蜂飼い野郎がそこらじゅうにへんなものをまいてるところ、恐怖のあまり悲鳴をあげ、テーブルから飛びすさる人々、地面に倒れて死んでるクラクストン。最後のやつは特ダネものだぜ」

「なんてこと」セオドシアはグラスの手から新聞を一部奪い、彼に向かって振りかざした。

「この特集記事は下品でろくでもない内容だってことに気づきなさいよ。だって、亡くなった方の写真をこんなふうに……」

ドレイトンが隣にやってきて、写真をちらりと見ると、聖なる神の介入を祈るように、天を仰いだ。

「こうすると新聞が売れるんだよ、カップケーキちゃん」グラスは声を張りあげた。「その結果、広告主を大量に獲得できるって寸法だ。ジャーナリズムの世界ではな、扇情的であることが大事なんだ」

「あなたのところの新聞は厳密に言えばジャーナリズムじゃないわ」セオドシアは訴えた。

「スキャンダルまみれのごみを出してるだけじゃない」

「それよりもひどい」ドレイトンが小声でぼそりと言った。

グラスは意に介さなかった。「なんとでも言ってればいいさ。おや……」彼はアーモンドオレンジとジンジャーブレッド、二種類のスコーンが入ったガラスのパイケースを指さした。

「これを一個もらえないか？」

けれどもセオドシアの目は、一面のひとまわり小さな記事に、新聞関係者が関連記事と呼ぶものに吸い寄せられていた。

「一個くらい試食させてくれよ」グラスがせがむ。

セオドシアは相手にせず、記事に目をとおした。バック・ボールドウィンの写真が掲載されていた。記事には、ボールドウィンが党からあわただしく指名を受け、オズグッド・クラクストンの後継となったいきさつがくわしく書かれていた。

セオドシアは新聞の一面をたたいた。「この人を知ってる?」とグラスに質問した。「クラクストンさんの後継として候補になった政治家だけど」

「当然、知ってるさ」グラスは言った。「インタビューしたからな」

セオドシアがボールドウィンについて知っているのは、ミニョン・メリウェザーとジニー・ベルの喧嘩を仲裁した人物ということだけだ。

「どんなことを知っているの?」セオドシアはそう質問すると、ガラスのパイケースの蓋を取ってスコーンを一個取り出し、グラスに差し出した。彼がすぐさまひったくるようにつかむと、セオドシアは思わず苦笑いした。まるで犬をしつけるときのようだ。

「ありがとな」グラスは礼を言ってかじりついた。「んー、ジンジャーブレッドじゃないか。おれはこいつに目がなくてね、いくらでも食える」彼はくちゃくちゃと耳障りな音をたてて食べた。「で、ボールドウィンだが、けっこうまともなやつだぜ。インタビューもすぐ応じてくれたし、時間もたっぷり取ってくれたしな」

「ボールドウィンさんはもう議員選挙に立候補したわけだから、新聞に名前が出るのは悪くないわけよね」

「クラクストンの右腕で腹心の部下のひとりだったことを考えれば、ボールドウィンが当選する可能性は充分にある」

「クラクストンさんが卑劣な行為をおこなっていたことを考えれば、後継者であることは好評価にはつながらないと思うけど」セオドシアはそこでふと、バック・ボールドウィンのことが気になりはじめた。彼がクラクストン殺害に関与している可能性はある？　腹黒い政治家が邪魔者を押しのけて道をひらいた例はこれまでにいくつもある。

グラスがセオドシアを指さした。「あのさ、あんたもだんだんネガティブな性格になってきたよな。黒コショウのなかにハエの糞がないか探すみたいに、人の粗探しばかりしてさ」

「ハエの糞だと？」ドレイトンがグラスのほうを向いた。「このティーショップに関するかぎり、そんなことはありえん」


十一時になるとお客が残ってお茶を楽しんでいるテーブルはふたつだけとなり、メイク、ネイル、ウィッグの施術者はすでに到着し、それぞれのコーナーの設営にかかっていた。十分後、ミス・ディンプルが駆けこんでくると、満面の笑みを浮かべ、よくとおる声で朝のあいさつをした。次の瞬間、彼女は驚いて足をとめた。

「まあ！　まるでビューティサロンじゃありませんか。でなければ、足の指を海藻でくるんだりする、おしゃれなスパという感じですね」

「グラム・ガールのお茶会へようこそ」ドレイトンがカウンターから声をかけた。

「華やかできらびやか《グラム・グリッツ》ですね。こちらで開催するイベントはどれもすばらしくて、感心するばかりですよ」

セオドシアがやってきて、ミス・ディンプルがコートを脱ぐのを手伝い、コートラックに掛け、照明つきのミラーとしゃれたメイク用品が並ぶテーブルに案内した。「こちらは並外れた才能を持つメイクアップ・アーティストのドナ。きょうはお茶会のお客さまをイメージチェンジしてくれるの。眉のメイクと頬骨を際立たせるチークの入れ方に関する天才よ」

「わたしの頬骨も少し際立たせたいですね」ミス・ディンプルは笑った。「たいして高くない頬骨ですけど」

「それとこちらでは、サミーがマニキュアとネイルアートの最新状況について教えてくれることになってるの」

「すごいですね」ミス・ディンプルははしゃいだ声を出した。

「そしてこのコーナーでは、カミラが持参した数多くのおしゃれなウィッグを試着できるのよ」

つんつんに立たせたブロンドのウィッグを着けていたカミラがそれをはずし、焦げ茶色のボブヘアのウィッグをかぶった。「見た目が変われば、物の見方も変わるわよ」と熱っぽく訴えた。

「グラム・ガールのお茶会は、美しさを追求する会なんですね」ミス・ディンプルはうなずき、もう一度、店内をぐるりと見まわした。「それで、テーブルのセッティングはどうなさるんですか？」

「ピンクのテーブルクロスとピンクのお皿を使うつもり」セオドシアは言った。「ジョンソン・ブラザーズのピンクの大輪のバラが描かれたローズチンツという柄と、アビランドのリンゴの花が描かれたアップルブロッサムのどちらかにするわ」

「いいと思いますよ」ミス・ディンプルは言った。「でも、わたしはアビランドに一票ですね」

「じゃあ、それにしましょう。それとテーブルセッティングをするときには、わたしのオフィスにピンク色のバラがバケツいっぱいに入っているから、それをクリスタルの花瓶にいけてほしいの」

「わかりました」

「それと、メイク用品と香水のサンプルを詰めたおみやげ袋を、お客さま全員に差しあげることになってるの」

ティールームの奥でドレイトンが咳払いをした。「まだおみやげ袋の用意ができていないようだが」

「いますぐ取りかかるわ」セオドシアは言った。「そうそう、ミス・ディンプル、ヘイリーが言うには厨房のお手伝いは必要ないんですって。でも、お手伝いが必要かどうか、ときどき様子を見てやってもらえる？」

「承知しました」

セオドシアはオフィスに駆けこむと、ピンク色の袋を十枚ほどデスクに、二十枚ほどを床に並べた。それからそれぞれにおみやげの品を流れ作業方式で詰めていった。地元の小売店と卸売業者から提供された試供品がずらりと並んでいるのを見るのは壮観だった。小型容器に入った保湿クリーム、小さなリップグロスとマスカラ、香水の小瓶、さらにはアイブロウペンシルとつけまつげ、メイク落とし用のティッシュまで揃っている。セオドシアは何ヵ所かに電話をかけて、かわいくおねだりしただけだった。提供したほうも賢明な商品のアピール方法だとわかっているので、こころよく協力してくれた。

おみやげ袋作りを終えたセオドシアは、五、六回往復しておみやげ袋をティールームに運び入れ、各席にひとつずつ置いた。その間、ミス・ディンプルはピンクのティーローズをいけ、各テーブルに置いた。

お客が到着するわずか十分前、ようやくすべての準備が整い、セオドシアは一歩さがってティールームをしげしげとながめた。

とってもすてきだわ。温かみがあって、魅力的で、小さな宝石箱のように輝いている。しかも、ミス・ディンプルの言うとおりだ。店内はまさに高級スパのようだった。セオドシアは思わず顔をほころばせた。ヘイリーが作るごちそう、ドレイトンが特別にブレンドしたお茶、三つのイメージチェンジのコーナーと揃えば、きょうのお茶会ランチは絶対にすばらしいものになる。

ミス・ディンプルがティーローズをいけた最後の花瓶を持って近づいてきた。

「テーブルセッティングに問題はありませんでしたか？」彼女は訊いた。

「完璧よ」セオドシアはミス・ディンプルに目をやり、思わず二度見してから、がまんできずに噴き出した。「どうしたの？　見違えちゃったわ」

ミス・ディンプルはにんまりと笑った。「ヘイリーにマグネット式つけまつげのつけ方を教わったんですよ。どうです？」彼女はセオドシアを、それからドレイトンを見つめ、目をぱちぱちさせた。

「マダム」ドレイトンは言った。「きみはいつだって魅力たっぷりの女性だよ」

20

長針と短針が数字の12のところで重なり、店の扉があいた。セオドシアは入り口に立ってお客を出迎え、ミス・ディンプルがいるほうに誘導し、ミス・ディンプルがそれぞれのテーブルに案内した。お客はみなあわてて駆けつけてきたものの、猫を一ヵ所に集めてどうにかこうにか席につかせるのにひとしかった。というのも全員が（全員が！）ウィッグを試着したがり、ちょっとしたネイルアートをしてもらいたがり、軽くメイクをしてもらいたがったからだ。

おしゃれするのがきらいではないセオドシアも仲間に入ることにした。ショートのブロンドのウィッグを手に取ってたっぷりした鳶色の髪の上からかぶり（容易なことではなかった）、ティールームの中央に移動した。

すると、あちこちから歓声とため息、そして拍手があがった。

「ブロンドも似合うわよ！」ジルが大声で言った。

「わたしの分もあるかしら？」そう言ったのはクリステンだ。

「シャロン・ストーンみたい」リンダがはやしたてる。

セオドシアは笑顔で新しい髪を軽くたたいた。「わが同志、グラム・ガールのみなさん、インディゴ・ティーショップへようこそ」

そのひとことでまたも拍手がわき起こった。

「きょうはほんのちょっぴりくだけた会になります」セオドシアは言った。「みなさんが店内を好きに動きまわり、イメチエンを楽しみ、新しいことにいろいろ挑戦できるよう、すべてのメニューを三段のトレイにのせてお出しいたします」

それを合図にミス・ディンプルとヘイリーが厨房から現われ、おいしいものを満載した見栄えのいいトレイをひとりにひとつずつ配りはじめた。

「最上段にあるのはスコーンです」セオドシアは指をさして説明した。「ジンジャーブレッドのスコーンとアーモンドとオレンジのスコーンに、クロテッド・クリームとハニーバターをボウルに入れて添えています。真ん中の段にあるのはティーサンドイッチになります。きょうはどんなサンドイッチにしたの、ヘイリー？」

ヘイリーが前に進み出た。「サワーブレッドを使ったカニサラダのサンドイッチ、ジャガイモのブレッドを使ったターキーとゴーダチーズのサンドイッチ、そして、ライ麦パンを使ったキュウリとクリームチーズのサンドイッチです」

「いちばん下の段にあるのが」セオドシアは言った。「得も言われぬコクがあるデザートたちです。ひとくちブラウニー、レモン・バー、そしてフランス風マカロンになります。そうそう、各種のごちそうのあいだにきらきらしたピンクと黄色の花を散らしてあるのがおわかりになりますか？　これは砂糖漬けのエディブルフラワーです。卵白にくぐらせたパンジーの花に、とても細かな上白糖を手作業でまぶしてあります」

「たくさんあって食べきれないわ」ひとりの女性が言った。「重すぎるって三段のトレイが文句を言う声が聞こえてきそう」

「あらあら、でも、これで終わりじゃないんですよ」セオドシアは言った。「三つのコーナーで無料のイメージチェンジができるだけでなく、それぞれの席にメイク用品と香水の試供品がたっぷり詰まったおみやげ袋をご用意しました」そこでいったん言葉を切った。「そして、もちろん、お茶のご用意もありますよ。当店はやはり、ティーショップですから」そこでドレイトンのほうに目をやった。「ドレイトン、お願いできる？」

糊のきいたワイシャツ、ツイードのジャケット、あざやかな黄色の蝶ネクタイで決めたドレイトンが、つかつかと中央に進み出た。

「ティータイムをお楽しみいただくため、二種類の個性的なお茶をお出しします」ドレイトンは言った。「ひとつめはグラム・ガール・ジンジャーという名前で、煎茶、ショウガ、レモン、蜂蜜をブレンドしたお茶です。もうひとつはプレシャス・プラムといいまして、紅茶と微量のプラムと柑橘を組み合わせたお茶です」ドレイトンは言葉を切り、小さくお辞儀をするとくるりとうしろを向いた。

その後は楽しさいっぱいの自由タイムとなった。すぐさまイメチェン・コーナーに駆けていく人もいれば、三段のトレイのおいしいものに手をのばす人もいた。

セオドシアとミス・ディンプルは店内をまわってお茶を注ぎ、質問に答え、お客と歓談した。

「三段のトレイを使うアイデアはどこからヒントを得たの？」お客のひとりがセオドシアに質問した。

「ケーキスタンドの起源は十六世紀初期のイギリスにさかのぼります」セオドシアは説明した。「その後、アフタヌーンティーが一般的になるにつれ、それを象徴する三段のトレイが生まれたのです」

べつのお客も質問した。「どのタイプのお茶がもっともカフェイン量が少ないの？」

「ハーブティーでしょうね」セオドシアは答えた。「それにフルーツティーも。あまり発酵させていない白茶は含まれるカフェインの量が少なめで、緑茶はそれよりやや多め。それに対し、紅茶はカフェインをもっとも多く含みます」

ドレイトンは入り口近くのカウンターで、追加のお茶を淹れるのに忙しかった。セオドシアはおかわりをもらいにカウンターに急いだ。「順調ね」

「おそろしいくらいに順調だ」ドレイトンも言った。「きみがいい企画を思いついてくれたおかげだよ。最初、プレゼンされたときは少々やりすぎではないかと思ったのだが、こうして開催してみたら感動したよ」

「ありがとう、ドレイトン。あとは……」

入り口のドアが大きくあき、セオドシアは言葉を切った。

「遅刻してきたお客さまかしら？　ううん、ちがう。席は全部埋まっているもの」

するとラマー・ラケットがのっそりと入ってきた。黒いシャークスキンのスーツに淡いブルーのシャツを合わせ、濃紺のネクタイを締めた彼はうさんくさい政治家というよりもうさんくさい銀行マンに見える。

セオドシアは行く手を阻もうと、すぐに駆け寄った。

ラケットはセオドシアが近づいてくるのに気づき、足をとめた。

「ミス・ブラウニング、髪の毛を変えたんだな」彼はわずかに威圧的で、やや押しの強いしゃべり方をした。

「これはウィッグです」セオドシアは気取った手の動きで髪を軽くたたいた。ラケットさんはなぜここに、と不思議に思いながら。

「なかなかいい」ラケットは体を横に傾け、セオドシアのうしろをのぞきこみ、女性でいっぱいのティールームを観察した。それで彼の動きがとまることはなかった。「こちらのティーショップについてはいろいろといい噂を聞いていてね、ちょっと寄って自分の目で見てみようと思ったのだ」

「あいにく、いまは参加者限定のパーティで閉めているんです。ですが、またべつの機会にお寄りいただければ……」

ラケットは片手をあげた。「ああ、いま非常に忙しいのは見ればわかる。だが、テイクアウトをなにかもらえないかと思ってね」

「スコーンとお茶でよろしいですか？」ドレイトンがカウンターから声をかけた。

ラケットは目を細くしてドレイトンを見た。「ああ、それでいい」彼が言うと、ドレイトンはすぐさまテイクアウト用のカップを出し、お茶を満たした。

ありがとう、ドレイトン。セオドシアは心のなかで感謝し、ラケットのためにアーモンドとオレンジのスコーンを三個、袋に入れた。

ラケットは彼女をじっと見つめてから言った。「言っておくが、わたしはきみから目を離さないよ」

セオドシアは彼のほうに顔を向けた。「それはどうしてですか？」ああ、もうさっさと出ていって。

「いや、脅すつもりで言ったのではない」ラケットは心持ち脅すような口調で言った。「いつかわたしのホテルで、こちらのしゃれたお茶会をやってもらいたいと考えているものでね」

セオドシアがラケットににこやかにほほえんだとき、ドレイトンがテイクアウトのカップを彼のほうに滑らせ「お代はけっこうです」と言った。それからセオドシアはスコーンを入れた袋をラケットに渡した。「そちらのレストラン部門のプロたちでもりっぱにやれると思いますよ」

「それは、断るという意味だな」ラケットはおかしそうに笑った。

「いまは忙しい時期ですので」セオドシアは言うと、ラケットを追ってドアまで行き、彼が出ていくと閉めた。さらに、ラケットがダークグリーンのジャガーに乗りこみ、走り去るまでじっと見ていた。

一時間後にはラケットが来訪したことなどすっかり忘れ去られ、ティーショップの雰囲気はいっそうくつろいだものになった。ドレイトンはお客に出すお茶をカモミールと白茶のブレンド（うんとリラックスできる効果がある）に切り替え、ほぼ全員がすでにウィッグを試着し、簡単なマニキュアをしてもらい、メイクでイメチェンしていた。

セオドシアはカウンターのなかでスコーンをもぐもぐ食べながら、ショッピングに励んで、ずらりと並んだなかからこれぞという品を選んだお客の会計をするときを待っていた。

穏やかな雰囲気が突如として破られた。デレインが駆けこんできて、お手上げというように両手を高くあげながら叫んだのだ。「セオはどこ？　セオに用があるの！」

「ここよ」セオドシアはカウンターの外に出た。

やや近眼だが眼鏡をかけるのを断固拒否しているデレインは目をこらしながら言った。

「セオのようには見えないけど」

セオドシアがかぶっていたウィッグを脱ぐと、たっぷりした鳶色の髪がはらりと落ちた。

「ほらね。わたしでしょ？」

デレインは驚いて息をのみ、それからセオドシアの腕をつかんで振った。

「ああ、よかった。だって、あなたの力が必要なんだもの。ミニョンがあなたの力を必要としてるの」

「どうして？　なにがあったの？」

「ミニョンのお店が荒らされたの」デレインは叫んだ。「しかもめちゃくちゃに！」

「警察には通報したの？」

「もちろんしたわよ」デレインは感情を抑えきれないのか、ぴょこぴょこ跳ねている。「それでも、いますぐ来てほしいんだってば、セオ。この件を解き明かすのはあなたしかいないんだもの」

セオドシアはあたりを見まわした。「でもいまはまだ……」

「いますぐって言ってるでしょ！」デレインの絶叫が大音量だったものだから、頭上のシャンデリアがカランと音をたてて揺れた。「あなたの助けがいますぐ必要なの！」

「でも……」

「行ってきたまえ」ドレイトンが落ち着いた声で言った。「ここはわたしがなんとかする」

「セオ？」デレインが大きくみはった目ですがるように見つめてきた。「いいでしょ？」

「わかった」セオドシアは言った。「バッグを取ってくるから、ちょっと待ってて」

21

ＢＭＷのハンドルを握るデレインはかなり飛ばして（なおかつ、なかなか荒っぽく）、キング・ストリートにあるミニョンの店に駆けつけた。外から見ると趣のある魅力あふれる建物は高さがあり間口が狭く、ドアは群青色、正面の窓にかかった木の看板には〝ベル・ドゥ・ジュール〟と大きな金色の装飾文字で記されていた。その下には〝ギフト、衣類、フランス風小物〟とある。ドアの両側に小さいサイズのエッフェル塔が立ち、店の上に取りつけたポールでおなじみのフランスの三色旗がはためいていた。

店内は別世界だった。

本来ならば高級感にあふれた魅力的なはずの場が、すっかり荒らされていた。壁は黒や赤のスプレー塗料で落書きされ、商品は乱され、そこらじゅうにばらまかれていた。店内はあますところなく引っかきまわされ、何枚ものＴシャツがフランス産の箱入りチョコレート、アクセサリーをのせたトレイ、クリスタルのゴブレットなどと一緒に放り出されていた。重たいディレクトワール様式のテーブルはひっくり返り、フランスの文具は踏みつけられ、中国製の敷物にぶちまけられていたブルジョワのピンクと赤の口紅は、すっかり使い物になら

なくなっていた。

けれどもなによりぞっとしたのは壁だった。数字、文字、そして支離滅裂な言葉からなる悪意に満ちた殴り書きと記号で埋めつくされていたのだ。

「ミニョン！」デレインは声を張りあげ、セオドシアとともに散らばった商品をかきわけるようにして駆け寄った。

「まあ、デレイン、来てくれたのね！」ミニョンはうわずった声で言うとデレインの腕に飛びこんだ。ふたりはそのまま泣きながら相手にすがりつき、雷雨のなかのポプラの葉っぱのように身を震わせた。

「セオドシアも連れてきたわ」デレインは涙声でようやくそう言った。「彼女ならどうすればいいか教えてくれると思って」

実際のところ、セオドシアはどうすればいいか、さっぱりわかっていなかったが、あたりを注意深く観察した結果、店の奥、小さなオフィスのすぐ外に制服警官がひとり立っているのに気がついた。警官は紙になにかメモをしながら、携帯電話でなにやらしゃべっていた。

警官が電話を終えたタイミングで、セオドシアは彼に近づいて訊いた。

「あなたが通報を受けたの？」名札にはK・バーとあるこの警官は三十代前半と若く、ひょろっと背が高く、きまじめで、ういういしい感じの顔立ちだった。

バー巡査は顔をあげ、「はい、そうです」とほがらかな声で答えた。「というか、この路地を車で走りながら、昨夜の大型ごみ収集容器が放火された件を調べているときに、通報がありまして」彼は鉛筆をくるりとまわしたのち、それで店の奥をしめした。「パトカーは奥にとめてあります」

「じゃあ、すぐに到着したのね」

「そうですねえ、通信指令係に緊急通報が入った四分後くらいだったかな」

ミニョンがデレインの腕のなかで振り返った。「永遠に来ないかと思ったわよ！」

正面入り口のほうがざわざわし、制服警官ふたりがあらたに入ってきた。ひとりが店内を見まわしたのち、帽子を脱いで言った。「ひどいありさまだ」

それを聞いてミニョンがふたたびデレインの腕に顔を押しつけ、しばらく激しくむせび泣いた。

ミニョンが本当にうろたえているのか、それとも一種のヒステリー状態にあるのか、セオドシアには判断がつかなかった。けれども、ここにいる警官たちに重要な情報を提供できるのは、ミニョンしかいない。

「ミニョン」セオドシアは語気を強めた。

「なに？」デレインの肩に顔を埋めているせいで、ミニョンの声は低く、くぐもって聞こえた。

「あなたに協力してもらわないと」

ミニョンは振り返ると、黒い筋となって頰を流れるアイメイクを拭った。

「どうしてわたしが協力しなきゃいけないの？」

「おまわりさんたちは事件の状況を正確に把握する必要があるの」セオドシアは諭すように言った。

バー巡査が言った。「いくつか質問にお答えいただかないとならないんです」

「話してあげなさいよ、ハニー。つらいだろうけど」デレインがうながした。それからハンドバッグからハンカチを出し、ミニョンの顔を拭ってやったが、流れたメイクを塗りひろげただけで、よけいにひどくなった。

ミニョンはしばらくデレインに拭ってもらっていたが、やがて顔をしかめ、気乗りしないように「そうね」と言った。彼女は大きくため息をつくと、気持ちを落ち着かせようとしてから口をひらいた。「こういうことだったの――お友だちとランチをご一緒して帰ってきたときだったわ」そこで洟をすする。「通りに面した側のドアをあけたら、なかに誰もいるはずがないのに、人がいたの――頭のおかしな男が！　しかも、わたしの美しいブティックがめちゃくちゃになってたの！」

「では、あなたを驚かせた侵入者は男だったんですね？」あとから到着した巡査のひとりが訊いた。名札にはP・バロンとある。

ミニョンは涙ながらにうなずいた。「ええ、まちがいないわ」

「とくにあなたを傷つけようとはしなかったんですね？」バロン巡査が訊いた。

ミニョンはうなずき、そうよねというようにデレインを見やった。「わたしを突き飛ばすようにして、走って外に出ていったの」

「おそろしいわ」デレインが言った。

「その人物に心当たりはありますか？」バー巡査が訊いた。「前に見たことがあるとか？」

「それはないと思うけど」ミニョンはデレインのほうを向いた。「最初はあばずれ女のジニー・ベルがかかわっているのかもと思ったし、いまもその可能性はあると思ってるけど、彼女でなかったのはたしかよ。ジニーは不恰好なナナフシみたいにやせこけてるけど、犯人はもっと大きかったもの。力も強かったし。それにマスクをしてたわ」

「どんなマスク？」セオドシアは訊いた。「ハロウィーンで仮装するときに使うようなマスク？」

「バンダナみたいな感じだった。紺色の。それで顔の下半分を覆ってたの。あと……」ミニョンは自分の頭のてっぺんに触れた。「帽子をかぶってた。野球帽を目深にかぶってたから、目がほとんど見えなかった」彼女は体をぶるっと震わせた。「でも、その目で穴があくほどわたしを見つめてきたのも、凶悪そうな目だったのもわかった」

「着ているものはどうでしたか？」バロン巡査が訊いた。

ミニョンは首を横に振った。「わからない。ものすごくショックだったし、ものすごく怖かったから、どう反応すればいいかわからなかったんだもの、相手が着てるものを細かく記憶するなんて無理に決まってるでしょ」

「われわれは力になろうとしているんですよ、奥さん」バー巡査は言った。

「わかってるわよ、そのくらい。とにかく、生きた心地がしなかったの」

デレインがミニョンの肩に手をまわした。「ええ、もちろんそうよね、スイートハート。怖かったわよね」彼女はセオドシアに目を向けた。「ねえセオ、どう思う?」

「商品をめちゃくちゃにした行為についてはなんとも言えないけど」セオドシアは言った。「でも、壁の落書きはちょっと変わってるなと思って」

「そうなの?」とデレイン。

三人の巡査が一斉にセオドシアに目を向けた。

「こんなことは言いたくないけど、ブッカーという名前の地元のアーティストの絵にちょっと似てる気がするの」

「なぜそう思うんですか」バー巡査が訊いた。

「ブッカーさんの作品を前にも見てるから」セオドシアは言った。「ブッカーさんは地元のビルの壁画を手がけるほか、キャンバスに大きな絵も描いてるの。ほとんどが過激な落書きのような作風なの」

三人の巡査は顔を見合わせ、バー巡査が言った。「いまから刑事を呼びます。うちの署の刑事を」彼はミニョンに向き直った。「クラクストンさん、ここに残って、刑事が到着したら事情を説明してやってください」

「わたしがどこに行くっていうの?」ミニョンはキンキンした声を張りあげた。「もしかして気がついてないかもしれないけど、いまここは有害ごみの捨て場みたいなありさまなのよ。いますぐにでも片づけを始めなきゃならないの。月曜日に店のグランドオープンが控えてるんだから」彼女はそこで突然、途方に暮れたような、無力感にとらわれたような顔になった。

「でも、どこから手をつければいいのか」

「まずはいちばん大事なことからやらないと」セオドシアは言った。「鍵を替えるの」

「くれぐれも、いまのよりも性能がよくて頑丈な鍵にしてください」バー巡査が言った。

「裏口の鍵は簡単に破られてますから」

「評判のいい錠前屋の名前をお教えしますよ」バロン巡査が言った。

「片づけを手伝ってくれる人はいるの？」デレインがミニョンに訊いた。当初の衝撃が薄れてきたせいか、さっさと引きあげたくてたまらないらしい。

「うちの店員ふたりに頼むつもり」ミニョンは言った。「サーシャとジョイス。雇ったばかりだけど、電話してみる」

「それがいいわ」デレインはセオドシアを見やった。「セオ？　引きあげる前になにかある？」

「ブッカーというアーティストについて、もう少しくわしいことを教えてください」バー巡査が言った。

「前に聞いたら、イマーゴ・ギャラリーが代理人をつとめているという話だった」セオドシアは言った。「そこで話を聞けばきっと……」

バー巡査はうなずいた。「ありがとうございます。ギャラリーの場所はわかります。いまの情報については必ず追跡調査します」

「あ、それと、ブッカーさんはベイ・ストリートの芸術連盟にも顔を出してるわ」セオドシアは言った。

「セオ?」デレインが硬い表情でドアのほうを顎でしめした。

けれどもセオドシアはあらためて落書きで埋めつくされた壁を調べはじめた。本当にブッカーがこのすさまじい破壊行為をおこなったのだろうか? もしそうなら、なぜここまでめちゃくちゃに荒らしたのだろう? ミニョンをおびえさせるのが目的? それとも警告するのが目的? そうだとすると、クラクストンを殺したのはブッカーということ? それとも、ミニョンの推測どおり、ジニー・ベルがかかわっているの? ミニョンとクラクストンへの憎しみをつのらせたジニー・ベルがブッカーをそそのかしてやらせたとか?

セオドシアは荒れ狂う渦巻と塗料がしたたる文字をじっくりと見た。なんとなくだが、どこかちがう気がする。誰かがブッカーの作品に似せたのだろうか? 模倣したのだろうか? というのも、見れば見るほどできの悪い偽物に見えてくるからだ。

もちろん、たしかめる方法はひとつしかない。

22

イマーゴ・ギャラリーは〈ベル・ドゥ・ジュール〉からほんの五ブロックの距離だ。セオドシアは車に乗せてもらわなくても大丈夫、ティーショップまで歩いて帰れるからとデレインに伝えた。

「本当にいいの？」デレインは訊いてきたが、すでに自分の車に飛び乗ってエンジンをかけはじめていた。

「平気よ。あなたはもう行って」

まっすぐインディゴ・ティーショップに帰らないことをデレインに言うつもりはなかった。イマーゴ・ギャラリーに寄り道することも。いまはなにがなんでもブッカーの作品を見て――まだ彼の作品がギャラリーにあったらの話だけれど――彼がミニョンの店を荒らす行為に関与しているのか、自分の目で見きわめなくてはいけないと思ったからだ。それに、ギャラリーの財政状況がいくらかでも回復したか確認したい気持ちもあった。

けれどもイマーゴ・ギャラリーに着いてみると、ホリーとフィリップはあいかわらずギャラリーの現状を憂いていた。

「またひとり、アーティストが抜けたの」ホリーがセオドシアに訴えた。いまにも泣き出しそうな顔をしているものの、ショッキングピンクのTシャツとバレエのチュチュかと思うほど薄くて軽い素材のピンクのスカート姿でとてもかわいらしい。「これで十人めよ。まあ、その人は写真家なんだけど」ホリーがそう言って身振りでしめした先を見ると、フィリップが壁からせっせと写真をおろし、気泡緩衝材でくるみ、大きな木箱に入れていた。

「話があるの」セオドシアはホリーに言った。

「いいわよ」ホリーは心ここにあらずの様子で言った。「奥のわたしのオフィスに来て。景気づけにコーヒーが飲みたくて」

ものがあふれんばかりに置かれたホリーのオフィスは焦げたコーヒー、油絵の具、それにシャネルNo.5のトップノートのにおいがした。一風変わった形のポットからコーヒーを注ぐホリーに、セオドシアはミニョンの店が荒らされたことを話した。壁の落書きを見てブッカーの絵を連想したことも。

「まさか、そんな！」ホリーはマグカップを置いて、口を手で覆った。目を大きく見ひらき、口から手を離した。「本気でブッカーの仕業と思ってるの？」

「警察は――さらにはミニョンも――誰の仕業かまったく見当がついてないわ」

「で、ブッカーのことはなにも話さないでくれたのよね？」

「実を言うと話したの。落書きがブッカーさんの作品にどこか似ていると、おまわりさんに言うしかなかったんだもの」

「ということは、警察はわたしに連絡を取ってくるわけね」ホリーは口をへの字に曲げた。「またしても」

「ミニョンのお店が受けた被害は甚大だったの。だから、ここに寄っていちおう警告しておこうと思ったわけ。それに、ブッカーさんの作品をもう一度よく見てみたかったし」セオドシアは少し言いよどんだ。「彼の絵はまだこちらにあるかしら？」

「あると思うわ。一点か二点くらいだけど。たしか……」ホリーはそうとう疲れているように見えた。「たしかギャラリーに置いてあるはず」

ふたりでギャラリーに入ると、ちょうどフィリップが写真の最後の一枚を木箱におさめているところだった。彼は顔をあげ、両手の埃を払った。「これでボビー・ルソーともお別れだ。すぐれた風景写真家ではあるが、当分は彼の作品を目にすることはないだろう」

「フィリップ、セオドシアがブッカーの作品を見たいんですって」ホリーが声をかけた。「あの、とても大きな絵を出してあげてくれる？　へんてこなオオカミの絵が描いてある青い絵があるでしょ？」

「いいよ」フィリップはカナダヅルのブロンズ像のうしろに引っこみ、壁に立てかけてあった四枚の大きな絵のへりに手を這わせ、そのうちの一枚に触れて、引っ張り出した。「これが、ブッカーの作品のなかで……うーん、まあまあまともで、売れそうな作品のひとつだ」

「全部見えるように出してくれる？」ホリーが頼んだ。

フィリップは縦六フィート、横八フィートのキャンバスを引き抜くと、危なっかしい手つきで抱え、「おっとっと」と言いながら、どうにかこうにか壁に立てかけた。「さあ、どうぞ」彼は言うと、セオドシアに目を向けた。「ブッカーの絵を一枚、購入するつもりとか?」その声には期待がにじんでいた。

セオドシアは〈ベル・ドゥ・ジュール〉で起こった破壊行為についてフィリップに簡単に説明した。そして、ブティックのオーナーがクラクストンの妻、ミニョン・メリウェザーであることも。

「うそだろ!」フィリップは叫んだ。「ふたつの事件につながりがあると思うかい? だって、まずクラクストンが殺され、今度は奥さんの店が襲撃されたんだから」

「わからないわ」セオドシアは言った。「可能性はある。でも奇妙なことに――ミニョンの店の壁に描かれた落書きを見て、ブッカーさんの作品に見た目と雰囲気が似ていると思ったの」

フィリップの顔から血の気が引いた。「まさか。そんなはずはない。ブッカーがそんなことをするわけが……できるわけが……少なくともぼくは、そんなはずはないと思う」彼は絵をじっくり観察しているセオドシアをうかがった。「どう? 同じ作風かな?」

「まったく同じとは言えないわ」セオドシアはゆっくりと言った。「こっちの絵にはしっかりとしたテーマと稀有《けう》な美しさがあるけれど、ミニョンのブティックの落書きには魂が宿ってなくて、ブッカーさんのスタイルの安易なものまねという感じがしたから」

「じゃあ、安心していいのね?」ホリーはさっき以上に落ち着きがなくなっていた。

「そう思う」セオドシアは言った。「ただし……」

「ただし、なんなの？」

「ブッカーさんが襲撃のときだけスタイルを変えたのなら話はべつ。それって、警察の追及をそらす目的ということだもの」

「あるいはわざと挑発しようとしたのかもしれない」とフィリップ。「〝ほうらどうだ、警察の目などいくらだってかいくぐってやる〟とあざわらっているのかも」

「それも考えられるわね」セオドシアは青いオオカミの絵を何度も何度も見つめた。「おふたりのどちらでもいいけど、最近、ブッカーさんと話をした？」その質問にホリーとフィリップはおどおどと顔を見合わせた。

「どうしたの？」セオドシアは訊いた。なにか気になることがあるらしい。

「変な話だけど、ブッカーはどこかに身を隠しているみたいなの」ホリーが言った。

セオドシアはうなずいた。べつに初耳というわけではない。きのう、ライリーも同じようなことを言っていた。

「ブッカーはどこかで自主的に引きこもっているとわたしたちは考えてるの」ホリーは言った。

「どうして彼が引きこもっていると思うの？」セオドシアは訊いた。

「ひとつには、ちょくちょくそうしてるから。あれこれ考えをめぐらす、あるいは物思いにひたるためにいなくなるの」

「瞑想にふけるってことだね」とフィリップ。

「もうひとつの理由は、彼に渡す小切手があって電話で連絡しようとしたからなの」ホリーは言った。「絵が一枚売れたのよ。きのうの夜遅くと、きょうあらためて電話して、メッセージを残したけど、折り返しの連絡がないの」

「ふだんはそうじゃないの？」セオドシアは訊いた。

「ブッカーは基本的にその日暮らしでかつかつの生活だから、そんなことはありえないの」ホリーは説明した。「ブッカーあての小切手があると言うと、いつもは即座にやってきて、ドアを壊しかねないいきおいで飛びこんでくるんだから」

「で、彼の姿が見えないのはたしかなのね？」

「フィリップがわざわざ車で出かけて、ブッカーの自宅を確認したのよ。ドアをノックしたけど留守だった。運動をしていたべつのアーティストに声をかけたところ、ブッカーはどこだか知らないところに出かけたっていうの」ホリーは鼻にしわを寄せ、またもフィリップにちらりと目をやった。

「ねえ、ホリー」セオドシアは言った。「その場所に心当たりはない？」

ホリーはフィリップを見つめた。「話したほうがいい？」

「話すべきだと思うよ」とフィリップ。

「なんの話？」セオドシアは訊いた。

「ブッカーはリトル・クラム・アイランドにも家があるらしいの。ジェイムズ・アイランドの沖合にある小さな島のひとつよ。とにかく、本人がその島に家があるという話をしていたの。いまもあるんじゃないかしら……アトリエみたいなものが。まあ、本人の言い方からすると、実際には魚釣り用の小屋に近いのかもしれないけど。電気なんかは来てなくて、とんでもなく田舎にあるみたい。草ぼうぼうの道が沼地を縫うように走ってはいるけど、ボートで行くほうが簡単じゃないかな」彼女は肩をすぼめ、ぶるっと体を震わせた。「その島にはたぶん、地面を這う、薄気味悪い生き物がいると思うのよね……ヘビのことよ」

フィリップがセオドシアを見つめた。「落書きがブッカーの作品に似ていると警察に告げたのは正しい判断だと思う。ブティック荒らしにあいつは関係ないとしても、警察に見つけてもらえば、支援につなげられるかもしれないし」

「ブッカーさんには支援の手が必要なの?」セオドシアは訊いた。

「あいつは酒を少し飲みすぎるきらいがあってね」フィリップはグラスを傾け、中身を飲みほすまねをした。「いや。少しどころじゃないな。ときどき、派手などんちゃん騒ぎをする場に出かけるんだ」

いつの間にかホリーが両腕を脇につけ、うつむいて立っていた。忍び泣きの涙が頬を伝い落ちている。

「ホリー」フィリップが声をかけた。「どうした、ハニー?」

「次から次へと頭の痛いことばかりで」ホリーの声は震えていた。「わたしのまわりで世界が崩壊しているような気分だわ。最初はお茶会での銃撃、次はアーティストたち——お客さまは言うまでもなく――がうちのギャラリーを見限り出した。そして今度はブッカーの件。おまけにジェレミー・スレイドが昼となく夜となくうるさく言ってくる。うちのギャラリーに二十万ドルも投資してもらっているのに、すべてが手に負えない状態になってしまったいま、それだけのお金をどうやって回収すればいいのか。まして彼に返すとなったらどうすればいいのか」

「ホリー、商売はいずれ上向くわ」セオドシアはなぐさめた。「あなたは頭がいいし、アイデアも豊富だし、前途有望なアーティストを見つけるという稀有な才能にめぐまれているんだから」彼女は目の前の女性に同情した。ホリーの身にこんなことがあっていいはずがない。親切でやさしくて、どんなときでも楽天的だ。少なくとも、数日前まではそうだった。

「ちょっと考えていることがあってね」フィリップは言った。

ホリーはかぶりを振り、いまに神経を集中しようとばかりに目もとの涙をぬぐった。弱々しい笑みをどうにか浮かべた。「どんなこと？」

「今夜はシェフとしてきみに超特別なディナーを作ってあげるよ」そう言うと、フィリップは今度はセオドシアに目を向けた。「それにセオドシアにも。きみとドレイトンも特別なディナーに招待したい」彼はうながすようにほほえんだ。「今夜、ぼくの店〈ボルト・ホール〉でホリーとディナーをご一緒してもらえるかな？　時間は五時ごろ、ディナーの注文が入り始める前に」彼は手をのばしてホリーの手をつかみ、ぎゅっと握った。「みんなでテーブルを囲んで、おいしい料理とワインを楽しもう。事態がよくなることを祈って、乾杯するのもいい」

「すてき」セオドシアは言った。「必ずうかがうわ」そもそも、こんな招待を受けて、断るなんてできっこない。

インディゴ・ティーショップに戻ると、テーブルと椅子はもとに戻され、おしゃれ請負人たちは荷物をまとめて引きあげていき、客がいるのはふたつのテーブルだけとなっていた。

「午後は出足が鈍いようね」セオドシアはドレイトンに言った。

「そんなに鈍いわけではないぞ。〈ベル・ドゥ・ジュール〉はどうだった？　デレインは驚天動地の大事件のように言っていたが、実際そのとおりだったのかね？」

「かなりひどい状況だった」セオドシアはドレイトンに、マスクで顔を覆った犯人が押し入って壁に落書きをし、なにもかもをぶち壊しにしたことを説明した。

「で、殴り書きの文字や記号がブッカーの作品と似ているというのだね？」

「似ているけど、ぴったり同じじゃないわ」

「何者かによる模倣か？」

「そうかも。ただ、なぜそんなことをしたかは、わからないけど」

「ブッカーを犯人に見せかけようとしたとか？　警察の目を彼に向けさせようとしたのかもしれんな」

「すでに警察の目は彼のほうを向いていたわよ」セオドシアは言った。「いまのところ、彼が見つかっていないだけで」

「妙だな」ドレイトンは言った。

「なにが妙なの？」ヘイリーの声がした。厨房から出てきた彼女は数フィート離れたところに疲れ切った様子で立ち、セオドシアたちを怪訝そうに見ていた。

「ミニョンのお店が荒らされた話」セオドシアはそう言うにとどめた。ヘイリーに必要以上の情報を教えて、また動揺させることは避けたかった。

「そうなんだ」ヘイリーは言った。「もう片づいたの？」

「ほどなく片づくだろう」ドレイトンが言った。「で……きょうのすばらしい昼食会のことだが、ヘイリー、きみが厨房で発揮した非凡なるスキルに礼を言わせてくれたまえ」

ヘイリーが手を振った。「あんなの超簡単だよ。でも、明日のことでちょっと考えてることがあって……」

「なんだね？」ドレイトンは訊いた。

「この話を持ち出すのは気がとがめるんだけど、いろんな種類の蜂蜜が残っちゃってて」

「日曜日のお茶会の残りの蜂蜜？」セオドシアが訊いた。

「うん。それが山ほどあるんだ」ヘイリーは言った。「それで蜂蜜をテーマにした昼食会をやってみるのもいいかなって考えてたの。宣伝する時間がないから、そんな豪勢にはしなくていいの。でも、料理に蜂蜜を使ったらいいんじゃないかと思って」

「とてもいい考えだわ」セオドシアは言った。「それにいまからでも宣伝できるわよ。口コミという方法を使うの。近くのB＆Bの何軒かに電話して、特別な蜂蜜のお茶会を開催すると伝えておく。それで宿泊のお客さまが来てくださる可能性は高いわ」

「いいアイデアだね」ヘイリーは言った。「歴史地区のいいところは、ありとあらゆる小規模ビジネスが集まってる点だよね。みんなで取り組み、そういう助け合いの精神からいい結果が生まれるって感じ」

「持ちつ持たれつの精神だな」ドレイトンがうなずく。

ヘイリーはほほえむと肩をまるめ、大きなあくびをした。「もうくたくた」

「だったらさっさと二階にあがって」セオドシアは言った。「愛猫のティーケーキと部屋でくつろいでのんびりするといいわ。そうしたってばちは当たらないわよ。昨夜あんなことがあったんだもの」彼女はヘイリーの顔色をうかがった。「きょうはベンと話をした？」

「ちょっと前に彼から電話があった」ヘイリーは言った。

「元気そうだった？」

「危害をくわえられたりはしていないのだろうね？」ドレイトンが訊いた。

「まだ怒ってるけどね。でも、そのうちおさまると思う」そこでヘイリーはまたあくびをし、疲れたように手を振ると、ゾンビのような足取りで厨房に戻っていった。

「昨夜、たいへんな思いをしたのに、よくきょうも一日、働けたものだと感心するよ」ドレイトンが言った。

「そうね」セオドシアは言った。「ヘイリーにはガッツがあるもの」

ドレイトンはほほえんだ。「最近はめったに聞かれなくなった言葉だな」

「もうひとり、くじけることなくがんばっている人がいるわ。フィリップ・ボルト。レストランの開業に向けて動いているだけじゃなく、ホリーを献身的に支え、元気づけている」

「りっぱな若者だ」

「実はそのりっぱな若者が、わたしたちを今夜、自分のゴーストキッチンでのディナーに誘ってくれたの」

ドレイトンは顔をしかめた。「いったいなにを言い出すのだね？　店に幽霊が出るということか？」

「そうじゃなくて、〈ボルト・ホール〉はまだ正式にオープンしていないからよ。だから、フィリップはわずかな数のテイクアウトのメニューでやっていくしかないの。裏の路地に面した窓のところで人が足をとめ、注文の品を受け取る――それがゴーストキッチン。あるいはお客が、グラブハブやウーバーイーツのようなデリバリーサービス経由で注文する場合もあるわ」

「なるほど、ドライブスルーのようなものか。だが、われわれはテーブルを囲んで食事をするのだろう？」

「そうだと思う」

「いいね。わたしも数に入れてほしい」

セオドシアは腕時計に目をやった。「あと十分か十五分したら出るわよ。でも、先に電話をかけさせて」

「ライリーにかけるのかね？　クラクストン事件の捜査の進展を知るために？」

「むしろ、万が一にそなえての保険的な電話」

「謎めいたことを言うのだな」

セオドシアはほほえんだ。「まあね」

華麗なるギャツビーのお茶会

華麗なるギャツビーのお茶会を開催して、ティーテーブルに1920年代のジャズエイジをよみがえらせましょう。テーブルを上品な白と黒で飾り、光沢のある黒い花瓶に白い花と羽根をいけ、フラッパー風の模造真珠を垂らします。さらにはシルクハットをいくつか飾り、20年代を感じさせる音楽を流すのもよいでしょう。ひと品めはラズベリーのジャムを添えたクリームスコーン、つづいてキュウリとクリームチーズをはさんだ上品なサンドイッチ。メインは、カレー風味のロブスターサラダ、またはチェダーチーズが入ったテリーヌをイタリアンブレッドにはさんだものがお勧めです。高級感あふれるデザートとして、ラズベリーをトッピングしたタルトレットはいかがでしょう。お茶はなににしましょうか？　リパブリック・オブ・ティーのバニラ・ティーはおいしいですし、ダージリンは紅茶のシャンパンと言われています。

23

車はブロード・ストリートを進み、その後、クイーン・ストリートに入った。車のオーディオから流れる落ち着いた雰囲気のジャズを聴きながら、〈ボルト・ホール〉に向かった。

「いい感じだ」ドレイトンが言った。

「音楽のこと？」

「それだけではなく、すべてがだ。音楽、おいしいディナー、すばらしい仲間」

「ひとつ訊いてもいいかしら、ドレイトン」

「なんだね？」

「ホリーの話によれば、ジェレミー・スレイドさんからイマーゴ・ギャラリーに二十万ドルの投資があったけど、そのほとんどを使い果たしてしまったらしいの」

「おやおや、スレイド氏が激怒するのも無理ないな」

「でもね、ドレイトン、二十万ドルはそうとうな額のお金よ。そう思わない？」

「たしかにそうだ」

「それだけのお金をホリーはいったいなにに使ったのかしら？　それでどれだけの成果があ

ったの？　だって、お金はすべて使ってしまったみたいな口ぶりだったから」

「実際、使ってしまったのかもしれんな」

「でもなにに使ったのかしら？　考えてもみて。うちの店はケータリング代として三千ドルを請求した。あそこのギャラリーの賃料は……月に四千ドルくらい？」

「そのくらいだろうな」

「じゃあ、残りのお金はどうしたの？　どこに消えたの？　なにに使ったの？」

「パーティの招待状とか？　飲み物とか？」

セオドシアはドレイトンに目をやり、眉をあげた。

「言いたいことはわかる」ドレイトンは言った。「なんならホリーに直接訊いてみてはどうだね？」

「わたしには関係ないことだけど、今夜のディナーの席で訊いてみるつもり。話のきっかけがつかめればだけど」

セオドシアは〈ボルト・ホール〉の正面に車をとめた。まだ早い時間だったし、もうじき開業するレストランのお客の大半は、裏の路地から入るので、とめるのは造作もなかった。

「はい、到着」セオドシアは言った。

ふたりは車を降りて、レストランの正面をながめた。煉瓦と漆喰壁と傾斜が急な切妻屋根からなるチューダー様式の建物だった。外壁の下半分は、棘《とげ》のある観葉植物を植えたプランターが窓のところに置かれてアクセントになっている。無骨なドアの上に張り出す濃紺の日よけに〝ザ・ボルト・ホール〟と書いてあるのがはっきりわかる、その下には〝おいしいお食事、ワイン、おしゃべり〟の文字が並んでいた。

「人気が出そうだ」ドレイトンが言った。

「フィリップはほのぼのとしたユーモアのセンスの持ち主なのね」セオドシアは言った。

「それがホリーにいくらかなりともいい影響をあたえてくれるといいけど」

「同感だ。いまの彼女は少々、神経質になっているからね」ドレイトンは正面のドアに手をかけてあけ、先にセオドシアを通した。ふたり一緒になかに入ると……。

真っ暗だった。

レストランのなかは奥に淡いブルーの明かりが灯っている以外、闇に包まれていた。目が暗さに慣れると、椅子がすべてテーブルの上にあげてあるのが見えた。

「こんにちは。どなたかいませんか？」セオドシアは声をかけた。

「この場所で合っているのだろうね？」ドレイトンが訊いた。彼は暗闇に目をこらした。

「いかにもまぼろし《ファントム》のキッチンらしいと言えるが」

「ゴーストキッチンよ。でも、あなたの言うとおりだわ。がらんとしてさびれている感じ」

ふたりがあきらめて引きあげようとしたとき、奥のドアがいきおいよくあいた。それからパタパタという足音がしてホリーが両手を振りながら駆けこんできた。

「ごめんなさい」彼女は甲高い声で言った。「正面側のドアの鍵があいてるのに気づかなくて。てっきり裏の路地から入ってくると思いこんでたの。テイクアウトの品を取り来る人はみんなそっちから入るものだから」

「そうよね」セオドシアは言った。「だってここはゴーストキッチンなんだもの」

「だから人がいないのだな」ドレイトンは腕をさっとひと振りし、暗い店内をしめした。

あまりよくは見えないけれど、椅子はベントウッド・スタイルで、テーブルは明るい木肌のバーチ材のものだった。足もとを見ると、ハートパイン材の床のところどころに、色褪せてはいるものの豪華さをたもっているオリエンタルラグが敷いてある。奥には淡く照らされたガラス張りのワインセラーがあり、床から天井までワインがおさまっていた。

「レストランが暗いのは、アルコール販売の許可がおりるのを待っている状態だからなの」ホリーが説明した。「おそらく今週中には許可がおりると思うので、そしたら正式にオープンできるし、ここもお食事をするお客さまでいっぱいになるはずよ」

「フィリップはいまからわくわくしてるんじゃない？」セオドシアは言った。

「それはもう、心待ちにしているわ。だって、自分のレストランをひらくという長年の夢がかなうんだもの」

「わたしたちのシェフが来たみたい」厨房のドアが大きくあき、うしろからの光でフィリップの輪郭が浮かびあがったのを見てセオドシアは言った。

「ようこそ」フィリップの声がした。「厨房にディナーを用意してあるから、どうぞこちらへ」彼は含み笑いを洩らした。「そこならばお互い、ちゃんと顔を見られるしね」

スイングドアを抜け、明かりが煌々と灯る、完璧に設計されたシェフの厨房に入った。バルカン社の業務用の巨大なガスコンロがひとつの壁を占め、火にかけた深鍋がいくつかぐつぐついっている。かたわらのステンレスのカウンターでは副料理長《スーシェフ》ふたりが、これから入る注文にそなえて材料の準備に余念がない。ステンレスのカウンターのラックにはありとあらゆる大きさと形の深鍋、平鍋、その他の調理器具が並んでいた。

「すごい」セオドシアは感嘆の声を洩らした。「まさにプロの調理場って感じ」

「テレビの料理番組のセットのようだ」ドレイトンが言った。

「そうなんだよ。最新式で優秀なものばかりを揃えてある」フィリップは一同をくつろげる感じの別室に案内した。四人用のテーブルにはキャンドル、花、食器、光を反射して輝くワイングラスが置かれていた。「申し訳ないけど、ぼくは調理の手伝いがあるからときどき席をはずすからね。スーシェフふたりでもほぼ全部こなせるけど、最後の仕上げはぼくが自分でやりたいんだ」

「かまわんよ」ドレイトンは喜色満面で言った。「最後の仕上げをがんばりたまえ」

ディナーはただおいしいだけではなく、フィリップの並外れた調理の腕前に驚かされた。最初のひと品はトマトビネグレットで軽く和えたパリパリズッキーニのサラダだった。セオドシアはひとくち食べたとたん気に入って、皿をこそげるようにして食べたが、それでもまだ食べ足りなかった。けれどもフィリップは、このあともっとおいしいものが出るからと、全員に念を押した。

「すばらしいのひとことだ」ドレイトンが絶賛した。そこへ、フィリップがふた品めのバジルのペストソースを添えたアボカドのグリルを持ってくると、ドレイトンは目をまるくした。「これはすごい」最初のひとくちを味わうなり彼は言った。「新鮮で実にうまい。舌に心地いい味だ」

「料理学校には通ったことがないんだったわよね？」セオドシアは訊いた。

「フィリップは独学で学んだのよ」ホリーが誇らしそうに言った。

「ジョージア州サヴァナの〈モーニング・ダヴ〉という店で修業はしたけどね」フィリップが言った。「クーパー総料理長からすべて吸収しようとがんばったんだ」

「その努力はむくわれたようだ」ドレイトンは口をもぐもぐ動かしながら言った。

けれども全員が思わずうなったのはメインディッシュのローストパプリカとフィンガーリングポテトを添えた炭火焼きステーキだった。

「おいしそう」セオドシアは切り分けたステーキをフォークで刺した。「シェフのテーブルで食べてるみたい」

「だってこれは本当にシェフのテーブルだもの」ホリーが笑った。

「どれもこれも驚くほどおいしいよ」ドレイトンが言った。「しかもこのワインときたら……極上の味わいではないか」彼はボトルに手をのばし、ラベルを確認してなるほどというようにほほえんだ。「極上の味わいなのも道理だ。九六年のシャトー・ラトゥールなのだから」

「すごいじゃないの」セオドシアは言った。「セラーにはいいものだけを入れてるのね、フィリップ」

「うん、いいものだけを揃えてる」フィリップはうなずいた。

「どこで……どうやってこれだけ新鮮な材料を調達しているのだね？」ドレイトンが訊いた。

「ここからちょっと南に行ったオズボーンの近くに、おもに取引している生産農家がいてね」フィリップは言った。「フロッグ・ホロウ農場ではオーガニック野菜を栽培していて、カモの一種でいい卵を産むノバリケンという品種を飼育している。もちろん、カモだから肉もおいしいよ。ノバリケンはマガモ由来じゃない唯一のカモなんだ。むしろアヒルに近いけど、脂肪はわずか二パーセントしかないらしい」

「もう、すごいという言葉しか出てこないわ」セオドシアは感嘆した。

「牛肉の仕入れ先としては、レッド・ハット牧場がすぐそばにある。そこでは日本の和牛とブラックアンガスという牛を掛け合わせ、それでワンガスという名の交雑種が得られた」彼は全員の皿を指さした。「いまきみたちが食べているのがそれだ」

「おもしろいわ」セオドシアは言った。「あなたと話していると、さまざまな食の謎が解き明かされていく気がする」

フィリップはセオドシアを見つめた。「でも、きみがやることの半分もはらはらどきどきはしないよ。いや、〝やること〟じゃなくて〝やっていること〟と言うべきかな。ホリーのためにクラクストン殺害の事件を解明しようと熱心に取り組んでくれているんだよね」彼は乾杯するように自分のワイングラスをかかげた。「それについてはありがたいと思ってる」

「セオドシアは救世主のような存在だもの」ホリーが言った。

セオドシアは首を横に振った。「そんなことないわ。正直に言うけど、いまはちょっと行き詰まってる感じなの。容疑者は多すぎるほどいるけど、そこからひとりを選んで、逮捕につなげられるほどの証拠がなくて」

「そのうち見つかるさ。きみならきっとやれる」フィリップはそう言うと、手をのばしてホリーの手を取り、強く握った。「そんな予感がするよ。きみはどう、スイートハート？」

「わたしもそんな予感がするわ、本当に」ホリーの表情がようやくやわらぎ、ほっとしたようなものになった。

フィリップは立ちあがった。「さてとこれで最後になるけど、残念ながらぼくは秘密基地に戻らないといけない。木曜の夜の通常メニューの準備にくわえ、アーチデイル・ストリートの常連客のひとりから軽食を作ってほしいと頼まれているんだ。今夜、ささやかなパーティを開催するので、彼らの言うところの軽いサパービュッフェとやらを頼みたいとのことでね」

「どんなものを用意するのだね？」ドレイトンが訊いた。

「グリルしたナスのピザ、カボチャのラビオリ、ロックシュリンプのバター焼き、そしていちばんのお楽しみ、チョコレートティラミス」

「ティラミスだと？　その言葉だけで心臓がどきどきしてくるよ」ドレイトンは充分満足し

た様子で立ちあがった。

甘い物が大好きなセオドシアはひとことこう言った。「おいしそう」

フィリップはテーブルをまわりこんでセオドシアの椅子を引いてやった。

「さあ、おふたりを出口まで案内しますよ」

四人で暗いレストランを歩いていく途中、ホリーと話していたドレイトンの足が遅くなった。

「アートのことになると、彼女はいくらでもしゃべるからね」フィリップはうしろに目を向け、セオドシアにそう説明した。

「じゃあ、ドレイトンといい勝負ね。アートとアンティークに目がないの」

正面のドアをあけて外に出ると、街灯が上から射し、ふたりを明るく照らした。十秒後、ドレイトンとホリーが出てきた。

「うわあ」ホリーがセオドシアを見て、声をあげた。「光があたっているせいで、あなたの髪が銀色に輝いて見える」

セオドシアは手を上に持っていき、髪を軽く押さえた。「だけど、今夜みたいに湿度が高いと、手がつけられないの」

「でも、きれいだわ」

セオドシアはもう一度、今度は少しさりげなく、髪を押さえた。

「ときどきものすごく扱いにくくなるけどね」

24

家に帰る途中、セオドシアは運転席側のウィンドウをおろして、あたりにただようマグノリアの甘い香りを吸いこんだ。いま走っているのはルガレ・ストリートで、ここは両側にお屋敷がずらりと並んでいるだけでなく、パームヤシ、マグノリア、それにジャスミンが青々と茂っている。こういうところがチャールストンらしいと思う。精巧に造りあげられた庭があり、彫像、低木、池、花、めずらしい草木で埋めつくされている家は驚くほど多い。角に建つ奇抜なヴィクトリア朝風の住宅の裏庭にはていねいに手入れされた日本の竹林があり、小さな茶室までそなえているのをセオドシアは知っていた。

やがて、物思いはミニョンの店が荒らされた件と、心に引っかかっている疑問――あれはブッカーの仕業なの？――へと移り、思わずハンドルを握る手に力がこもった。

「ドレイトン」セオドシアは言った。「お願いがあるの」

「言ってみたまえ。まだ宵の口だし、わたしはいい気分だからな」ドレイトンはワインをグラスに二杯飲んで、すっかり機嫌がよかった。

「いまからお願いする話をあなたは気に入らないと思う」

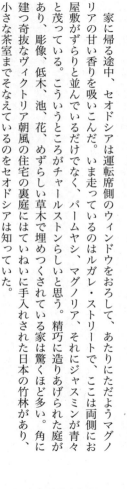

「いいから言ってみたまえ」

「実はね、さっき友だちのダニー・リヴァーに電話して、モーターボートを一艘、貸してもらえるか問い合わせたの」

「さっき、万が一にそなえての保険と言ってかけた電話に関係あると思うのだが」

「そうよ。遅すぎない時間にディナーが終わったら、ブッカーさんの家があるというリトル・クラム・アイランドまで行ってみようと思ってたの」

「借りたボートでかね？　ブッカーのアトリエがどこにあるかわからないではないか」

「以前にJ／22のヨットであのへんの島を探険したことがあるの。どれも海から数フィート顔を出した程度の小さい島ばかりよ。だから、見つけるのに手間取ることはないと思う」

「だが、ブッカー氏を追うのはもうこりごりなのではないかね？　なにしろ、銃で撃ってくるようなやつなのだし……」

「撃ってきたのは彼の頭のおかしなルームメイトだということで意見が一致したはずよ」

「ブッカーにルームメイトなど本当にいるのかね？」

「フィリップはいると言ってたじゃない」

「さっきの話のつづきだが……ブッカーはミニョンの真新しい店をめちゃくちゃにするようなやつなのだぞ」

「あれがブッカーさんの仕業かどうかはわかってないわ。ミニョンを目の敵にしてるジニー・ベルがやったのかもしれないじゃない。あなただって、葬儀後の食事会でのふたりを見ればわかるわ。いまにも取っ組み合いの喧嘩を始めそうだったのよ」

「なぜそんなにも躍起になって、ブッカーの居所を突きとめようとするのだね？」

「彼の目を見て、オズグッド・クラクストンさんを殺したのか、単刀直入に訊きたいの。ミニョンの店を荒らしたのかどうかを訊きたいの」

「きみは本当に肝が据わっているな」

「さあ、文句を言うのはやめて、ドレイトン。きっと心躍る出来事が待ってるわ」

「それならば着替えないとな。この上等な服でマングローブの林やぬかるんだ泥のなかを歩きまわるのはごめんだ」

「あなたの家に着いたときに着替えればいいわ」

「わたしがなにを言ってもやめるつもりはないのだね？」

「行きたくないなら、わたしひとりで行く」

ドレイトンはセオドシアのほうに顔を向けた。「ばかなことじゃないもの」

「たいしたことに決まっているではないか。きみがひとりで暗いなかをうろつきまわり、ブッカーの居場所を突きとめようとするのを、このわたしが黙って見ていると思うのかね？　そんなことができるわけなかろう」

セオドシアの顔がほころんだ。「それは行ってくれるという意味？」

ドレイトンはため息をついた。「仕方ないではないか」

「うれしい。ありがとう」セオドシアは言い、ドレイトンの家の前の縁石に車を寄せた。

「心からそう思ってる」

「自分の身を危険にさらすことになるかもしれないのだよ」

「それをずっと考えてたの。銃があればいいんだけど。あくまで護身用として」

ドレイトンはしばらく黙っていたが、やがて口をひらいた。

「こんなことは言いたくないのだが、実は持っている」

「ええっ！」セオドシアは驚きを隠しきれずに思わず声をあげた。

「そんなにびっくりした顔をしないでくれたまえ」

「だって、びっくりしたんだもの。あなたは生まれついての平和主義者だとずっと思ってたから。銃など見るのもいやだとばかり。前に鳥を撃ちに行ったときは、散弾銃に手を触れようともしなかったじゃない」

「なんの罪もない鳥を殺したくなかったからだ」

「それでも、あなたのところには銃があるのね」意外な事実がセオドシアの頭にこびりついて離れなかった。本当にドレイトンには驚かされっぱなしだ。

ドレイトンは肩をすくめた。「人からもらったごく普通の拳銃で、何年か前にポリーおばさんが亡くなったときに相続したのだよ。おばの遺言執行人によって本が詰まった段ボール箱をいくつかと細々したものを押しつけられたのだが、そうしたらなんと、そのなかに銃があったというわけだ。何度も読んでページの隅が折れている『大いなる遺産』の下に忍ばせてあったのだよ。ベルギーで生産されたベロドッグという古い銃だ。まともに使えるかどうかはわからん。いざというときに、弾がちゃんと飛ぶとはかぎらんよ」

「弾はあるの？」

ドレイトンはとたんに気まずそうな顔になった。「ある」彼はそのひとことをゆっくりと発音した。「レミントンの二二口径用の弾がひと箱分、拳銃についてきた。しかし、繰り返しになるが、わたしが発砲についてどう考えているかはわかっているね」

「拳銃はあくまで身を守る手段と考えたらどうかしら」

「あるいは、家のなかに置いておくべきかもしれん」ドレイトンはもごもご言いながら車を降りた。

ドレイトンは横の入り口に通じる玉石敷きの通路を歩いていき、セオドシアはそのあとを追った。彼はドアを解錠してあけ、けたたましい犬の鳴き声に対して声をかけた。

「わたしだよ、ただいま」すると、ドレイトンの愛犬でキング・チャールズ・スパニエルのハニー・ビーが彼の腕に飛びこんだ。

「ああ、もちろん、愛しているとも」彼はハニー・ビーをなだめながら抱き寄せ、ふわふわの小さな頭のてっぺんにキスをし、それからそっと下におろした。「ペペが来て、夕食をくれたかね？」ドレイトンはステンレスの餌入れがきれいになっていて、水飲み皿の水も新しく入れ替えてあるのを確認してから言った。「来てくれたようだな」ペペというのはドレイトンの家の二軒先に住む十六歳の少年で、必要なときにはハニー・ビーに餌をやり、ときには裏の盆栽の庭で剪定を手伝ってくれる。

セオドシアはドレイトンの家のキッチンカウンターにバッグを置いた。

「さっき言ってた銃はどこにあるの？」

「この流しの下だ」ドレイトンは腰を曲げて戸棚のドアをあけ、銃はどこかとなかを手探りした。

「たしかに銃のいい隠し場所ね。緊急事態が発生したときにはすぐに取り出せるもの」

「からかわないでくれたまえ」ドレイトンは言い、ようやく拳銃を出して、弾が入った箱と一緒にカウンターに置いた。そして一歩うしろにさがった。「できればさわりたくない」

「だったらさわらなくていいわ」セオドシアは言った。「あなたは服を着替えてきて。わたしはこの銃を調べるから」

「気をつけてくれたまえよ」ハニー・ビーを従えて出ていきながら、ドレイトンは注意した。

銃についてなにも知らないわけではないセオドシアは、弾倉を振り出してなかがからなのを確認した。弾込めが簡単で、ねらいをさだめて撃つだけの拳銃だった。右手に持ち――持ち重りがした――箱から銃弾を六個出し、弾倉に詰めた。昼間、ヘイリーが言っていた表現が頭に浮かんだ――超簡単。その表現はこの銃にも当てはまる。要するに、誰でも装塡《そうてん》し、ねらいをさだめ、撃てるようにできている。肝腎なのは、本当に身の危険が迫ったときに瞬時に正しい判断ができるかどうかだ。

セオドシアは拳銃を上着のポケットに入れ、キッチンを見まわした。ドレイトンが住んでいるのは、もともと南北戦争時代の医師が建てた歴史のある家だ。一世紀半のあいだに所有者が替わり、改良され、増築され、そして模様替えがおこなわれた。十五年ほど前に引っ越してきたとき、ドレイトンはここをインテリア雑誌に出てくるような家に作り替えた。キッチンのコンロはウルフ社の六口レンジ、流し台は打ち出した銅のもの、戸棚は前面をガラス張りにして、ティーポットや中国製の白地に青の柄の花瓶のコレクションがよく見えるようにした。窓台はちょっとした屋内ハーブ庭園になっている。居間はシルクの壁紙を張り、エレガントな家具はフランスのリネンで覆われている。ダイニングルームにはチッペンデール様式のテーブルが置かれ、天井にはフランス製のシャンデリアが吊るされていた。

五分後、ドレイトンが重い足取りでキッチンに入ってきた。カーキのスラックスとダークグリーンのジャケットに着替えている。ジャケットはイギリス王室が乗馬をしたり狩猟場を歩きまわったりするときに好んで着る、バブアーというブランドのものだ。履いているのはウェリントンブーツだった。

「イギリスのおしゃれなアウトドアファッションのカタログから抜け出てきたみたい」セオドシアは言った。

「うれしいね」ドレイトンは言った。「まさにそれを目指してコーディネートしたのだよ」

「本当？」

「いや、そうじゃない。あまりに不安なものだから、なにを着ればいいのかさっぱりわからなくてね。正直なところ、島まで行くというきみの考えはどうかしているとしか思えず、不安な気持ちがますます大きくなってきているのだよ」

「さっきも言ったけど、無理に来なくても……」

「だが、行くとも。きみをがっかりさせないために。そして、きみを危ない目に遭わせないために」彼はハニー・ビーをちらりと見やった。「この子も連れていったほうがいいだろうか？　番犬がわりに」

セオドシアはキッチンをぴょんぴょん跳ねまわる小型犬をじっと見つめた。女の子らしさの塊のようなこの犬はとても小さく、潤んだ茶色の瞳は愛らしく、被毛はプロの手によってきちんとトリミングされ、きらきら光る石のついたピンクのスエードの首輪をつけている。

「その必要はないと思う」

合衆国沿岸警備隊の駐屯地の南、チャールストン・ヨット・クラブの三番桟橋の二十九番スリップに目指すボートはあった。

「鎖でつないであるじゃないか」ドレイトンは降参というように両手をあげた。「あれではいったいどうやって……」彼は口をつぐんだ。「ええっ？」

セオドシアはすでにボートに乗りこみ、ぴかぴかの真鍮の鍵を手に立っていた。鍵は埠頭の角灯が放つ淡い光を受けて輝いていた。

「ダニーはいつも船尾の席の下に予備の鍵を隠してるの」彼女は言った。

「運がよかったな」ドレイトンは言うと、落ち着かないと同時に不安そうな表情で急いでボートに乗りこんだ。

けれどもセオドシアのほうは尻込みしている様子はまったくなかった。

「ほら急いで。もやい綱を解いて、出航するわよ」

ドレイトンは綱をはずして船着き場に投げた。「モーターボートの動かし方はわかるのかね？」

「もちろん。わたしたちみたいによく舟に乗る人間は、こういう舟をスティンクボート、つまりくさいボートって呼ぶんだけど」

熟練したセオドシアの手によってエンジンがプスプスと音をたてながらかかり、つづいてしわがれたような低い轟音《ごうおん》があがると同時に体に悪そうなにおいのする煙がいくらかあがった。

「なぜスティンクボートなんてあだ名がついたか、よくわかったよ」ドレイトンはあたりをくんくん嗅ぎながら腰をおろした。

セオドシアが発進させると、ボートはプスプスいいながら船着き場をゆっくりと離れ、やがてチャールストン港に出た。左に目を向けると、赤い左舷灯と緑の右舷灯を灯したほかのボートが、港のなかを行き来しているのが目に入った。大きな船も航行している。そのうちの一隻は巨大な貨物船で、おそらくはクーパー川をさかのぼり、大型クルーズ船が入ってくる場所の近くに停泊するつもりなのだろう。

大西洋から吹きつける強風で黒々とした海面に白波が立つなか、セオドシアたちのボートはゆっくりと時間をかけ、慎重にアシュレー川の河口を横切った。銀色の氷に閉ざされた満月がインクを流したような空の低いところに浮かんでいる。

「食べごろのカマンベールチーズのようだ」ドレイトンが感想を洩らした。

十五分ほど航行したところで、ジェイムズ・アイランドが近づいてきた。岸が近くなって、プラム・アイランド下水処理場の暗い輪郭が見えてきたので、セオドシアは針路を修正した。ボートはいくつもの小さな島の合間を縫うように通っている小さな水路を進みはじめた。

「このあたりなのかね？」座席にしゃちほこばってすわるドレイトンが、不安そうな声で訊いた。

「だんだん近づいてるわ」セオドシアは言った。月明かりが水面をまだらに照らし、水先案内をしてくれるのがありがたい。

「どれがリトル・クラム・アイランドか、どうすればわかるのだね？」

「海図で確認してきた。それに、船着き場があるのはその島だけだって、ホリーに教わったし。だから、目を皿のようにして見ていないと」

丸裸のイトスギとヌマミズキの木立を通り過ぎながら、夜の音に耳を傾ける。昆虫のかすかなさえずり、アマガエルのしわがれた鳴き声、近くの島の草むらのなかからはカサコソという音が聞こえ、キツネやヌートリアの光る目がこちらをじっとうかがっている。

「背筋が少しぞくぞくしてきたよ」ドレイトンが言った。「地図にないジャングルのなかを舟で進んでいるように感じられてしょうがない。ここにはこの世の終わりを感じさせるなにかが……」

「静かに」セオドシアはたしなめた。「すぐ近くまで来てる。というか……」エンジンの出力をさげ、海に突き出したいまにも壊れそうな小さな船着き場のほうにボートの舵を切った。「着いたわ。リトル・クラム・アイランドにようこそ」

「ひどいところだな」ボートの舳先が船着き場に軽くぶつかると、ドレイトンは鼻にしわを寄せた。「しかも、まぎれもないあのにおいがする」

「プラフ・マッドね。低地地方《ロー・カントリー》に住んでいるなら、いいかげんこれに慣れなきゃ」

「わたしは慣れないように努力しているのだよ」

セオドシアは急いで船着き場に降りたち、なかば朽ちた杭《くい》にもやい綱を巻きつけた。

「船着き場がこの杭よりも頑丈であることを祈るわ」

「まさか、崩れたりはしないだろうな」

「とにかく……慎重に歩きましょう」

ふたりはそろりそろりと船着き場を端まで移動し、次に足を踏み出したのは……当然ながら、プラフ・マッドのなかだった。さほど硬くもなく、沼というほどでもないプラフ・マッドはスパルティナ・モスが腐りかけたもので、湿っていて粘性があり、栄養分が豊富にある。そのため、かつてはやせた土壌の改良材として綿畑に散布されていた。

ドレイトンはブーツを履いた足を片方あげ、べとべとする泥の塊をこそげ落とそうとしたが、あきらめた。「とても乾燥した地面とは言いがたい」彼は肩で息をしながら言った。

「文句を言わないの」セオドシアは声をかけた。ホウキグサ、パンプキンアッシュ、ヌママツが鬱蒼と生えているなかに、通路がうっすら見えている。「さあ、行くわよ」

ふたりは虫を払い、ぼうぼうにのびたイラクサとヤマドリゼンマイをかき分けながら、のろのろと進んだ。

近くのたまり水からピチャン、ポチャンと音がする。茂みのそばを通ると、地表でさわさわとなにかが揺れている。ときおり、タイヤから空気が抜けるような音が聞こえてくる。

「体長七フィートのアリゲーターが威嚇している音ということはないだろうな」ドレイトンが言った。

「アリゲーターじゃないわよ」セオドシアは言った。

「たしかなのかね？」

「さあ、どうかしら。もしかしたらカメかも」

「カミツキガメか？」

「カミツキガメのことを悪く言わないで。おいしいクータースープになるんだから」セオドシアはうしろに手をのばしてドレイトンの袖をつかみ、前へと引っ張った。「行きましょう。こんなところで尻込みしている場合じゃないわ」

「尻込みしてなにが悪い。わたしなどすっかりびびって《チキン》、上着のポケットから詰め物のコーンブレッドがにじみ出てきているよ」

ふたりは前進をつづけた。満月の銀色がとてもまぶしく、いつ木々の合間から飛び出してきてもおかしくない。さらに六十歩ほど歩いて、ようやく一軒の掘っ立て小屋が現われた。

白茶けた木材の外壁と片流れ屋根のその建物は、だいたい十二フィート×十五フィートほどと小さく、砂利の道がひとつしかないドアにつづいている。

「あれか？」ドレイトンが小声で訊いた。

「たぶん、そう」セオドシアは答えた。「ホリーが教えてくれた外観と一致してるもの」

「しかし、人が住んでいるようには見えんな。しかも真っ暗ではないか。ブッカーが身を隠しているのはここではないかもしれんぞ」

セオドシアはタール紙を張った窓のまわりのひびをつぶさにながめた。「なかは明かりがついているみたい」

「だとしたら灯油ランプの明かりだろう」ドレイトンは言った。「どこにも電線が見えないからな」

セオドシアは足音を忍ばせて小屋に近づき、大きく息を吸ってから、ざらざらした木のドアをノックした。なにも起こらず、ブッカーがドアを大きくあけて出てくることもなかったので、もう一度ノックした。やはりなんの反応もなく、家のなかでなにかが動く気配もないので、ドレイトンのほうを向いた。「なにか考えはある？」

「引きあげよう」

「それ以外で」

「ならば、ブッカーの名前を大きな声で呼んでみたらどうだ？　彼はぐっすり寝ているか、そうでなければ……」ドレイトンは不安そうに湿原の森に目を向けた。「あそこを散策しているのかもしれん」

ドレイトンの不安でぴりぴりしたところがセオドシアにも伝染しはじめていた。だんだん怖じ気づいてきた。二時間前にはとびきりのアイデアと思ったものが、いまは無駄骨としか思えない。いや、それどころか、直接顔を合わせるのは危険でしかない。

「ブッカーさんの名前を呼んで返事があったら、どうすればいいの？」セオドシアは訊いた。

「たとえば〝こんにちは、あなたのことが心配で〟とか？　あるいは〝近くまで来たのでちょっと寄っていこうと思って〟とか？　なにを言っても、間が抜けているようにしか聞こえないわ」

「そうだな」ドレイトンは言った。「こんなさびれた島まで出かけてきたのだから表敬訪問というわけではない。だったら……彼の名前を大声で呼んで、あとは当たって砕けろの精神でいいのではないかな？」

「ブッカーさん？」セオドシアは呼びかけた。「ブッカーさん？」二度めは最初よりも大きくてきつい声になった。

「やはり反応なしだ」ドレイトンは言った。「きっとここには来ていないのだろう」

セオドシアは肩を怒らせ、もう一度ドアに近づき、今度は押してみた。意外にもドアは大きく内側にひらき、蝶番《ちょうつがい》がさびた棺を思わせるきしむような音をたてた。

「ブッカーさん？」セオドシアは呼びかけた。「セオドシアよ。ドレイトンもいるわ」

ドレイトンの喉の奥から音が洩れた。「あの男はわたしとは一面識もないぞ」

セオドシアの背筋を冷たいものが這いおりた。どういうこと？　ブッカーさんはわたしたちが近づいてくるのが音でわかったの？　どこかで待ち伏せをしているの？

ドレイトンの拳銃をポケットから出して、銃口をドアに押しあて、さらに数インチ、ドアを押しあけた。またもきしる音が洩れ、ブッカーの小屋の暗い内部が少しのぞいた。目をこらすと、古い鉄のベッドフレームと使い古した木の整理簞笥《だんす》が見えた。

「ブッカーさん？」セオドシアはまたも呼びかけた。

ドレイトンもセオドシアのうしろから震える声を出した。「そこにいるのかね？」

あいかわらずなんの反応も返ってこない。

ドレイトンが肩の力を抜いた。「返事がないのが返事だ。ブッカーがここにいないのはあきらかだ」

「変ね」セオドシアは言った。「だって、ほんの少しだけど光が見えるのに」彼女は震えながら息を吸い、小屋のなかに足を踏み入れた。じっとりと湿った空気とかびと灯油のにおいが一気に押し寄せた。それでも、いやな予感を覚えつつ、なにを目にすることになるのかわからないまま奥へと進んだ。小屋のなかは闇に包まれていたが、古めかしいランタンのなかで炎がちろちろ燃えていた。すると今度は油絵の具のにおいが鼻を突いた。それに、もうひとつべつのにおいもする。

でも、なんのにおい？

25

真っ赤な血だった。

ブッカーは、倒された巨人のように小屋の床に横たわっていた。最後に派手なジェスチャーをやってみせるように両腕を大きくひろげ、背中から倒れていた。息をしている様子はなく、ぴくりとも動かない。

「なんてこと」セオドシアがぽつりと言ったとき、ランタンの炎が揺らめき、ブッカーの額の真ん中にできた小さな黒い穴があらわになった。セオドシアはうろたえ、心臓をばくばくいわせながら猛スピードであとずさりし、小屋の外に出た。あまりに急いだせいで、ドレイトンのつま先を踏みつけてしまった。

「痛っ。どうしたのだね？」ドレイトンにはまだ、横たわるブッカーの姿が見えていなかった。

セオドシアは一歩横に移動し、手をさっと横に大きく動かした。「いいわよ、見ても。でも、言っておくけど、気持ちのいい光景じゃないわ」

「ひどい」ドレイトンは暗い室内をのぞきこみ、ブッカーの姿が目に入るなり言った。「あの様子では……」

「死んでるかって？　そうでしょうね」セオドシアは顔をしかめた。「でもちゃんとたしかめないと。だってもしかしたら……手当てが必要かもしれないもの」

ふたりは気味の悪い影や悪臭、ろくに手入れをされていない小屋の内部を意識しながら、忍び足でなかに入った。ブッカーはまだ床に倒れたままで、まわりにどす黒い血がたまっていた。

「どう見ても、撃たれたようだな」ドレイトンが言った。

「額にあいた穴は聖痕ではないと思うけど」

「軽口をたたくのはやめたまえ」

「努力する」セオドシアはひざまずき、脈を診ようと氷のように冷たいブッカーの手に触れたが、拍動はまったく感じられなかった。ブッカーはもうこの世を去ったのだ。さらにくわしく調べたのち、彼女は言った。「ドレイトン、彼の右手にあるものを見て」

「ああ、なんということだ」ドレイトンは言った。

ブッカーの右手に灰色の短銃身の拳銃のグリップが握られていた。

「では自殺ということかね？」ドレイトンは訊いた。「いや、そうとしか考えられん。あたり一面が血の海だし」

「どうかしら……」セオドシアはなにがあったのかがわかるような手がかり、あるいはひとかけらの証拠がないかと、暗闇に目をさまよわせた。やがて、木製のイーゼルに立てかけられた未完成の絵に目がとまった。「あっ」

「なんだね？」

「イーゼルの絵を見て」

怖いもの見たさで近づくと、キャンバスに赤とオレンジの絵の具で切りつけるように描かれた線のほかに〝申し訳ない〟という殴り書きの文字があった。

「これはやはりあれかね？」ドレイトンが訊いた。

「署名入りの告白？」セオドシアは言った。「そうかも」


「さて、どうしたものか？」ドレイトンが尋ねた。

「携帯電話のアンテナバーが二本立ってるから、ライリーに電話をして……」とセオドシアはそこで急に言葉を切った。遠くのほうからなにか聞こえた気がした。音、というよりは振動かもしれない。ゴロゴロと鈍い響きが伝わってくる。

「で、ライリーに電話をしてなにを言うのだね？」ドレイトンが訊いた。

「シーッ」セオドシアは手をあげた。「聞こえる？」

ドレイトンは首をかしげ、耳をすました。振動はしだいに強くなり、やがて突然、左のほうでギューンという甲高いモーター音があがった。

「まさかきみは……」ドレイトンは言いかけた。

セオドシアの頭のなかで警報が鳴り響いた。「え、なに？　ブッカーさんは自殺なんかじゃないと考えているのかって？　何者かが彼を殺し、あれを偽装したのかって？　しかも犯人はわたしたちの様子をうかがっていて、いますぐ逃げようとしているんじゃないかって？　ドレイトン、その可能性はあると思う」セオドシアは大声で言った。「さあ、ボートに戻るわよ！」

ふたりは枝に顔をぶたれ、イラクサやスワンプグラスを右に左によけながら、細い道を走った。崩れかけた船着き場まで戻ると、セオドシアはもやい綱をほどいてボートに飛び乗った。ドレイトンが助走をつけてボートに飛び移るのと、セオドシアがエンジンをかけるのが同時だった。ボートを五十フィートほど進めたところで、いったん速度を落とし、あたりをうかがった。さっき音がしたボートの気配がないか、闇に目をこらした。

「なにか見えるかね？」ドレイトンが訊いた。

「いまのところはなにも」セオドシアはふたつの島のあいだを通る針路を取った。

「さっきのボートがまだこのあたりにいると思うのだね？　このへんのどこかに？」

「ええ、そうよ」セオドシアは言った。

犯人が葦《あし》や低木の茂みにボートを隠している場合を想定して、一、二分ほどボートに揺られながら耳をすまし、岸に目を向けていた。やがてべつの小さな島の先端をゆっくりまわったとき、セオドシアの目が暗いなかでなにかが動いたのをとらえ、小型ボートが遠ざかっていくパタパタという音が聞こえた。

「いた！」セオドシアは叫び、ドレイトンに急いで持ち場を交代してと身振りで伝えた。

「ドレイトン、わたしはライリーに電話をかけるから、そのあいだあなたが操縦してて」

「操縦しろだと？　そんなことは生まれてこの方……」けれども、彼は反論をあきらめ、仕方なくセオドシアのかわりに船尾に立って舵柄を握った。

「あそこに赤と緑の小さなライトが見えるでしょ？　最高速度まであげないと逃げられちゃう」

「わかった、わかったよ」彼はおぼつかない動作でエンジンを操作した。

「あれは絶対、ブッカーさんを殺した犯人が乗ってるボートよ」セオドシアは、逃げるボートのほうを指さした。「急いで。向こうはこっちに気づいているはずだから、このあとそうとう飛ばすと思う」

「最善をつくすよ」ドレイトンは元気いっぱいに答えると、急いで速度をあげた。

セオドシアは腰をおろして携帯電話を手に取ると、急いで短縮番号を押した。ライリーが出ると、モーターの音にかき消されないよう大声を出さなければならなかった。

「信じられないことになったわ！」

「どうしたんだい？」ライリーの声は穏やかで、落ち着いていた。おいしい清涼飲料でも飲んだかのようだった。

「ドレイトンとふたりで、ブッカーさんのアトリエがあるリトル・クラム・アイランドに寄ってみたの」

「いまどこにいるんだい？」

「ジェイムズ・アイランドの沖合にある小島のひとつ」

「そこでなにをしてるんだ？」ライリーはわけがわからなくなったらしい。

「アーティストのブッカーさんを捜してたの」

「へえぇ。で、見つかった？」

「見つけたけど、死んでた」セオドシアは大声で答えた。「殺されたように見えた。犯人は誰にも見られないようにして忍びこみ、彼に銃弾を撃ちこんだ。そして自殺に見せかけようとした」

「なんだって！」

「だから、犯人は彼を射殺して……」

「そうじゃない、そこはちゃんと聞こえた。ぼくが訊こうとしたのは……いや、もういい。いまいるのはリトル・クラム・アイランドだと言ったね？」

「えーと、さっきまではそこにいたわ。いまはボートに乗った犯人を追っているところ」

「だめだ！」ライリーは叫んだ。「やめてくれ。頼むからやめてくれ。まいったな、ボスに連絡しないと」

「ティドウェル刑事のこと？」

「もちろん。それに、沿岸警備隊にも一報を入れる」

「いいわね。絶対に役に立ってくれそうだもの」

「確認するけど、ブッカーはリトル・クラム・アイランドにいたんだね？」ライリーは訊いた。「というのも、こっちから捜査の人間を派遣しなくては……」

セオドシアは割って入った。「そのときは……」

「なんだい？」

「監察医も手配して」


セオドシアは電話を切り、這うようにして船尾に戻った。

「交代してもらえるかね？」ドレイトンが言った。「頼む」

ドレイトンがゆっくりと離れ、彼女はドレイトンがいた場所に移動した。

「必死で追いかけたのだがね」ドレイトンは言った。「まだまかれてはいないが、距離はまったく縮まっていないようだ」

犯人のボートは岸に近づいたり離れたりしながら、いくつかの小さな島のあいだをジグザグに進んでいた。

数秒後、姿が見えなくなった。

「どこに消えた？」ドレイトンが叫んだ。

「悔しい」セオドシアは言った。「うまいこと出し抜かれたわ」

「岸に寄せて、あそこの巨大なマングローブ林に隠れているのかもしれないな」

「なんとも言えないわね」

セオドシアはエンジンを切り、数分ほど静かにボートを漂わせた。

「なにか聞こえる?」セオドシアは訊いた。

「なにも聞こえんな」ドレイトンは言った。「夜の鳥や虫の声だけだ」

「さっきのボートはこのへんのどこかにいるはずよ」

「跡形もなく姿を消したな。夜の亡霊のように」

「亡霊なんていないわよ」

「このあたりでは、説明のつかない光る物体がよく目撃されているというのに?」

「沼地ガスのせいよ」セオドシアは、湿度のせいで二倍にまで膨れあがった髪を払いのけ、あたりを見まわした。

電動のこぎりが作動したかのような音をたてて、一艘のボートが近くの島をまわりこみ、セオドシアたちにまっしぐらに向かってきた。

「たいへんだ!」ドレイトンが叫んだ。

大きなバンという音がしたかと思うとビュンという音がそれにつづき、銃弾がかすめていった。

「伏せて!」セオドシアは大声で指示した。「わたしたちに向けて発砲してる!」

ドレイトンは船体の前の部分に隠れ、セオドシアは舷縁《ガンネル》のうしろにしゃがみこんだ。二発めの銃弾が船首をかすめると、襲撃者は今度は針路を修正し、エンジンの出力を最大限にあげて突進してきた。

「つかまって!」敵のボートが猛スピードで向かってくるのを見て、セオドシアは叫んだ。

「ぶつかる!」

横からぶつかられ、大きな衝突音が夜の闇を切り裂いた。金属同士がぶつかる耳をつんざくほどの甲高い音が響きわたったかと思うと、船体が激しく揺れて横に傾き始めた。

「転覆する!」ドレイトンがうろたえた声をあげた。

「そんなことはさせないわ」セオドシアは大声で言うと、不自然に傾いたボートのバランスを取ろうと、急いで体重を移動させた。「ドレイトンも手伝って。ボートを元の状態に戻さなきゃ」

「浸水してきた」ドレイトンが叫んだとき、問題のボートは騒々しいモーター音をあげながら遠ざかっていった。

「大丈夫、できるわ」セオドシアはつぶやいた。「ガンネルにつかまって、わたしと一緒に高くなったほうに身を乗り出すようにして」

セオドシアとドレイトンは必死にしがみつきながら、ボートの高くなった側に全体重をかけ、ゆっくりと、苦しみながらバランスを取っていくと、ようやく大きな音とともにボートは元の状態に戻った。

「やったな」ドレイトンは盛大に息をはずませ、ばくばくしている心臓のあたりを手で押さえた。

「あいつのせいで、ふたりともあやうく死ぬところだったわ」セオドシアはあたりに目を向けた。なにも見えなかった。

「だが、死なずにすんだ。なんとか生きのびることができた」ドレイトンは胸いっぱいに空気を吸いこんだ。「しかし、この状態からどうやって脱すればいいのだね？」

セオドシアはエンジンをかけてみた。うなるような音と苦しい咳のような音がしたが、かかる気配はまったくなかった。五分間、エンジンをなだめたりすかしたりしながら何度もためしたが、けっきょく匙《さじ》を投げた。「だめだわ。エンジンが壊れたか、水が入ったかしたみたい」

「では、オールで漕ぐのかね？」

セオドシアは首を左右に振った。「携帯電話を使う」

ライリーに電話したが話し中だったので、留守電にメッセージを残した。「ついてないわね」セオドシアはドレイトンに言った。「しばらくじっと待つしかないわ」

けれども、待っているうち、ボートの底に目を向けたドレイトンは言葉を失った。水が流れこんできたのだ。数分後には水は足首にまで届き、さらに数分したら膝まで水に浸かることだろう。

「沈没するぞ」ドレイトンは言った。

「このあたりはかなり浅いから沈没はしないわ」セオドシアは安心させるように言った。「でも、水に飛びこんでボートを岸まで引っ張れば、わたしたちだけでなんとかできそうよ。岸までは、ぜいぜい五、六フィートしかないし」

「わかった、わかった」ドレイトンは大声で言うと、片方の脚をボートのへりにかけた。バシャッという音につづきドボンという音があがり、彼は腰まで水に浸かった。けれどもすぐにあがきはじめた。

「どうしたの？」

「ここは流砂になっているみたいだ。足が抜けないのだよ。泥のなかに吸いこまれていくような気がする」彼は両腕を必死に動かし、やわらかな海底から足を引き抜こうとした。

「むやみに足を動かしちゃだめ」セオドシアは言った。プラフ・マッドは流砂と怖いくらいによく似ている。もがけばもがくほど、沈む速度ははやくなる。しかも、プラフ・マッドの場合、引きずりこむ力が耐えがたいほど強いのだ。

「まずは……」彼女は船首に移動するとあちこち捜しまわり、白い救命用の浮輪を見つけた。「あったわ。これをあなたに投げるわね」彼女は救命用の浮輪をかかげ、ドレイトンがいるほうに投げた。「それをつかんだら、頭からかぶって腰のあたりまで引っ張りおろして」

ドレイトンは手をのばし、どうにかこうにか救命用の浮輪をつかむと、頭からかぶろうと四苦八苦した。

「助けてくれ！」彼はパニック状態に陥った。

「大丈夫よ。浮輪があるんだから。肩をとおして、腰のところまでおろすの」見ていると、ドレイトンは浮輪に手を焼いているようだった。それでも、セオドシアの指示に従って腰のあたりまでさげることができた。「もう大丈夫？　少しは安心した？」

大丈夫じゃないという顔をしていたものの、前向きな言葉が返ってきた。「まあな」

「次にロープを投げるわね。わたしがこっちの端を持つから、あなたはそっちの端にしっかりつかまって」

「なにをしようというのだね？」

「浅瀬に飛びこんで、陸まで泳いでいく。それから、ロープであなたを引き寄せる。わかった？」

「底に足をつけてはいかんぞ。さもないときみまで足を動かせなくなる」

「心配しないで。ちゃんと泳ぐから」

「そうか、しかし……」ドレイトンの言葉の続きは、大きな警笛に完全にのみこまれた。まぶしいサーチライトが夜の海を明るく照らした。サーチライトは岸をなめるように照らしていき、葦に覆われた土手を調べ、それから照準を合わせ直し、セオドシアたちのところでとまった。

「おーい」ゆっくり接近してくる小型船から誰かが呼びかけた。

「そこにいるのは誰？」セオドシアは返事をした。

「沿岸警備隊です。助けが必要でしょうか？」

「救助を頼む」ドレイトンが大声で言った。

「助けてもらえるとありがたいわ」セオドシアはそう言うと、ライリーが沿岸警備隊に連絡してくれたことや、沿岸警備隊がすぐに小型船を出してくれたことに感謝した。

数秒後、ゴムボートが着水し、沿岸警備隊員がふたり、飛び乗った。彼らはパドルで漕いでドレイトンのもとに急いで彼を救助し、戻ってきて今度はセオドシアをゴムボートに乗せた。

「ボートに穴があいたんですか？」最初の沿岸警備隊員が尋ねた。

「銃撃を受けたんです」セオドシアは答えた。「でもボートはまだ使用可能です」

「ポンプで水を汲み出し、応急処置を施してから牽引しましょう」もうひとりの隊員が言った。

「よかった」セオドシアはぽつりとつぶやいた。

沿岸警備隊の小型船の近くまで来ると、ティドウェル刑事の巨体が手すりから身を乗り出しているのが見えた。

「あなたに乗船の許可を出していいものか、決めかねております」ティドウェル刑事は言った。そうとう腹に据えかねているような口ぶりだった。

「ここから泳いで家まで帰るのは無理よ」セオドシアは疲れ、ずぶ濡れで、とてもティドウェル刑事と言葉の応酬をする気分ではなかった。「だから、乗せてもらえるとありがたいわ」

沿岸警備隊員がドレイトンとセオドシアを船に引きあげているあいだに、ティドウェル刑事はどこかにいなくなった。

「ありがとう」セオドシアは隊員たちに言った。「本当にありがとう」

ふたりが乗っていたボートからポンプで水が汲み出されるのを見ながら、ドレイトンはセオドシアの肩を軽くたたき、小声で訊いた。「銃はどうしたのだね？」

セオドシアは斜めがけにしたバッグを軽くたたいた。「ここにちゃんと入ってる」

「頼むから、銃を持っていることを知られないようにしてくれたまえよ。さもないと、われわれがブッカーを撃った犯人と思われてしまうからな」

「ふたりだけの秘密よ」

ようやくティドウェル刑事がセオドシアと話をするため、操舵室から出てきた。

「こんなところまでミスタ・ブッカーを捜しに来る理由などないはずです」ティドウェル刑事は不機嫌な声で言った。だぶだぶのジーンズにFBIのロゴが入ったトレーナーを合わせ、その上に明るいオレンジ色の救命胴衣を着けていたので、ミシュランマンを思わせる奇妙な姿だった。「ミスタ・ブッカーは殺人事件の容疑者だったのです」

「もうちがうわ」セオドシアは言った。「だって殺されたから。奇妙な展開だと思わない？」

「それについてはわれわれが対処します。ですから、進行中の警察の捜査にあなたがちょっかいを出す必要はもうありません」

「ちょっかいを出す」セオドシアは言った。「古くさい言い方ね。わたしがここまでやってきて、ブッカーさんが撃たれて死んでるのを発見しなければ、あなたたちはまだ彼を捜していたかもしれないのよ。その結果、捜査はまちがった方向に進む一方だったかもしれないじゃない」

しかし、ティドウェル刑事はそれに耳を傾けようとはしなかった。

「もう絶対に――もう一度繰り返します――もう絶対に、この捜査にかかわろうとはしないことです」そう言うと、ティドウェル刑事はすばやく踵《きびす》を返し、帰るまでのあいだ、セオドシアとはひとことも口をきかなかった。

埠頭まで戻ると、セオドシアは沿岸警備隊員たちに助けてくれたお礼を言い、そのあと、ヨットクラブの夜間の責任者にボートを修理する件を伝えた。そしてようやく（本当にようやく！）、ドレイトンを家まで送った。

「最悪な夜になってごめんなさい」ドレイトンの家の前に車をとめて、セオドシアは言った。

「なにを言っているのだね？　ここ数年でいちばん昂奮したよ。死体を発見し、銃撃を受け、しかも流砂に足を取られもした。ブライ艦長に兵隊として呼ばれたような気がしたよ」

ふたりはセオドシアのジープの薄暗い車内にいた。

「本当に大丈夫？」

「服に染みついた悪臭をべつにすればね。においもいずれは完全に消えるだろうし」

「ならいいの」セオドシアは言った。「じゃあ、また明日」

ドレイトンは疲れた様子でジープを降り、少しためらってから振り返った。

「前向きな成果としては、クラクストンを殺した犯人が、いまも野放しであるとはっきりわかったことだな」

「問題は」とセオドシアが応じる。「それが誰かわからないことよね」

うううん、もしかしたらわかっているのかも。セオドシアは人けがほとんどない暗い通りを家に向かって運転しながら、そう考えていた。

ブッカーが助成金の取り消しを理由にクラクストンを殺したのだとしたら？　その後、ミニョンがブッカーを殺したのだとしたら？　そういう展開も考えられるのでは？

さらにこう考えた。ミニョンが、夫がブッカーの助成金を取り消したことを知っていたのだとしたら？　そして、もしもミニョンにいまも夫への愛情が少し残っていて、ブッカーが夫を殺した犯人にちがいないと考えたとしたら？　そこで彼女は自分の手で問題を解決しようとしたのかもしれない。だとすると、今夜セオドシアたちを銃撃してきたのはミニョンということになる。そんなことってありうる？　ミニョンはボートを持っているのだろうか？あるいは拳銃を？　ミニョンが自分の店を荒らし、ブッカーがやったように見せかけたのだろうか？　そしてブッカーの死を自殺に見せかけようとした？　そこまで頭がおかしくなっているの？

あくまでもしかしたらだけど、そうかもしれない。

いやだわ、わたしったら、もっと大きくて、もっとやっかいな状況に足を踏み入れてしまったじゃないの。

26

金曜日の朝、セオドシアもドレイトンも万全の体調というわけではなかった。

「ボートに揺られたせいで、全身があざだらけになってしまったよ」ドレイトンが肩をさすりながらぼやいた。

「リトル・クラム・アイランドまで行ったときのこと？　それとも帰りのときのこと？」とセオドシアは尋ねた。

「両方ともだ」

「ひとつよかったのは、容疑者リストからひとり、名前を消せたことね」

ドレイトンはそれはどうかなというような顔をした。「冷静に考えてみると、それをよかったと言っていいかは疑問だな」

セオドシアはティーカップを並べたトレイをテーブルに置き、カウンターまで歩いていった。「そう？　気が変わったの？　どういうこと？」

ドレイトンは淹れたてのアッサムのシルバーニードルをティーカップに注ぎ、セオドシアのほうに押しやった。「そして、誰もいなくなった」と不気味な口調で言った。

「アガサ・クリスティの小説の話？」

「容疑者がひとり、またひとりと殺されていく小説だ。そのとおり。わたしが言ったのはその小説のことだ」

「容疑者が全員殺されると考えてるの？」

ドレイトンは疲れた顔になった。「さあ、どうだろう。そうならないことを願うがね」

セオドシアはお茶をひとくち飲んだ。おいしい。なめらかでシルクのような舌触りの繊細な味だ。いつもならこれを飲むと元気が出るが、きょうはいろいろと考え事が多すぎた。

「ねえドレイトン、ミニョンがブッカーを殺したのかもと言ったら、どう思う？」

「型にはまらない考え方だと言うだろうね」ドレイトンは身を乗り出して顔をぐっと近づけると、声をひそめた。「ミニョンが夫だけでなくブッカーも殺したのではないかと本気で考えているのかね？」

「最後まで聞いて。ミニョンのご主人を殺したのがブッカーだったらどう？　動機は助成金が取り消されたこと。助成金をめぐるいざこざを知っていたミニョンはすぐにブッカーの仕業ではないかと疑い、いろいろ考えた末、彼を殺そうと決意したとは考えられない？」

「殺された夫の恨みを晴らすため、か。しかし、ミニョンは夫を憎んでいたのではないかな？」

「もしかしたらミニョンはわたしたちが思っているほどは憎んでなかったのかも。結婚生活を終わらせたかっただけなのかもしれない。クラクストンさんに対する尊敬の念は、いくらかなりとも残っていたとも考えられるわ」

ドレイトンはしばらく考えこんだ。「あるいは、残っていたのは愛情かもしれん」

「そうね」セオドシアはお茶をまた、ひとくち飲んだ。「ミニョンが犯人でなければ、ほかに誰が考えられるかしら？」彼女は小さな声で言ってから、自分の質問に自分で答えた。「ラマー・ラケットさん。でも、あの人は犯人という感じはしないのよね。あとジニー・ベルかな」

ドレイトンは人差し指を立てた。「わたしは彼女に一票を投じるな」

「どうして？」

「オークション会場でミス・ベルを見たとき、そうとうしたたかな女性という印象を受けた。人を撃ち殺しても良心の呵責《かしゃく》を感じることなく立ち去れそうだとね」

「射殺したのち、ボートで逃走できるようなタイプってこと？　そのあと引き返してきて、わたしたちに向けて何発か発砲できるタイプってこと？　つまりあなたは、昨夜、撃ってきたのはジニー・ベルだったと考えてるの？　ボートをわざとぶつけてきて沈めようとしたのは彼女だったと？」

「さっきも言ったように、彼女にはどこかまともでないところがあるように思えるのだよ」

「ふうん」セオドシアが言うのと同時に、正面のドアがあき、お客が五、六人、次々に入ってきた。「それも考えに入れておくわ」

そのあとはセオドシアもドレイトンも忙しくなった。きょうは金曜日だから、週末を過ごす観光客が大勢、この街を訪れていた。チャールストン港をながめ、名所旧跡を訪れ、優雅なB&Bに宿泊し、ゲートウェイ・ウォークを散策するためにやって来た人々だ。となると必然的に、チャーチ・ストリートにあるインディゴ・ティーショップにも足を運ぶことになる。

セオドシアはエッグノッグのスコーンとブルーベリーのマフィンを運び、ドレイトンは錬金術師さながら、いくつものポットにアールグレイ、普洱茶《プーアール》、特級の祁門茶を淹れた。

十時になると、ピート・ライリーがふらりと入ってきた。ゆうべのことがあってセオドシアはばつが悪かったものの、それでも小走りで迎えに出た。

「ずいぶんと元気そうだ」ライリーは身を乗り出し、彼女の鼻先にキスをした。

「ゆうべはごめんなさい。パニックを起こしてしまって」

「でも、リトル・クラム・アイランドまでこっそり出かけて死体を見つけたことは悪いと思ってないんだね?」

「こっそりじゃないわ。普通に出かけただけ」

「その結果、とんでもない騒ぎになった。ティドウェル刑事に聞いたよ。きみたちは発砲されたうえ、ボートに体当たりされて、あやうく沈没するところだったと」

「沈没なんておおげさよ」セオドシアは発砲された点については触れずにおいた。「沿岸警備隊が応急処置をして、マリーナまで引っ張っていってくれたの。ボートの持ち主とはもう話をしたけど、相手は冷静に受けとめてくれたわ。その事故なら保険でカバーできるって」

「事故、ね」ライリーはぶっきらぼうに言おうとしたものの、口の両端がぴくぴく動いてしまった。「あれを事故のひとことで済ますのかい？」

セオドシアは理解してくれることを期待して、彼を見あげた。

「残念な事故でしょ？」

「セオドシアらしいな。いつだって危険を過小評価する。だけどね、スイートハート、いいかげん距離を置くべきだ。けさティドウェル刑事はブッカー殺害の話をしただけで脳卒中で倒れそうになったんだよ。もちろんきみの話になったときもだ」

「あの人の額の血管がピンクになったの？」

「むしろ紫に近かった」

「そうとう機嫌を悪くさせちゃったみたいね」

「だから、ティドウェル刑事の健康とぼくの仕事の安定のために、必要以上に彼をいじめるのはやめてほしいんだ、いいね？」

「ええ。わたしも異存はないわ」

ライリーはセオドシアの顔色をうかがった。「悔いているような口ぶりだし、ずいぶんとしおらしくしているように見えるけど、なにもかもが演技のように感じるのはどうしてだろうね？」

「そんなことないってば」

「わかったよ。さてと」ライリーはカウンターに目を向けた。「いまから会議に出るけど、テイクアウトはなにがあるかな?」

「いくつかの質問に手短に答えてくれれば、お返しにエッグノッグのスコーン一個とアールグレイを一杯あげる」

「どんな質問?」

「ミニョン・メリウェザーはボートを持ってる? それと、弾道検査の結果はもう出た? ブッカーさんに使われた銃とクラクストンさんに使われた銃は同じものだった?」

ライリーはほほえみながら首を横に振った。「答えられないんだ。ごめんよ。これ以上くわしい情報はいっさい出せない決まりなんだ」

それでもセオドシアはスコーンとお茶を渡した。少なくともいまの質問のひとつには、ほかの方法で答えを得られるからだ。しかも、もっといい方法で。ライリーが帰ると自分のオフィスに引っこみ、チャールストン・ヨット・クラブに電話をかけた。支配人のバド・クラスキーが出ると、彼女はボートに関する質問をした。

「もう一度お名前をうかがっても?」バドが尋ねた。「コンクリンさんでしたっけ?」

「クラクストンさんよ。会員名簿にはオズグッド・クラクストン、あるいはミニョン・メリウェザーのどちらかの名前がのっているはず」

「確認しますね」バドは言った。ページをめくる音がした。「ええ、オズグッド・クラクストンの名前がありますね。一番桟橋の十七番スリップです」

「ボートの種類はわかる?」

「ええと……はい。シー・レイです」

「ありがとう。あ、そのボートがいまどんな状態か、ひょっとしてわかるかしら？　事故に遭ったみたいだとか、そういう意味だけど」

「申し訳ありませんが、わかりません」

ティールームに向かう途中、セオドシアは鏡に映った自分を見て「やだ、もう」とぼやきながら髪をなでつけた。

ルイボスティーと茉莉花茶《ジャスミン》を運ぶ合間にドレイトンをわきに引っ張っていった。

「クラクストンさんはボートを持ってた」

ドレイトンは彼女をじっと見つめた。「ボート？」

「ほら、ブルンブルン、パタパタパタパタっていうあれ」

「なるほど！　ゆうべミニョンがそのボートを操縦していたかもしれないと言うのだな」彼はあらたな情報をじっくりかみしめた。「そうだったのか」

「そうだったのかなんて悠長なことを言ってる場合じゃないわ。本当にミニョンだったら、彼女はわたしたちまで殺そうとしたってことでしょ」

「たしかに」ドレイトンは言った。「ライリーには話すつもりかね？」

「まだ決めかねてる。もう調べてはいると思うけど」

「さっき立ち寄ったときの彼はやけに機嫌が悪いようだったが」

「あれは、朝にカフェインも砂糖も摂取しなかったせいよ」

「きみはなにを訊いても答えが出せるようだな」

「いつもならね」セオドシアはほほえんだ。そこで表情が真剣なものに変わった。「でも、チャールストンで人を殺しまわってる犯人が誰かはわからない」

「ちょっと見せたいものがあるんだ」ヘイリーが言った。

請求書の支払いで忙しくしていたセオドシアはデスクから顔をあげた。お茶の業者、食品の納入業者、電力会社、とあちこちから請求が来ていた。「なにかしら、ヘイリー？」

ヘイリーは横三インチ、縦八インチの小さなカードを渡した。「メニューを印刷してみたんだ。きょうの蜜蜂のお茶会のバージョン2のために」

セオドシアは小さなメニューにざっと目をとおし、にっこり笑った。

「とてもかわいらしいわ、ヘイリー」ヘイリーはクリーム色の厚紙にメニューを印刷し、縁を金色の絵の具で塗り、さらに上に穴をあけて金色のリボンをとおしていた。「シンプルな昼食会のために、わざわざこんな手間をかけるなんて」

ヘイリーは芝居がかった仕種でブロンドの髪を払った。「そんなにシンプルってわけじゃないよ。メニューをちゃんと読んだ？」

「ごめんね、ヘイリー。いま見るわ」

セオドシアはカードに書かれたメニューを読んだ。

「すばらしいじゃないの。蜂蜜のスコーン、鶏肉の蜂蜜焼き、蜂蜜入りドレッシングで和えたミックスフルーツのサラダ、そしてデザートはリコッタチーズのクッキーと蜂蜜入りのブラウニー。みなさん、きっと気に入ってくださるわ」

ヘイリーはセオドシアの手からカードを取りあげた。「すでに気に入ってるよ。だって、いまお店は半分以上の席が埋まってるもん。まだ十一時半なのに」

「もうそんな時間？　じゃあ超特急で事務仕事を片づけないと」

それでもセオドシアはインボイスを発行したり、小切手を切ったりする作業をつづけ、「あとひとつだけ」、「これだけはやらないと」と自分に言い訳していると、いつの間にかドレイトンがドアのところに立っていた。

「あ、いけない。すぐ行くわ」そう言ってから、ドレイトンの顔に深刻な表情が浮かんでいるのに気がついた。「どうしたの？」

「問題発生だ」

「厨房で？」

ドレイトンは首を横に振った。「ティールームだ」

「なにがあったの？」

ドレイトンはカフスボタンをしきりにいじっていた。「お客さまのひとりが……」

「面倒なお客さま？」セオドシアは立ちあがって、デスクをまわりこんだ。けれども、ドレイトンがティールームに行く道をふさいだ。

「まだ問題を起こしたわけではない」彼は言った。「しかし、そうなるのも時間の問題だと考えている」

「ドレイトン、あなたが言ってることはさっぱり意味がわからないわ。はっきり言って。なにが問題なの？　誰が来ているの？」

「ジニー・ベル」

セオドシアは自分の頬をはたいた。「うそでしょ。彼女がやってきて、わたしに会わせろと言ってきたの？」

「きみがここのオーナーであることすら知らないのではないかな。誰かの連れとして来たのだろう。なにも知らずに」

「でも、わたしだって店に出ないと。ランチのあいだずっとオフィスに隠れているわけにはいかないもの。接客しなくてはいけないし……」そこで腕時計に目をやった。「それでなくても出るのが遅くなっちゃったのに」

ドレイトンは脇によけた。「店に出るのなら、自己責任で」

セオドシアはまさにそのとおりのことをした。ふたつのテーブルの客に声をかけ、注文を取り、厨房に伝えた。戻ってくるとジニー・ベルがいるテーブルに近づいた。

「いらっしゃいませ」セオドシアは声をかけた。「もうメニューはご覧いただけました？お気づきかもしれませんが、本日は蜂蜜を使ったメインディッシュと焼き菓子をいろいろ揃えております」

セオドシアの声を聞いたとたん、ジニー・ベルはメニューからいきおいよく顔をあげた。

「ちょっと！」セオドシアに気づき、驚きが顔にひろがった。「ここでなにをしてるのよ？」目が怒りに燃え、頰の高いところにピンク色の円がふたつ現われた。

「このティーショップはわたしのお店なの」低く抑えたセオドシアの声にはすまなそうな響きはまったくなかった。

「知っていたら、こんな店には絶対来なかったわよ！」ジニー・ベルがわめくと、連れの女性は椅子のなかで身をすくませた。

ドレイトンがすぐさま駆けつけた。

「なにか問題がございましたか？」彼は尋ねた。

「ええ」ジニー・ベルはきつい声で言った。「どんな状況だろうと、この女に接客されるのはごめんだわ」彼女はセオドシアに向かって手をひらひらさせた。

「わたしがご注文をおうかがいしましょう」ドレイトンは言った。

「それならいいわ」ジニー・ベルが言うと、セオドシアは肩をすくめ、その場をあとにした。

「でも、料理を出すのはできるだけ早くお願い。さっさと食べて、さっさと帰りたいの」

「それでしたら」ドレイトンは両方の眉をあげ、声に冷たいものをにじませながら言った。

「なんの問題もございません」

27

ジニー・ベルが短気を起こしたのち、早々と店を出ていったのをべつにすれば、金曜のランチタイムは最高だった。どのお客も蜂蜜を使ったメニューを気に入ってくれたし、なかには長居して缶入りのお茶を買った人も何人かいたし、遅くに来店したグループは日本の香ばしい番茶をポットで注文した。ドレイトンはこれをことのほか喜んだ。

「このお茶は熱湯を使って淹れるが、沸騰したお湯よりも十度も低いものでなくてはならんのだよ」ドレイトンは説明した。

「蒸らす時間も短めなの？」セオドシアは質問した。

「二分ほどだな」彼は翡翠《ひすい》色のティーポットを出してなかをすすいだ。「さきほどジニー・ベルにきついことを言ってしまったから、落札したティーポットは手に入らないかもしれんな」

「ジニー・ベルがいないときを見計らってこっそり取りに行けばいいんじゃない？」セオドシアは言った。お茶のおかわりを注いだり、残っているお客と談笑するうちに、かなり気分がよくなっていた――昨夜よりも、そしてけさよりもはるかに元気だった。けれども、ビ

ル・グラスがふらりとティーショップに入ってきたせいで、そんな気分に急ブレーキがかかった。

「グラスさん」セオドシアはぼそぼそと声をかけた。

グラスはセオドシアがティーポットを手に立っているのに気づくと、いつもの軍隊式の敬礼をした。

「おっす」きょうのグラスは、サイズが合っていないうえに、おぞましいマスタード色のコーデュロイのブレザーを着ていた。

「なんなの？」媚《こ》びを売るような笑みを浮かべて近づいてくるグラスを見るなり、セオドシアはため息をつかんばかりになった。この人には本当にがまんならない。

「おもしろい情報があるんだよ」グラスは唇を突き出し、鳥がさえずるような甲高い音を何度か出した。「小鳥ちゃんが教えてくれてね」彼は手をひらひら動かした。

「今度はなんなの？」セオドシアは神経を逆なでされるような事態はなんとか阻止したいと思いながら尋ねた。

「警察におれの情報源がいるのは知ってるよな」グラスはかぶせ物をした歯が見えるほど、にんまりとした。

「あなたが、有償、無償に関係なく、何人かの情報源から情報を聞き出してるのは知っているけど」

「いや、今度のはマジですごいんだって。ホテルを経営してる例の男……ラマー・ラケットっていったっけか？　いま選挙に出てるやつだよ」

「わかるわ」自分でも驚いたが、セオドシアはグラスの話に興味を覚えていた。

「情報源のひとりから聞いたんだけどな、警察はいまだにラケットを厳しく調べてるらしいぜ。あらためて事情聴取に来るよう求めたくらいだ」

「クラクストン殺害事件に関してでしょ」警察がラケットに不利な決定的証拠をなにかつかんだのか、セオドシアは気になった。

「当たりだ」グラスは言った。「でも、この話は知ってるか？」

セオドシアはグラスがあらたな情報とやらを話してくれるのを待った。

「オズグッド・クラクストン殺害に関与してるのかと訊かれたラケットは、警官を前にして大笑いしたらしい。舐めきった態度を取ったって話だ」

「わたしたちがよく知ってるラマー・ラケットさんらしい逸話だわ」

「しかもその場には広報担当の女も一緒だった」グラスは言った。「スタイル抜群で、刑事たちがラケットになにか質問するたびに割りこんできたらしい。バーニスだかキャンディスだかっていう名前で、おおかた、軟骨をかみ砕きながら南軍の軍歌ともいえる『ディキシー』を口笛で吹くような女なんだろうよ」

「名前はクラリスじゃない？」

グラスは指をぱちんと鳴らしてセオドシアを指さした。

「それだ。あんた、知ってんのか？」

「一度会ったことがあるわ」

「噂によると、その女はワーカホリックらしい」グラスはそこで言葉を切り、にやにやとした笑みを浮かべた。「独身でつき合いのいい女なのか気になってね」

「クラリス本人に電話して訊いたらいいじゃない」ビル・グラスは誰にとっても理想のデート相手とは言えないので、セオドシアはそんな提案をしてしまったことに少しだけ罪悪感を覚えた。とは言うものの、もしかしたらふたりは性格がぴったり合うとも考えられる。お似合いのカップルになれるかもしれない。

グラスはふざけて眉をぴくぴく動かした。「ここ何週間かで最高の提案だよ。そうそう、ところでさ、撮った写真の残りを警察に提出しておいたぜ。かまわなかったよな？」

もらった写真を何度か調べたけれど、おかしな点はまったく見当たらなかったから、セオドシアとしてはべつにかまわなかった。

「やつはなにをしに来たのだね？」グラスがティーショップを出ていくと、ドレイトンがセオドシアに訊いた。

「わたしをいじめて喜びたかっただけよ」セオドシアは答えた。

「そんなことはないだろう」

「警察がラマー・ラケットさんからふたたび話を聞いたという話をしていったわ」

ドレイトンはもっとくわしく話してほしいとばかりに、指をくねくねさせた。「で？」

「とくになにもなかったみたい。グラスの情報源の話ということで信憑性は不明だけど、ラケットさんは警官に向かって大笑いしたんですって」

「たしかにラケットは、罪をおかした男らしい行動をしていないものな」

「それはどうかしら。じゃあ、罪をおかした男性がどんな行動を取るものなの？」

「なんの悩みもないような行動とか？」ドレイトンは考えこむように顎をかいた。「あるいは、罪をおかした女性も同じような行動を取るのかもしれん」

「そんな話をするなんて不思議だわ。というのも、午前中ずっとミニョンのことを考えてたからなの。彼女がどんな形でかかわったのか、そもそも本当に関与していたのかが気になっちゃって」セオドシアは石造りの暖炉の隣にかかっている凝った装飾のグスタフ王朝様式の金めっきの時計に目をやった。「それでずっと彼女を訪ねてみようと考えてたの。たとえば、きょうにでも」

「思い立ったが吉日というではないか。ならば、その考えを実行に移してはどうだね？　店のほうはヘイリーとわたしとでなんとかやれる。それに、きみがミニョンにいくらか圧力をかけ、きみなりのやり方で問いつめてみるのも一興ではないか」

セオドシアはゆっくりとうなずいた。「わたしも同じことを考えてた」


入り口のドアは大きくあけ放たれていて、なかをのぞくと、ミニョンの店は忙しそうだった。セオドシアが入っていくと、エプロンとスカーフ姿の三人がほうきをせっせと動かし、店をもと通りにしようと、それぞれが最大限の努力をしていた。

「こんにちは」セオドシアは声をかけた。

三人が同時に顔をあげた。そこでミニョンがセオドシアに気づいた。

「あら、いらっしゃい。どうぞ入って。きれいな場所があればだけど」

セオドシアは店内を見まわした。ごみでぱんぱんになった黒いビニール袋が六つと、汚れてしまったTシャツやこすれた跡のある二つ折りのカード、割れたティーカップが山積みになったプラスチック製の灰色の大きなごみ箱があった。しかも、やらなくてはならないことはまだまだたくさんあった。

「いくらか進んでいるようね」セオドシアは言った。

ミニョンは掃くのをやめ、セオドシアがいるところまでやってきた。デニムシャツにジーンズ、スニーカー姿の彼女はいつもより十歳は若く見える。「着々と進んでいるわ」彼女は言った。「アシスタントのサーシャとジョイスががんばってくれてるおかげ。ふたりとも、セオドシアを紹介するわ。チャーチ・ストリートにあるすてきなティーショップのオーナーなの」

サーシャとジョイスはぎこちなくあいさつし、掃除に戻った。

「保険会社には連絡したの？」セオドシアは訊いた。

「けさ、立ち寄ってくれたわ。たぶん……たぶん大丈夫だと思う」ミニョンはごみ袋のほうに腕を振った。「ほとんどは保険でカバーされるみたい」

「壁の被害についてはどうなの？」セオドシアは絵の具で切りつけるように描かれた線が残

る壁に目を向けた。

ミニョンは額にかかった髪を吹いて払った。「それも補償の対象よ。しかも、月曜の朝に塗装工が来てくれることになってるの」

セオドシアは遠まわしに探りを入れるのやめることにした。

「ゆうべ、ブッカーさんが殺されたのを知ってる?」

ミニョンは冷ややかな目でセオドシアと視線を合わせ、従業員ふたりは縮みあがって身を硬くした。

「ブッカーがわたしの美しいブティックを荒らした犯人なら、死んでくれてよかったわ」ミニョンは吐き捨てるように言った。

「でも、冷酷非道に殺されたのよ。わかってるの?」

「そんなことどうだっていいじゃない」ミニョンは一歩さがり、その拍子にスニーカーのかかとで割れた食器のかけらを踏みつけた。「でも、あなたは興味津々のようね。あいかわらずホリーの力になろうとしてるのかしら、それとも……」ミニョンはそこでふいに言葉を切った。すると、彼女の顔に警戒するような表情がじわじわとひろがった。「なるほどね、あなたがどうして現われたのかわかった。わたしがブッカーを撃ったと思ってるんでしょう、ちがう?」彼女は不快な高笑いをした。「もしもブッカーがわたしの店にこんなことをした犯人だとわかっていたら、絶対に喜んで引き金を引いてたわ」彼女は口をゆがめてせせら笑った。「でも、言っておくけど、わたしは殺してない。それが知りたかったんでしょ?」

「まあ、そうね」セオドシアはミニョンが見せた反応に驚きもしなければ、動揺もしなかった。ただ、ミニョンがこのあとどんな態度に出るのかは興味があった。

ミニョンはかぶりを振ると、身を乗り出し、ほうきをせっせと動かしてガラスの人形の残骸をかき集めた。そしてようやく顔をあげてセオドシアを見た。「もう帰って」

セオドシアはブティックをあとにした。

車に戻り、指でハンドルを叩きながら、ミニョンのとりとめもない言葉を頭のなかでさらった。

ミニョンはうそをついてる？　そうかもしれない。彼女はそうとういかれている。けれども、昨夜は外に出なかったし、ブッカーを殺してなどいないという彼女の言葉が本当ならば、犯人はいったい誰？

なんの考えも浮かんでこなかった。しかも、これ以上の情報を得るのにどこを頼ればいいのかもわからなかった。

ただし……。

携帯電話の連絡先を検索し、目的のものを見つけると、ノース・チャールストンに向かってミーティング・ストリートを走り出した。

ブッカーの自宅、むやみに銃を撃ちたがるルームメイトとルームシェアしていた家に到着したものの、セオドシアは逡巡していた。ドアの前まで行くべきか、行かざるべきか？　なにしろ、ブッカーのルームメイトとおぼしき人物から発砲されたのだ。けれどもあれは夜だったから、ルームメイトは何者かが押し入ったと思ったのかもしれない。いまは真っ昼間だ。だいいち、すでにここまで来てしまったのだから……失うものなどなにがあるというの？

わたしの命とか？　ううん、それはさすがにまずい。

セオドシアは生長の遅い木の根で盛りあがったコンクリートをよけながらアプローチを進んでいき、玄関のドアをノックした。返事がないので、今度はもう少し力をこめて、もう一度ノックした。

数秒後、怒鳴り声がした。「またてめえか、ビンガー！」

火曜の夜にガレージを調べているところを見つかったとき、ブッカーのルームメイトがその名を叫んだのを思い出した。

「ビンガーじゃないわ」セオドシアは大声を返した。返事がないので、さらにつづけた。「わたしはセオドシア・ブラウニング。お友だちのブッカーさんがあんなことになって、本当に残念に思ってる」

十秒ほどたってドアがあき、ひげをぼさぼさに生やした男が彼女をうかがった。

「ブッカーの知り合いか？」

「二、三回会っただけだけど、彼の作品はとてもすばらしかったわ」

それが魔法の言葉、すなわち、彼女をなかに入れてくれる〝ひらけゴマ〟の呪文だった。

「入ってくれ」ルームメイトの男性は言った。

通されたのは二階建て住宅の一階部分で、びっくりするほどきれいに片づいていた。玄関を入ってすぐのところが居間になっていて、リサイクルショップで売っているようなソファと安楽椅子、美術史やデザイン関係の本で埋めつくされた巨大な本棚などがあり、床には擦り切れたオリエンタルラグが敷かれ、煉瓦造りの暖炉の前には猫がすわっていた。猫は胸のところと四本の脚が白く、あとは真っ黒だった。タキシードを着たように見えるタキシード猫だ。

「あんた、すわるだろ？」ルームメイトの男性は言った。二十代後半で、身長はゆうに六フィートはあり、体重は二百五十ポンド以上ありそうだ。チェックのシャツは胸のところがきつそうで、濃い藍色のジーンズとバイクブーツを身につけていた。赤みがかったロングヘアとひげが、異様なほどまるまるとして少年のような顔を囲んでいた。

「ありがとう」とセオドシアは礼を言い、ソファに腰をおろした。

「セオドシア、か」ルームメイトの男性は言った。「おもしろい名前だね。由緒があるんだろ？」

「一七〇〇年代後半にサウス・カロライナ州の知事と結婚していた女性が、セオドシアという名前だったわ。アーロン・バーの姪でもあった人」

「決闘相手を殺したアーロン・バーか。おもしろいな。あんたはその子孫なのか？　人を撃った経験は？」

「ないわ。あの、申し訳ないけど、これだと不公平じゃないかしら。あなたの名前を教えてもらってないんだもの」

「フーパーだ。ただのフーパー。で、あんたが訪ねてきた本当の理由を教えてくれ」

「わたしはオズグッド・クラクストンさんが殺された事件を調べているの」セオドシアは説明した。

フーパーはレーザー光線さながらの目つきでセオドシアをにらんだ。

「おまわりだからか？」

「ううん、捜査関係者じゃないわ。実はティーショップを経営してるの」

「おもしろい。なかなかクールじゃないか」

「ありがとう。ここに来たのは、友だちのホリー・バーンズのギャラリーを訪れるお客が、クラクストンさんの事件があってから極端に減ったのが理由。クラクストンさんが殺されたのはお茶会のさなかで、わたしはそのお茶会でいろいろお手伝いをしていたの」

「だから責任を感じてるってわけか」フーパーはシャツのポケットに手を入れ、マールボロライトのパックとビックのライターを出した。「なるほどね」

「警察はブッカーさんを容疑者リストに入れていて……」

「それも昨夜までのことだった」フーパーは煙草に火をつけると、煙を吸いこみ、ゆっくり吐き出した。

「そのとおりよ。そしてブッカーさんがリストからはずれ、警察は藁《わら》をもつかむ思いでいるというわけ」

「あんたもだろ」

「だから訪ねてきたのよ。事件の解決に役立ちそうなことをなにか——なんでもいいから教えてもらえないかと思って」

「力になれるとは思えないな。たしかにブッカーとおれはルームメイトだったけど、やつは無口な性格で、内にこもる傾向があった。とにかく仕事一辺倒で、名をあげることに一生懸命だったよ」

「友だちはあまり多くなかったの？」

「みんな知り合い程度だったね。でも、これだけは言っておく。ブッカーは人を殺すようなやつじゃない。体はでかいし、性格が悪そうに見えることもあったけど、本当はいいやつだったんだよ。近所の人に手を貸したり、フードバンクに寄付したりするようなやつだった」

「そうだったの」こんな話を聞かされるとはセオドシアは予想もしていなかった。

「ブッカーは、芸術連盟でもときどき教えてたんだよ。おもに子どもたち相手にね。絵を描くことで、子どもたちが自分の思いや感情を表現できるようになる手助けをしようとしてたんだ」

「すばらしいわ。でもいちおう訊いておきたいんだけど、ブッカーさんは気が短かった？」

「そんなでもなかったな。ホーリー・シティ・ピルスナーを飲みすぎたときはいくらか怒りっぽくなったけど、手がつけられないってほどじゃなかった。短気なのはむしろおれのほうだよ。おれを怒らせたら怖いぜ」

「ブッカーさんに敵がいたかどうかはわかる？」

フーパーは首を横に振った。「おまわりも同じ質問をしてったけど、これといって思い浮かばないいんだよ」

「アートの世界で彼が少し頭角を現わしたことに嫉妬した人もいなかった？」

「まったく思い当たらない」

セオドシアはほかになにを質問しようかと考えた。

「ええと、式がおこなわれるかどうかはご存じかしら？　お葬式のことだけど」

「ブッカーの家族しだいだろうね。ゆうべおまわりが訪ねてきたときに、親の名前と住所を教えたけど」フーパーは鼻から息を出した。「おれのアリバイも教えなきゃならなかったけどな」

セオドシアは立ちあがった。「ブッカーさんのご家族はこのあたりにお住まいなの？」

「ブルーリッジ山脈にあるロング・クリークっていう田舎町だ」フーパーはせつなそうにかぶりを振った。「すごいショックを受けるだろうな」

ふたりは物思いに沈みながら、玄関のドアに向かった。

セオドシアはいったん外に出たが、すぐに振り返って訊いた。「ところで、ビンガーってなんなの？」

フーパーは渋い顔をした。「あの不愉快なくそガキのことか？　うちのタンクからしょっちゅうガソリンを抜き取ろうとしやがるんだよ。まったく腹がたつ」

「わたしでも腹をたてるわ」セオドシアは言った。

帰る途中、セオドシアはサヴァナ・ハイウェイ沿いのアーリー・バード・ダイナーに寄り道をした。このダイナーはチャールストンを代表するレストランで、かつて『ダイナー、ドライブイン、ダイブ』というテレビ番組で紹介されたこともあり、フライドチキンは州内一、いや、全米一かもしれないほどのおいしさだ。

列に並びながら、スパイシー・ハニーソースがかかったフライドチキンにしようと決めたものの、まだサイドメニューとにらめっこをつづけていた。あとふた品注文できるのだが、むずかしい選択を迫られていた。というのもこの店のメニューには、フレンチフライ、オクラのフライ、マカロニチーズ、バタービーンズ、コラード、マッシュポテト、コーンケーキが並んでいて、いかにも家庭料理という味がするものばかりだからだ。さんざん悩んだ末に、オクラのフライとコーンケーキを選んだ。

心臓にいいとは言えない夕食だけど、いつも熱心にジョギングをしているし、たまの贅沢くらいは許されてもいい。それに、今夜は料理をする気になれなかった。アール・グレイに餌をあたえ、テイクアウトの夕食を楽しみ、お気に入りの本を読んでくつろぐことにしよう。スーザン・ウィッティグ・アルバートやテリー・ファーリー・モランのミステリ小説を読めば、自分が抱えている事件の謎を解くヒントが見つかるかもしれない。

裏の路地に車をとめ、テイクアウトを入れた袋を手にしたときは、くつろいだ夜を過ごすのを心待ちにしていた。月の光が葉の生い茂る木々を照らし、そよ風が甘い香りのマグノリアの木々のあいだを吹き抜けていく。

そんなのどかな風景が目の前にひろがっているにもかかわらず、裏の門をくぐった瞬間、セオドシアはなにか変だとぴんときた。

28

どうしたんだろう？　セオドシアは自問した。どうしてわたしはこんなにびくびくしているの？

全身の細胞が不安で震えている。キッチンからアール・グレイが不満の声を洩らしているのが聞こえ、裏庭の空気からは危険な感じが伝わってくる――この一帯がすべて帯電しているかのようだ。

さらに数歩進むと、危険を察知するスパイダー・センスが働いた原因がわかった。

小さな池の金魚たち――十四以上いたはずの金魚が、芝生の上で死んでいた。誰かが意図的に冷徹に、計算して殺したかのように、死骸は一列に並んでいた。

胃が落ちこむようなぞっとする感覚が襲ってくるのと同時に、テイクアウトの品が下に落ちた。チキンとソースが板石敷きのパティオに散乱し、コーンケーキが芝生に落ちた。

「誰がこんなことを？」セオドシアの言葉は悲痛な叫びと化し、彼女は膝をつき、一時間前まで元気に泳いでいたであろう金魚たちの亡骸《なきがら》を見つめた。そのなかの一匹に触れてみた。まだ生きているかもしれない、そっと池に戻してあげられるかもしれないと、わずかな望み

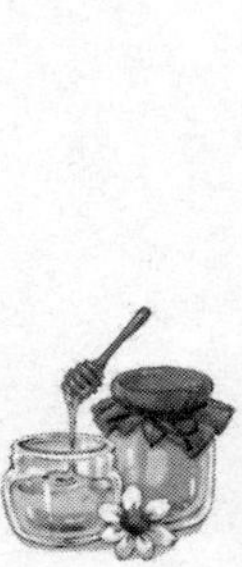

を抱きながら。けれども小さな魚は完全に硬直していた。ほかもすべて同じだった。

お願い、せめて一匹でも生きていて！

けれどもすべて死んでいた。息を引き取る寸前まで自分たちを殺した犯人を見つめていたのか、目と口が大きくあいていた。

「いったい誰が……？」セオドシアはまたわめきかけた。すると、その答えがふわふわとただよってきて、大型ハンマーで心にたたきつけてきた。

例の殺人犯だ。

オズグッド・クラクストンを殺害し、おそらくはブッカーをも射殺した犯人が、今度はセオドシアに直接、警告を送ってきたのだ。手を引け。さもないと、おまえを同じ目に遭わせてやると。

不安が一瞬にして激しい怒りに変わり、セオドシアはいきおいよく立ちあがってあたりを見まわした。いまもこの裏庭に潜んでいるかもしれない誰か、あるいはなにかをいつでも攻撃できるよう、腕をのばし、手を鉤爪《かぎづめ》のようにしてぐるりと周囲を見まわした。

けれどもなにも見当たらなかった。危機感だけが残っていた。

犯人は、この裏庭に入ったの？　もちろん、入ったに決まっている。彼女がわが家と呼ぶコテージからほんの数歩の距離に、愛するアール・グレイが眠っている場所からほんの数歩の距離に。セオドシアは恐怖が背筋を這いおりていくのを感じた。

そうよ、犯人はここに入った。一時間前か、あるいは数分前か。そう考えたら、体が震えてとまらなくなった。

セオドシアは家に飛びこんで裏口に錠をおろすと、念のために施錠状態を再確認した。キッチンに置いたベッドの横にいたアール・グレイは目に困惑の色を浮かべ、息をハアハアいわせていた。きっと誰かの耳に届くかもしれないと思いながら、吠えて危険を知らせていたのだろう。けれども、誰も助けに来てくれなかった。彼はセオドシアの姿を見ると、駆け寄って彼女の手にマズルを押しつけた。そのせつなそうな声は、後悔の叫びにも聞こえた。

「わかってる。ごめんね」セオドシアはひざまずいて愛犬に腕をまわし、きつく抱きしめた。

「でも、あなたはあの状況でできる限りのことをしたし、もうわたしは帰ってきた。大事なのはひとつだけ。あなたが大丈夫かどうかよ」

アール・グレイが体を押しつけてきたので、セオドシアはその頭にキスしてやり、マズルをやさしくさすってやった。ここは犬がいちばん緊張を感じるところだから、アール・グレイも見知らぬ人が外をうろついて池の金魚を殺そうとしているのを察知してそうとう緊張していたはずだ。

問題は、今夜はこのあとどう過ごすかだ。このままここにいる？　警察に通報する？　ライリーに電話する？　けれどもバッグから携帯電話を取り出したときには、電話する相手は決まっていた。

「あなたの家の客室は使える状態かしら？」セオドシアは電話に出たドレイトンに尋ねた。

「いつでも使えるようになっているよ」ドレイトンは言った。「うちに通っている清掃業者のミセス・ドルーはきのう来たばかりだから、いつもどおりの仕事をしていれば、塵ひとつなく掃除をし、布団を整え、新しいタオルを出してくれているはずだ。なにかあったのかね？　誰か寝る場所が必要な気の毒な人をこちらに寄越すのかね？」

「わたしなの」

「はあ？」

「それと迷惑でなければアール・グレイも一緒にお願い」

「もちろん、どちらも大歓迎だ。しかしなぜだね？　なにかあったのかね？」

セオドシアは池の金魚が死んでいたことを話し、おそらく犯人は彼女を傷つけるつもりで裏庭に忍びこんだのだろうという推理を説明した。けれども彼女がいなかったので、怒りと不満の矛先を金魚にぶつけたのだろうと。

「金魚がすべて死んでいたのはたしかなのかね？」

「まちがいないわ。あなただって、あんな状態のあの子たちを見れば……もしあのかわいそうな子たちを見たら……」

「ライリーのところではなく、ここに来るので本当にいいのかね？」

「ライリーのところに行ったら、クロゼットに閉じこめられて、鍵を捨てられちゃうもの」

「それは困る。たしかにうちに来てもらったほうがよさそうだ」

セオドシアが到着すると、ドレイトンは開口一番言った。「怪我はないかね」

「わたしは大丈夫」セオドシアは言った。たしかに怪我などはしていない。けれども、飼っていた金魚を殺され、自宅の敷地に侵入されたせいで精神的な動揺がかなりひどかった。セオドシアは家で過ごすのがなによりも好きだ。その家という聖域をおかされたいま、彼女は冷たい怒りに燃えていた。南部の女性としては褒められた態度でないのはわかっているけれど、そう感じるのは当然のことだ。

ドレイトンが次に発した問いは「夕食はもう済ませたかね？」だった。

「残念なことに、夕食を捨てちゃったの」

彼は片方の眉をあげた。「は？」

「ううん」セオドシアは笑いながら言った。「そうじゃなくて、自宅の庭に入って金魚がかわいそうなことになっているのを見つけたときに、〈アーリー・バード・ダイナー〉でテイクアウトしたものが手から転がり出て地面に落ちちゃったの」

「無理もないことだ。しかし、なんとも残念だ。あそこのチキンはうまいからな。なにか食べるものを用意してあげよう。いま、うちは肉類を切らしているが、卵はある。オムレツでもいいだろうか？」

「いまは、どんなものでもありがたいわ」

「どんなものというレベルよりはましなものができると思うよ」ドレイトンは言うと、野菜入れからタマネギとチャイブを出し、つづいて冷蔵庫から卵、生クリーム、そしてチェダーチーズ半個を取り出した。「さっそく取りかかるから、あっという間に豪華な食事、あるいはそれに近いものにありつけるよ」

ありついたのは豪華な食事だった。ドレイトンはメラミン樹脂の食器や日常使いのカトラリーを使わないからだ。彼はオムレツをリモージュ焼の皿に盛りつけると、台湾産烏龍茶を淹れたポットを持ち、セオドシアをダイニングルームに案内し、ふたりでチッペンデールのテーブルについた。

ドレイトンという人は、アンティークをこよなく愛している。それもごてごてした偽物ではなく、本物のクラシックな逸品を。自宅もそれにふさわしく、フランス風の椅子や、ジョージ王朝時代のマホガニー材のコーヒーテーブル、房飾りのついた革製ソファを置いていた。白い大理石の暖炉はフランスから輸入したもので、床はハートパイン材に上質なペルシャ絨毯が敷かれていた。斜め格子ガラスの窓にはシルクのカーテンがかかり、書斎にはアンティークの書棚がアクセントとして置かれている。彼の家は目をみはるほどすばらしく、かつては《サザン・インテリア・マガジン》誌で紹介されたこともあるほどだ。

空気よりも軽いふわふわのオムレツを食べながら、セオドシアは壁にかかった絵のひとつを見て言った。「あの肖像画はちょっと怖い感じがしない?」テーブルを見おろすように飾られたその絵は、第二代グレイ伯爵であり、イギリスの首相もつとめたチャールズ・グレイの油彩画だった。

「いや、全然」ドレイトンはお茶を口に運びながら言った。「しかし、わたしがきみならば、きみの大事な愛らしい金魚を殺害した犯人のほうが怖いと思うね。まちがっていたら訂正してほしいが、オズグッド・クラクストンとブッカーを殺したのと同じサイコパスの仕業だろう」

「わたしも同じ意見よ」

「だから、きみはおびえないといけない。ものすごくおびえるべきだ」

「おびえる気持ちよりは怒りのほうが大きいわ」

「いいことではないな。褒められたことでもない」ドレイトンはもうひとくちお茶を含み、椅子の背にもたれた。「わたしはきみが心配でならないのだよ」

セオドシアはドレイトンにほほえんだ。「わたしだって自分の身を心配してるわ。あなたが前に〝そして誰もいなくなった〟と言ってたけど、そのとおりだわ。容疑者についてはもう、底をついたという感じ」

「いまも、ミニョン・メリウェザーかジニー・ベルが犯人の可能性を考えているのかね?」

「可能性がないわけじゃないけど、確率は高くないんじゃないかな」

「興味深いな。だとすると、われわれは完全にまちがっていたことになるではないか。おそらく犯人はわれわれのレーダーにすら引っかかっていない人物なのだろう」

「それが問題なんじゃないかという気がしはじめてる」

「その場合、われわれはなんの役にもたたなかったということになる」

「お願いだから、そんなことを言わないで。だって、ホリーをがっかりさせたくないんだもらの。彼女はいま危機に陥っていて。ギャラリーはお金がどんどん出ていくばかりなんだから」

「彼女のギャラリーは損失が出ているのかね？　物言わぬパートナーが注ぎこんでくれた二十万ドルの件をホリーに尋ねてみたのかね？」

「まだよ。でも、いまその話題になったから、明日の朝いちばんに、いわゆる現金注入をめぐる詳細をホリーに訊いてみる」

「そうだな。きっぱりと片をつけたほうがいい」ドレイトンは腕時計に目をやった。「おやおや、もうこんな時間だ。犬たちを連れて庭を軽く散歩するのはどうだね？」

「喜んで」セオドシアは応じた。

ふたりはテーブルの上を片づけ、すべてをキッチンのカウンターに置いて、外に出た。ちょうど月がのぼったばかりで、セオドシアは竹林ごしに月をながめながら、魔法の力で日本の京都の庭園に連れてこられたように感じていた。京都は一度、訪れたことがあり、寺や庭園、豊富な自然にすっかり心を奪われた。実際、あの街のこぢんまりとしたレストラン、茶器やお香や浴衣などを売る店、それに東山連峰の壮大なながめなど、あの街全体から禅の精神が感じられた。

とくに記憶に残っているのが、見事な清水寺へとつづく風光明媚な細い道、清水坂を歩いたことだ。一六〇〇年代初頭に再建された清水寺は、一本の釘も使っていない巨大な木造建築物だ。森と山々に囲まれた寺は、ユネスコの世界遺産にも登録されている。セオドシアが訪れたのは晩秋で、周辺の森が燃えるように赤く色づいたカエデで輝いていた。

足もとで石がこすれる音が聞こえ、ごつんという軽い衝撃が伝わってきた。ハニー・ビーとアール・グレイが元気に走りまわって、犬らしい遊びに興じているのだ。パティオでは、ドレイトンが剪定ばさみを手に樹形からはみ出た葉を切っている。空を見あげると、これからいいことが起こると告げるように、いつもより小さな月がいつもより明るく輝いていた。おかげでセオドシアはようやく肩の力が抜け、満足のため息をついた。

自分のブレンドを作るお茶会

　好みのブレンドのお茶を作って試飲するのは人生のささやかな楽しみのひとつです。というわけで、それをメインに据えたお茶会を企画してみませんか？　いろいろな種類のお茶を5、6缶購入し、お客さまには紙やモスリンでできた空のティーバッグを渡し、そこにお好みのお茶をスプーン１杯分入れ、別のお茶をひとつまみ、さらにもうひとつ別のお茶をひとつまみくわえます。お客さまが自家製ブレンド作りを楽しんでいるあいだに、ターキーとゴーダチーズのティーサンドイッチとチョコレートチップのスコーンをお出ししましょう。万一の場合にそなえ、スタッシュ・ティーのクレームブリュレ・ブラック・ティーをポットに用意しておくといいかもしれません。

29

土曜の朝、インディゴ・ティーショップではふだん、プリフィクスのクリームティーを提供している。この日はふたつのコースから選ぶようになっていた。ひとつはメープルのスコーンにクロテッド・クリーム、新鮮なイチゴが入ったシトラスサラダ、そしてチキンサラダのティーサンドイッチ。もうひとつは、パルメザンのスコーンにハニーバター、マッシュルームキッシュ、ハムとサラダのティーサンドイッチだ。

プリフィクスのクリームティー——実際にはブランチに近いけれど——は大っぴらに宣伝していないが、それでもいつも大盛況だ。

この日も同じだった。

「なんてことだ」カウンターのなかでせわしなく何種類ものお茶を淹れていたドレイトンが叫んだ。「けさの忙しさは想像を絶する」

「土曜の朝は毎週忙しいじゃない」セオドシアは言いながら、洗って重ねたティーカップを集めた。「つまり、商売繁盛ってこと。昔なつかしい資本主義を覚えてるでしょ」

「経済学の講義はありがたいが、そこにあるアイリッシュ・ブレックファスト・ティーの缶

をもらえるかな？」

　セオドシアは渡した。「元気を出して。一時半までがんばればいいんだから。そしたらお店を閉めるわ」

「遅れて来るお客さまがいらっしゃらなければの話ではないか。きみは土曜日の営業時間に関してはやたらと甘くなりがちだ」

「なにがなんでも閉店時間を死守するわ」

「ところで、わたしの拳銃はどうなったのだね？」

　セオドシアは顔をあげ、髪をうしろに払った。「あ、いけない。すっかり忘れてた。テールゲートの収納袋に入れたままだわ」

「なにかの折りに返してくれたまえよ」

「あなたはひとり市民軍だものね」セオドシアはおかしそうに笑った。「武装してて危険な民兵なのよね」

「そうではない。あの銃には思い出としての価値しかない」

　セオドシアはダージリンが入っているティーポットを手に取った。「なぜだか知らないけど、いまの言葉は信じられないわ」きょうの彼女は上機嫌だった。朝、いったん自宅に帰ってシャワーを浴び、服を着替え、アール・グレイに餌をやり、散歩に連れて行き、金魚の死骸を片づけた。午後にはペットシッターのミセス・バリーがアール・グレイを散歩に連れて行ってくれることになっている。

　セオドシアと同じ通りで宝飾店を営むブルック・カーター・クロケットにお茶を注いでいると、ヘイリーが背後から近づいてきて、肩を軽くたたいた。

「メープルのスコーンが足りなくなっちゃった」ヘイリーは心配そうな顔で言った。「どうしてかわからないのよね。あたしの見込みが甘かったのかも」

　セオドシアは目をしばたたき、しばらく考えた。「あー、ごめんなさい、ヘイリー。わたしのせいよ。〈レディ・グッドウッド・イン〉から大量のテイクアウトを注文したいって連絡があって、わたしが包んだんだけど、あなたに報告するのを忘れてた。でも、なんとかならないかしら……ほかのもので代用するとか？」

「イチゴのスコーンはどうかな？」ヘイリーが提案した。「ちょうど天板三枚分の生地を作って、オーブンに入れたところなの。でも、先にセオに確認すべきだったね」彼女は肩をすくめた。「ごめん」

「ヘイリー、うちの店は責任のなすり合いをしない主義なのは知ってるでしょ。こういうことはあるものなの――誰にだって。それに、イチゴのスコーンなんて最高じゃないの。お客さまには内容に変更があったとお伝えしておくわ」

「しょうがないよね」ヘイリーはほっとした顔で言った。「気を悪くするお客さまがいないといいけど」

「そんな人はいないわよ」セオドシアがそう言ったとき、入り口のドアがあいて、女性の四人グループがにぎやかに入ってきた。四人が期待に胸を躍らせた顔で店内を見まわすのを見て、ドレイトンが急いでカウンターから出て迎え、片づけたばかりの席に案内した。すると、入り口のドアがまたもいきおいよくあいて、ホリー・バーンズが入ってきた。

セオドシアは片目でホリーの様子を見つつ、おかわりを注ぐ作業をつづけた。ポットの中身がからになると、あとでドレイトンに入れ直してもらうため、カウンターに置いた。

セオドシアがこっちに来てというように指を曲げて合図すると、ホリーの顔に笑みが浮かんだ。

「ずいぶんにぎわってるのね」ホリーは急ぎ足でカウンターまでやってくると、感心したように言った。

「ヘイリーがプリフィクスのクリームティーを思いついてからというもの、お客さまが引きも切らなくて」セオドシアは言った。

「そんな科白を言ってみたいものだわ」ホリーは切なそうに言った。次の瞬間、彼女の表情が見るからに暗くなった。「きのうは話をしてなかったわよね……でも、ブッカーの身に起こったことはおそろしいと思わない？」

「警察からは連絡があった？」

「きのうの朝いちばんにギャラリーにやってきて、ものすごい数の質問をされたわ。ブッカーとはどのくらい親しいのかとか、彼に敵はいなかったかとか、事件の晩はどこにいたかとか。そんなたぐいの質問。テレビドラマの刑事と同じだった」

「訪ねてきたのは刑事がひとりだけだった？」

ホリーは首を横に振った。「何人かで来たわ。制服警官がふたりと大男がひとり。大男は責任者だと思うけど、きまじめなタイプだった」

「ティドウェル刑事かしら?」

「そんな名前だった気がする」

「警察から状況の説明はあった?」セオドシアは尋ねた。

「リトル・クラム・アイランドにある自分の小屋で撃たれたと説明されたわ」ホリーは喉が少しつかえるのか咳払いをしてからつけくわえた。「あなたとドレイトンが彼を見つけたことも聞いたわ」

「見つけたくなんかなかったけど」

「あんなところまでどうして行ったの?」ホリーはセオドシアの手をつかみ、強く握った。

「わたしのため?」

「事件をきちんと整理したかったの。クラクストンさんを殺したのかどうか、単刀直入にブッカーさんに訊いて、本当のことを言うかどうか見きわめたかったの」

「これでブッカーが犯人ということはなくなったわけね」ホリーはこわばった声で言った。

「ブッカーは死んだのだから、クラクストン殺害の犯人ではないことになる。犯人はほかにいるわけだけど……じゃあ、誰なの?」

「さあ」

「今度はあなたのことが心配だわ。すでにふたりが死んでいるのよ。あなたには三人めになってほしくない。これ以上事件に首を突っこむべきじゃないわ。危険すぎる」

ドレイトンが身を乗り出した。「それと同じことを、わたしもずっとセオドシアに言っているのだよ」

「ね？」ホリーは目でセオドシアに訴えた。「わたしは捜査とは距離を置くよう、警察にはっきり言われてる。だからあなたもそうすべきよ」

「あなたの言うとおりなんでしょう」セオドシアは言った。

「誰かさんがようやく目を覚ましてくれてよかったよ」ドレイトンはぼそぼそつぶやき、もう少し大きな声でつけくわえた。「お茶を一杯どうだね、ホリー？」

「いただくわ、ありがとう。でも、テイクアウトにしてもらえる？」

「アイリッシュ・ブレックファストでいいかな？」

「ばっちりよ」

ドレイトンは藍色のカップに紅茶を注いで蓋をはめ、ホリーに手渡した。

「きみのビジネスが回復するよう心から祈っているよ」彼はホリーにほほえみかけ、それからどうだというようにセオドシアを見た。

「がんばるわ」ホリーはそう言って、お茶を受け取った。

物言わぬパートナーから受けた資金について質問するなら、いまがチャンスだとセオドシアは思った。そこでホリーを出口まで送り、ふたりだけで話せるよう一緒に外に出た。

「ギャラリーの経営はどんな具合？」セオドシアは訊いてみた。

「たいしてよくないわ。興味をしめしてくれる人はぽつぽついるけど、大きな売り上げにはつながらないの」

セオドシアは悲しそうな顔をしているホリーに腕をまわし、そっと抱きしめた。

「きっと立ち直れるわ。あなたのギャラリーはとてもすてきだし、あなたに代理人をつとめてもらいたがってるアーティストも大勢いるはずだから」

「そう思う?」

「ええ、思うわ」セオドシアは一歩さがった。「でもね、ホリー、ひとつ気になることがあるの。前から訊こうと思ってたんだけど」

「なにかしら?」

「少し前にまとまった額の現金を受け取ったでしょ。物言わぬパートナーのジェレミー・スレイドさんから。たしか二十万ドルだったはず」

するとホリーはあわててふためいた。「ああ、やっぱり。いつかはそのことをあなたに訊かれるんじゃないかと思ってた」

「まずいことになっているの?」セオドシアは訊いた。

ホリーはいまにも泣き出しそうな顔をしていた。「実を言うと、とんでもなくまずいことになってる」

「どうしちゃったの? ギャラリーと関係あるの?」

「本当に知りたいのなら話すけど、ジェレミー・スレイドからのお金の一部をフィリップの弁護士費用にあてたの」

これはかなり倫理に反する行為なのはセオドシアも知っていたが、とがめるようなことを言うのは控えることにした。そのかわり、こう言った。

「このことをフィリップは知ってるの？」

ホリーは身をすくめた。「弁護士の請求額がずいぶんお得だとは思ったみたい」

「そうだったの。で、弁護士さんになにをやってもらったの？」

「フィリップが酒類販売許可を取るのを手伝ってくれたの。あなたも知ってのとおり、わたしの生涯の夢は成功したギャラリーを経営し、展覧会をたくさん開催すること。で、〈ボルト・ホール〉はフィリップの究極の夢なの」

「それはわかる。よくわかる」セオドシアは言った。「でも、弁護士費用はせいぜい、そうねえ、二、三千ドル程度でしょう？」

ホリーは落ち着かない様子で、足を何度も踏み替えた。「でしょうね」

「でも、あなたはかなりお金に困っているようなことを言ってたでしょ。だから訊くけど、残りのお金はどうしたの？」

ホリーの顎が震えた。「フィリップにいくらか渡したわ」

セオドシアは唖然とした。「なんですって？　ねえ、ホリー、ジェレミーが出したお金のうち、フィリップにいくらあげたの？」

ホリーは身を守るように肩をまるめた。「十六万ドルかな？」

「いまのは質問？　それとも答え？」

「答えよ。自分でも最初からまちがってることはわかってた」ホリーはすすり泣いた。「でも、フィリップがどれだけ切羽詰まってたか、あなたにはわかるわけないわよね。そして酒類販売許可がおりたらおりたで、なるべく早く開店するための準備が必要なの。ここまで来ると、あとはやるしかないの」

「うそでしょ。まさか、お金は全部使っちゃったってこと？」

ホリーは身をくねらせた。「かなりの額をね」

「いったいフィリップは、それだけのお金をなにに使ったの？」

ホリーはがっくりとうなだれた。「テーブルと椅子、厨房設備を購入して、ワインを揃えるのにも使ったわ」

「じゃあ、あなたがレストランの設備を整えたのね？　うそみたい。出資者は知ってるの？　出資金のほとんどがフィリップに渡ったことをジェレミーは知ってるの？」

「まさか！」ホリーはにじみ出る涙を押し戻した。「お願いだから彼には言わないで。なんとか対処するつもりだから。残念ながら、白旗をかかげて破産宣告をする以外の方法を思いついていないけど」

「そんなことをしてはだめ」セオドシアは言った。「破産したら、もう引き返せないのよ。ここまで事業を築いてきたのだから、それを再建するしかないの。必要なのは、腰をすえて取り組むこと。在庫を充実させ――有望な新人アーティストを発掘し――まともな買い手を見つけること。データベースの構築に取りかかり――わたしも手伝うから、広告を出すの。葉書一枚出す程度のことでもいいのよ。十六万ドルはそうとうの大金だけど、取り戻すことは可能よ。わたしの言葉を信じて――人生と同じで、ビジネスも形勢逆転できるの」

「わかった。それにフィリップもすぐにかなりのお金を稼げるようになるでしょうし。実を言うと、だから……」

ホリーの携帯電話が突然、バッグのなかで軽やかに鳴った。

セオドシアは手をのばしてホリーからカップを受け取り、彼女は急いで携帯電話はどこかと捜した。

「イマーゴ・ギャラリーです。ご用件はなんでしょう？」ホリーは数分ほど相手の話に耳を傾けた。「はい、その作品も同じ作家のほかの作品もございます」彼女は体の重心を移した。「何時ごろお越しになれますか？」今度はさっきよりも長く耳を傾けたのち、ひとりうなずいた。「おふたりにお会いするのを楽しみにしております」電話を切ったホリーの顔には、かすかな笑みが浮かんでいた。「セオドシア、あなたはまさしく幸運を呼ぶ女神だわ！」

「いまの電話はいい知らせだったみたいね」

ホリーは大きくうなずいた。「新しい顧客になってくれるかもしれないわ。これからうちのギャラリーに来て、ゴードン・ラファエルという画家の絵を何点か見たいとおっしゃるの」

「ゴードン・ラファエルは点描で風景画を描く人だったかしら？」

「ええ、湿地や古い稲田を題材にしてる」ホリーは上機嫌で、かかとに体重をあずけた。「ありがたい話だわ。でも……」彼女は腕時計に目をやった。

「でも？」セオドシアは言った。お金のことでまだなにか問題があるのだろうか。

「でも、きょうの午後、フロッグ・ホロウ農場まで出かけて野菜を六かご分買ってくると、フィリップに約束しちゃったの。今夜はすでに、五十件ものテイクアウトの注文を受けてるんですって」ホリーはうなずいた。「ね、フィリップの料理がどれほどすばらしいか、もう口コミでひろがりはじめてるの。だから、お金は取り戻せるわ」

「ギャラリーにお客さまが来るのは何時ごろなの？」

ホリーはまた腕時計に目をやった。「一時間後よ。ラファエルの絵を見たいと言ってもらえるのはとてもうれしいけど、家に飾る作品を選ぶのって、とても個人的な判断になりがちなの。簡単には決まらないのよね」彼女は苦笑した。「それにしてもびっくりだわ。ついさっきまで、どうすればいいかわからなくて嘆いてたのに、突然、時間に追われるようになるんだから」

「ねえ、こうしましょう」セオドシアは言った。「ヘイリーが以前から新鮮なサラダオニオンとほうれん草を求めてあちこち探しまわってるの。フロッグ・ホロウ農場にはあるかしら？」

ホリーの顔がぱっと明るくなった。「あるはずよ」

「だったら、あなたの当面の問題は解決ね。わたしが農場に行って野菜を受け取ってくれれば、あなたは新しい顧客と楽しくおしゃべりできる。それなら、わたしもヘイリーに野菜をたくさん手に入れてあげられるし」

「そこまでしてくれるの？　うれしい」ホリーはすっかり感激していた。「ありがとう、セオドシア。あなたは幸運の女神だけじゃなく、願ってもないほどすばらしい友人だわ！」

セオドシアはカップをホリーに返した。「じゃあ、がんばって絵を売ってきてちょうだい。代金の話はまたあとでしましょう」

ティーショップに戻ると、プリフィクスのメニューは終わりに近づいていた。

「そろそろ一時半になるぞ」ドレイトンは腕時計をたたいた。「さっきなんと言ったか覚えているかね？」

「お客さまがいるのは二席だけだから、大丈夫よ、きっと」そのとき、セオドシアの携帯電話が鳴った。

エプロンのポケットから携帯電話を出すと、かけてきたのはライリーだった。

「もしもし、カウボーイさん」

「今夜の約束に変更はないよね？」ライリーは言った。

「いまから楽しみだわ」

「それはよかった。今夜八時に〈ハイ・コットン〉を予約した」

セオドシアの口もとがゆるんだ。「わあ、すごくいい店じゃないの」

「そのくらいの贅沢は許されるだろ？」

「そうね」

「そうだよ。きょうは早めに店を閉めるのかい？」

「そろそろ正面のドアの鍵をかけようと思ってたの。そのあと新鮮な食材を仕入れに出かけるわ」

「本当かな？　容疑者になりそうなやつの調査に出かけるんじゃないのかい？」

「きょうはしないわ」

「そうか。えらいな。好奇心は猫をも殺すのを忘れないように」

「でも、猫は九つの命を持つとも言うでしょ」

「まったく、きみって人は手に負えないな」ライリーはくすくす笑いながら電話を切った。

セオドシアはカウンターの前を通り過ぎるとき、ドレイトンを指さした。

「一時半。それが当店の公式な閉店時間よ」それから、厨房に入ってヘイリーに野菜の話をしてみた。

ヘイリーは狂喜乱舞した。「フロッグ・ホロウ農場？　すっごーい。あそこは野菜と肉を扱う有名な業者なの。完全な地産地消を実践してる。〈ハスク・レストラン〉のシェフもそこを使ってるけど、超がつくほどえり好みが激しい人なんだよ。すごいなあ。来週のメニューの予定をたてたほうがよさそう。そしたらなにを買ってきてもらえばいいかわかるし」

「急がなくていいわよ」誰もいないティールームに戻ると、ドレイトンがカウンターに身をかがめ、眼鏡を鼻にちょこんとのせ、お茶の入ったカップを手に《ポスト&クーリア》紙を読んでいた。

「求人広告を見てるの？　もっと良い仕事はないかと探してるの？」

ドレイトンは体を起こした。「なんだって？　そんなわけはなかろう」

「冗談だってば。わたしとドライブに行くつもりはない？」

ドレイトンは新聞を閉じた。「どこに行くかによるね」

「無駄足になるんじゃないかと心配なんでしょう？」

「それも少し頭をよぎったよ」

「だったら、安心して。これからフロッグ・ホロウ農場まで行って、フィリップのレストランの食材を受け取るついでに、ヘイリーに頼まれたものを調達するだけだから」

「それはいいね」ドレイトンは窓の外をちらりと見てうなずいた。「太陽がさんさんと降り注いでいるし、空はコマドリの卵の殻のように真っ青だし、ドライブにもってこいの日和だ」

30

本当にドライブにうってつけの日だった。

セオドシアはイースト・ベイ・ストリートを進み、右に折れてラヴェネル橋を渡った。ふたりともウィンドウを全開にして暖かな陽射しとひんやりした空気をたっぷりと浴び、ラジオからはラスカル・フラッツの曲が流れ、助手席にはドレイトンが乗っている。

ラヴェネル橋を渡るあいだ、ドレイトンは下を流れるクーパー川を見おろした。

「きょうは川もあざやかな青い色をしている。これは幸運の印だ、きっと」

ハイウェイ十七号線でマウント・プレザントの街を通り抜け、ロングポイント・ロードに入り、いくつかの交差点で曲がると、まぎれもない農村地帯に出た。

「どこに向かっているかわかっているのだろうね？」ドレイトンが訊いた。

「ちょっといいことを思いついたのよ」

急なS字カーブをまわると、陽射しが反射して水面がきらきら光る汽水湖と、孤独な見張り番のように立つヌマミズキの木が見えてきた。

「美しいところだ」とドレイトンが言った。「すばらしいと評判の農場まで、あとどのくらいかね?」

「あと数マイルというところ」セオドシアは言った。

さらに古い教会(地元では〝賛美の家〟と呼ばれている)を通り過ぎ、道路沿いに集まった商店の前を通り過ぎた。

「あれを見てごらん」とドレイトンが言った。「新鮮なブルークラブを売っている」

「すごいのひとことだわ」セオドシアは言った。

数分後、生い茂ったウィローオークの森を背景に、素朴な牧場のフェンスが見えてきた。その先は青々とした野原がひろがり、大きな看板には〝フロッグ・ホロウ農場――新鮮な野菜と肉〟と書いてある。その下にはもう少し小さな文字で〝ご自身で収穫できます〟とあった。

駐車場に入っていくと、乗用車が一台とピックアップトラックが二台とまっていた。

「きょうはさほど混んでいないようだ」ドレイトンが言った。

「でも、とてもすてきな場所ね」セオドシアは車をとめながら言った。

近くには大きな白い納屋、小さな赤い納屋、野菜が並べられたほどよいひろさの屋外売店があった。また、大きな囲いのある庭ではアヒルが飼育され、その先にはなだらかに起伏している緑豊かな草原が何エーカーにもわたってひろがっている。さらにその先には、大型の家畜を囲いこむための高いフェンスが見える。なにもかもがとても牧歌的で、ノーマン・ロックウェルの世界のような魅力にあふれていた。

「野菜はあそこの売店で買うのかね？　それとも自分で収穫するのかね？」ドレイトンが訊いた。

「自分で収穫するわ」セオドシアは答えた。木漏れ日のなかに立っていると、ひんやりとした風が梢を揺らしながら吹きわたっていく。「そのほうが楽しいもの」

けれども、セオドシアが自分の車のうしろにまわったとき、緑色のジャガーが車体を大きく揺らしながら駐車場に入ってきた。

「まさか、うそでしょ」セオドシアの心臓が一瞬とまりかけた。

「どうした？」ドレイトンは二十フィートほど離れた場所にとまったジャガーには目もくれなかった。

「ドレイトン、あの緑色のジャガー――あれはラマー・ラケットさんの車よ」

ドレイトンは振り返って見た。「旧型モデルだな。クラシックカーだ」

けれども、セオドシアにはクラシックカーかどうかより、もっと気になることがあった。

「いったいなにをしにきたのかしら？　わたしたちをつけてきたの？」

ドレイトンは顔をしかめ、ポケットのなかの小銭をじゃらじゃら鳴らした。

「本人に直接尋ねてみたらどうだね？」

セオドシアはさっそくジャガーに向かって歩いていった。ドアをあけて降りてきたラケットに、彼女はいきなり尋ねた。「ここでなにをしてるんですか？」

ラケットはセオドシアだとわかると、目をぱちくりさせた。「わたしも同じ質問をしたいところだ」

「わたしをつけてきたの？」

彼のまぶたが小さくひくついた。「きみをつけただと？」

「べつにむずかしい質問ではないと思いますけど」

「ならば答えはノーだ」ラケットは少し困ったような顔になった。「いいかい、わたしはシエフにかわって食材を調達しに来たのだ。今夜、〈ヌサ・ドゥア〉でプライベートな食事会をひらくので、追加で食材が必要になったんだよ」

「たとえば、コリアンダーとか？」

「さあな。まだリストを見てないのでね」

「そう、なるほど」ラケットが反応せずにいると、セオドシアは向きを変えて歩き出した。

「行くわよ、ドレイトン」

けれども、あらたなサプライズがセオドシアを待っていた。ドレイトンとふたりで青果コーナーに向かっていくと、赤い納屋の近くにまたひとり、見覚えのある人物が立っているのが見えた。「フィリップが来てる」彼女はドレイトンに言った。「変ね」

「たしか、われわれがここまで来たのは、彼の分の食材を調達し、レストランまで運ぶためだったはずだが」ドレイトンは言った。

「わたしもそのつもりだったんだけど。きっと事情が変わったんだわ」

近づいていくと、フィリップは笑顔で手を振ってきた。

「農作物の調達に来たんだよ」フィリップはにこやかに言った。彼はジーンズにベージュのウエスタンシャツ、それにブーツという恰好だった。一日じゅう、昔の馬小屋をぶらぶらしていたような、気取りのない感じに見えた。

「それはわたしたちがやることになってたんじゃないかしら」セオドシアが言った。「どこかで話が食いちがっちゃったのかも」

フィリップは片手をあげた。「いや、きみのせいじゃない。ホリーと話をしたとき、きみが彼女にかわって車でここまで来てぼくが注文した品を持って帰ってくれることになったのは聞いた。でも、きみの携帯電話の番号を言わずに切っちゃったものだから、わざわざここまで来る必要はないと連絡できなかったんだ」彼は両手を大きくひろげた。「ホリーはお客さんが来るので神経が高ぶってるみたいだったから、かけ直したくなくてさ」

「知ってるのよ」セオドシアは言った。「ホリーがお金のことでそうとう頭を悩ませていることを」

セオドシアがお金の話を持ち出しても、フィリップは聞き流した。

「とにかく」とフィリップ。「会議がキャンセルになったので、急に時間があいてね。無駄足を踏ませてしまって申し訳ない」

「それはべつにいいの。ティーショップで使う食材をいくらか買うつもりだったから」セオドシアはお金の件を問いただすのはいまが絶好のチャンスだと判断し、フィリップに近づいた。「それから、いちおう言っておくけど、ホリーがあなたに貸したお金のことはすべて話を聞いたから」彼女は首をかしげ、探るようなまなざしをフィリップに向けた。「あなたはきちんと説明すべきよ」

「ホリーが全部白状したんだね？」フィリップはほっとした顔になった。

「あなたのレストランの開業資金は基本的に彼女が出したという話だったわ」セオドシアが言った。

「ホリーは……気前がよすぎてね」フィリップは言った。「あの金をあんなふうに使うのは賢明じゃないことはわかってたけど、ぼくたちは一か八かの賭けに出たんだ」

ドレイトンがセオドシアをじっと見つめた。「なんの話だね？」

「ホリーが物言わぬパートナーから受け取ったお金について、ふたりで話し合ったのを覚えてる？」

「よく覚えているとも」

「それでね、ホリーはそのお金の多くをフィリップに渡したの。ほとんど全部をね。そのお金で彼はレストランの開業にこぎ着けたのよ」

「なんとまあ」ドレイトンは蝶ネクタイに触れた。「それはまずいことになりそうだ」

「すでにまずいことになってるの」セオドシアは言った。

「そんなことはない」フィリップは落ち着いてと言うように、両方のてのひらを地面に向ける仕種をした。「大丈夫だ、すべてうまくいくから。一週間以内に〈ボルト・ホール〉はオープンする。テイクアウトだけじゃなく、本来の形での営業だ。すわっての食事、ケータリング、貸切のパーティ。ありとあらゆることをやる。毎晩百人、もしかしたら百五十人が訪れる店になる」

「じゃあ、本当にすべての準備が整ったの？　酒類販売許可もおりたのね？」セオドシアは訊いた。

「もちろん、なにからなにまでだ。これ以上ないほど明るい未来が見える」

「もちろん世界クラスのワインセラーもあるのよね」セオドシアはいくらかたしなめるような口調で言った。

「あれだけのものを揃えられたのは愛あればこそだ」

「他人の金を使っていながらかね？」ドレイトンが横から口を出す。

「いいかい」フィリップはふたりに向かって言った。「〈ボルト・ホール〉は必ず成果をあげる。それもかなり早い段階で。それにべつにこれがはじめてというわけじゃないしね。自分がやっていることはちゃんとわかってる。すでにテイクアウトは大人気で、お客はみな、フルサービスの開始を切望している。さっきも言ったように、ホリーとぼくはあの金で賭けに出たわけだけど、六ヵ月もすれば全額返済できるとみてる。必要ならば利息をつけたっていい」

セオドシアは完全には納得できなかったし、ずるい手を使うやり方が気に入らなかったものの、フィリップがかなりのやり手であることは認めざるを得なかった。チャールストンはグルメの街として名声を確立したから、フィリップが夢を現実にすると同時に、かなりの利益をあげる可能性は充分にある。

「わかった」セオドシアは譲歩するしかないと思って言った。「やってしまったことは仕方ないし、いまのあなたはとにかく全力をつくすしかないわ」

「約束するよ。絶対にうまくいく。うまくいきすぎるくらいかもしれない。ぼくは頭のおかしなギャンブラーでも、向こう見ずな単細胞でもない。ぼくは温厚が服を着て歩いているような人間なんだ。ウェブスターの辞書で〝温厚〟を引いたら、ぼくの小さな写真がのってるはずだよ」彼は両手で自分の顔を縁取った。

セオドシアは思わず笑ってしまった。

「そしてきみたちふたりを……」フィリップはセオドシアとドレイトンをしめした。「オープン初日の夜はふたりを主賓として招待したい。いいかな？」

「いいわ」セオドシアは同意した。

フィリップはドレイトンに目を向けた。「あなたにとっても、悪い話じゃないのでは、ミスタ・コナリー？　ワイン通と聞いているから、舌もそうとう肥えていることと思う。でしょう？」

「まちがいとは言い切れんな」とドレイトン。

「すばらしい」フィリップは言った。「では、それで決まりということで」

セオドシアは駐車場を振り返ったが、ラケットの姿はどこにもなかった。心のなかで不安の種が芽吹いたが、なだらかに起伏する緑の草原に目をこらすうち、危ないことなどなにもないと思えてくる。「さてと」彼女はフィリップに言った。「どうやればいいの？　ここはどういうシステムなの？」

「売店で野菜や果物を買ってもいい――パック詰めもしてくれるし、車まで運ぶサービスもある。でも、ぼくは自分の目で新鮮なものを選びたくてね。そうしたほうが最高のものが揃うし、本当の意味で〝農場から食卓へ〟が実現できる」

「ピードモントで自分のリンゴや新鮮なイチゴを採るようなものだな」ドレイトンが言った。

「そのとおり」フィリップが言った。

「ならばわれわれもそうしようではないか」

「ちょっと待って」セオドシアは言った。「ジープから買い物かごを取ってくる」さっきのフィリップの説明でいくらか安心できた。ホリーとフィリップがしたことを完全に容認するつもりはないけれど、フィリップがまじめで勤勉な人なのはわかる。六ヵ月で返済するという計画にも信憑性はある。

「では先に行ってようか、ドレイトン」フィリップは言った。「とてもすばらしいインゲンマメ畑を見せてあげるよ。その隣の牧場も一見の価値がある」

セオドシアはジープまでゆっくり戻りながら、ラケットの様子をうかがういい機会かもしれないと考えた。けれどもどこにも彼の姿はなかった。車はあるが、本人は見当たらない。

ああ、もう。どこに行っちゃったの？

買い物かごを取りに行く途中、ふわふわした羽毛に覆われた赤い雌鶏が草の上を走っていくのがちらりと見えた。すると、腹ぺこのキツネに追いかけられているかのように、雌鶏は赤い納屋にまっしぐらに飛びこんだ。

リビーおばさんが飼っていたハンブルグ種によく似たダービーシャー・レッドキャップではないかと思ったセオドシアは、寄り道して赤い納屋まで行き、なかをのぞいた。すると……ニワトリは一羽もいなかった。

あの小さなかわいい子はどこへ行っちゃったの？

セオドシアは納屋のなかに足を踏み入れ、あたりを見まわした。そこらじゅうに塵が舞い、ひんやりとして薄暗く、新鮮な干し草とニワトリの餌のにおいがただよっている。屋内の木材も支柱も梁も古びていながらいい味を出していて、壁には革の馬具がいくつか掛けてあった。

さらにあちこち見てまわったが、さっきのニワトリはどこにもいなかった。まさか干し草置き場まで飛んだとか？　上に目をこらしたが、覆いかぶさるようにはみ出ている干し草と、高い梁にとまっている小さな鳥――スズメ？――しか見えなかった。

けれども、なにかがいる気配があった。せかせかと走りまわっているような小さな音がする。ニワトリかもしれない。あるいは……ラケット？

セオドシアはつかの間、恐怖に襲われた。ラケットがこの納屋のどこかに隠れているのではないかと思うと、頭ががんがんしてきた。彼はここに姿を消したのだろうか？

冗談じゃないわ。こんなところであの人を見かけるなんて、偶然にしては気味が悪すぎる。

ドレイトンとフィリップを捜しに外に出ようとしたとき、クックッという小さな音が聞こえた。左右に目を向けると、一瞬だけ隅のほうに赤いものがちらりと見えた。

さっきのニワトリかしら？

セオドシアは一瞬ためらったものの、たしかめようと近づいた。

ニワトリではなかった。彼女の目を引いたのもあざやかな赤い色をしていたが、ニワトリとは似ても似つかなかった。ベージュのキャンバス地の防水シートに覆われた、光沢のある硬いものだった。もしかして、農機具？

ううん、それにしては小さすぎる。だったら、なんだろう？

神経がほんの少し高ぶるのを感じながら、セオドシアは手をのばして防水シートをめくった。そして、光沢のある赤と黒のトライアンフのバイクをじっと見つめた。

口のなかがからからに乾き、頭がまたがんがんしはじめた。

目撃者が目にしたという、ナンバープレートの下三桁はなんだったっけ？

セオドシアは吐き気を覚えながらも必死に頭を働かせた。そしてほどなく、数字を思い出した。あざやかな青の背景に白いネオンサインが浮かびあがるように、突然、頭のなかに浮かんだ。953だ。

頭のなかでブザーが鳴り響き、心臓がティンパニのソロ演奏を刻む。このバイクのナンバープレートの下三桁の数字は958だ。8を3と見まちがえたり、覚えまちがいをしたりすることは考えられるだろうか。もちろん、あってもおかしくない。

どうしよう？　そもそも、これは誰のバイクなの？　ラマー・ラケットは、この農場となにか関係があるのだろうか？　もしラケットがクラクストンを殺害した犯人なら、養蜂家の作業服を着た殺人犯なら、セオドシアたちはまずいことになる。

頭のなかが真っ白になり、あわてて結論を出してはいけないと思いつつも、こうして証拠かもしれないものを目にしたセオドシアは、ふいにドレイトンの存在を思い出した。それにフィリップも！

いまこの瞬間、ドレイトンとフィリップが深刻な危機に直面しているなんてことはあるだろうか？

31

ドレイトンにインゲンマメ畑を端から端まで案内していたフィリップは、遠くのほうでセオドシアが赤い納屋に姿を消すのに気がついた。彼はしばらく考えた末、彼女は賢いが、賢いことがあだになることもあると結論づけた。そこでドレイトンのほうを向いた。

「たくさんの作物を実らせたすばらしい畑を堪能してもらったので、次はワンガス牛を飼育している農場を見学するのはどうだろう?」

「それはいいね」ドレイトンは言った。

さらに五十フィートほど歩いたところで、フィリップが手を振って棘だらけの高い柱がある木の囲いをしめした。「ここを通れば納屋への近道なんだ。きっとレッド・ハット牧場の仕事ぶりに感銘を受けると思うよ」

「そうだろうな」ドレイトンは言った。「しかしながら、きょうはそのような探索をするのにふさわしい恰好をしてきていないのだよ」ドレイトンはまだ麻のジャケットと夏用のスラックス姿で、靴には赤茶色の細かい埃が積もっていた。

フィリップは囲い地に入る背の高い門の掛け金をはずした。それから、にこにこしながら

身振りでドレイトンを先に行かせ、「お先にどうぞ」と言った。ドレイトンが囲い地のなかに入ったところで、フィリップはまた口をひらいた。「ここの雄牛に捕まったが最後、あんたがどんなにいい服を着ていようと、そいつは気にもしないと思うよ」

「雄牛？」ドレイトンがそう言ったとき、フィリップはその背中を手で強く押し、ドレイトンをひざまずかせた。それから門をいきおいよく閉め、しっかりと鍵をかけた。

フィリップにいきなり乱暴な扱いをされたドレイトンはしばらく呆然としていた。気を取り直して立ちあがり、埃を払うまでに数分かかった。この異常とも言える展開に動揺したドレイトンは、フィリップのほうを向いてわめいた。

「なぜこんなことをする？　いったいどういうことだ？」

「あんたのお利口すぎるティーレディが、いましがたあそこの納屋に入っていったものでね」

ドレイトンはわけがわからないまま納屋のほうに目を向けたが、セオドシアの姿はどこにもなかった。「いまのはどういう意味だ？」彼はそう訊きながら、両手を門の柵に当て、安全な反対側にいるフィリップを隙間ごしにうかがった。

「ぼくのバイクを見つけたら、彼女は一瞬で正解にたどり着くにちがいない」

「まだ話がよくわからないのだが」

「要するに、市の関係者がぼくの邪魔をしていたんだよ」

ドレイトンはフィリップをじっと見つめた。「市の関係者？」そこでようやくフィリップの言葉の意味を理解した。「クラクストンのことかね?」彼は驚きのあまり目をぎょろりとむいた。「きみがクラクストンを殺したのか? バイクで逃げたのはきみだったのか?」

フィリップは深々と頭をさげた。「どうぞお見知りおきを」

「動機は……なんだ? きみが賄賂を払わなかったからか?」

フィリップの顔が怒りでどす黒くなった。「クラクストンは、許可をちらつかせながら、ぼくから金を巻きあげようとした。許可を出してやると言いながら、そのたびに金をせびりつづけた。なんとかしなきゃならなかった——酒類販売の許可をもらうために必死だった。しかも金をかき集めなきゃならなかった。いまもそれは変わらない。あのレストランはぼくにとって、なによりも大切なものなんだ」

「なんということだ」すべてのピースがおさまるべき場所におさまり、ドレイトンは思わず大声を出した。「ブッカーを殺したのもきみだったのか?」

「下種《げす》野郎のブッカーは、ギャラリーでぼくがバイクを売るという話をしてるのを立ち聞きした。あいつはいつもこそこそ出入りし、いろいろ嗅ぎまわっていた。いることに気づかないこともよくあったよ。バイクの話を聞かれたんで、いずれ、あのおばか野郎の脳みそに四十ワットの電球が灯るときが来るんじゃないかと心配になった。とにかく、あいつの隠れ家の場所は知ってたから、あとは楽勝だったよ」

ドレイトンは信じられない思いでフィリップを見つめた。「そしてわたしも殺すつもりなのだな」

「いや、そいつは雄牛にやってもらう」

ドレイトンは振り返った。「雄牛だと？　雄牛などどこにもいないではないか」

フィリップは人差し指を立て、邪悪な笑みを浮かべた。「ちょっと待ってろ」

32

セオドシアの耳に最初に届いたのは絶望の叫びだった。つづいて、それよりもはるかに大きく、甲高くて狂気を帯びた高笑いが聞こえた。

誰かが危険な目に遭っているの？

原因もいきさつもわからないながら、いい状況ではないと判断した。愛車のジープに急いだが、いきおいあまってリアハッチの扉にまともにぶつかり、あやうく呼吸がとまりかけた。それからどうにかこうにか息を整え、リアハッチの扉を大きくあけると、ドレイトンの拳銃はしまったときと同じ場所にあった。テールゲートの収納袋におさまっていたそれは、弾を装塡したままになっていた。

彼女はためらうことなく銃を手に取った。

それから悲鳴がしたほうに走った。赤い納屋を通り過ぎ、白い納屋のところで右に曲がり、小さな果樹園をくぐり抜け、高い木の囲いに通じる手入れの行き届いた小道に向かった。囲いのなかでなにかあったらしい。叫び声や悲鳴からして、かなりおそろしいことと思われる。

どうしよう。いまからでもまだ間に合う？　もしかして、ラマー・ラケットがドレイトンとフィリップをなんらかの方法で痛めつけているの？　だとしたら、どんなことをしているの？

セオドシアはペースをあげ、息を吸いこみながら小道を駆けていった。髪はうしろに流れ、足が土埃を巻きあげていく。叫び声がした木のフェンスにたどり着くと、ためらうことなくフェンスに取りついてよじのぼった。

囲いの真ん中にドレイトンがいた。必死の形相だった。円を描くようにまわり、泥で足を滑らせ、また立ちあがる。頭からつま先まで埃まみれで、顔には恐怖がくっきり刻まれている。その彼を巨大な動物がじわじわと追いつめていた。

その雄牛は巨大な暴れん坊で、黒光りする被毛は太陽の光を受けてきらきら輝いていた。少なくとも一・五トンはありそうな体はそのほとんどが筋肉と腱でできていて、長さが三フィート以上ある角は鋭く尖っていた。

「フェンスまで走って！」セオドシアはドレイトンに叫んだ。「いますぐ！」横目でこっそり見ると、フィリップが門にぶらさがり、ドレイトンの窮地をあざわらっている、というより楽しんでいるのが見える。

フィリップ？　なにがどうなってるの？　ラケットさんはどこ？

ドレイトンはすばやく向きを変え、セオドシアが手を振っているのに気づいて、あやうく転びそうになった。

「フェンスだってば！」セオドシアはもう一度大声で言った。「フェンスに駆け寄って、よじのぼるの」

その間にも雄牛は頭を下に向け、前脚で地面をかいている。突進する準備をしているのだ。

「いまよ、ドレイトン！」セオドシアは叫んだ。

ようやくセオドシアが叫んでいるのに気づいたドレイトンは、なかば走り、なかば足を引きずる恰好でフェンスへと移動した。長い脚をのばし、つかみやすいように両手の指を立てる。フェンスに激しくぶつかり、板がカタカタ、ギシギシ鳴った。彼が体を引きあげ、足が最下段の横木を離れたところへ、牛がフェンスに体当たりした。

ドスン！

天変地異があったのかと思うほどの衝撃で、フェンスの板が激しく揺れた。

セオドシアは心臓が口から飛び出そうになるのを抑え、気を揉みながらひたすら祈った。けれどもほっとしたことに、ドレイトンは脱出に成功した！　安全な場所に逃げおおせた。いまはフェンスのてっぺんの二本の柵の上で小さくなっている。苦悶の表情を浮かべ、必死につかまっていた。

それに対しフィリップは憤懣《ふんまん》やるかたないという顔をしていた。ドレイトンに向かってこぶしを振りあげ、意味不明の言葉をひたすら叫びつづけている。なぜかセオドシアには目もくれず、ドレイトンだけに怒りをぶちまけていた。

「フィリップ！」セオドシアは叫んだ。「いったいなにをしてるの？」

「牛からは逃げられても、ぼくから逃げるのは無理だからな」フィリップは金切り声でドレイトンに叫んだ。やがてフィリップは、狂気を帯びた半笑いを浮かべ、門のいちばん上までのぼり、銃を抜いてドレイトンに向けた。

セオドシアはどうしていいかわからず、呆然と見つめるばかりだった。フィリップは頭がどうかしちゃったの？　きっとそうだ。そうにちがいない。まさか、本当にドレイトンを撃つつもり？

やはり撃つつもりだ。銃をドレイトンがいるほうに向けてるもの。

いますぐ行動を起こし、冷酷な殺人をとめなくては。いまはセオドシアだけがドレイトンの頼みの綱だ。けれども、こんな離れたところからフィリップを撃つなんてできるだろうか？　そもそも、この手のなかにあるアンティークの銃はまともに使えるの？

ハロウィーンの邪悪なジャック・オー・ランタンのように顔いっぱいに笑みを浮かべながら、フィリップは銃をかまえ、人差し指を引き金にかけ、そして……。

パン！

耳が遠くなりそうなほどの大きな音がした。

最後の最後でドレイトンは目をきつくつぶり、全身の筋肉を硬直させて、天命を待った。フィリップが射撃がへたくそで、肩をかすめる程度で、痛みはあってもなんとか治る程度の軽傷ですみますようにと祈りながら。

そのおそろしい考えが頭に舞いおりた瞬間、世界が爆発したように感じた。数秒後、目をひらき、銃弾であいたむごたらしい穴から血が噴き出しているにちがいないと思いつつ、自分の体を見おろした。

しかし、ちがっていた。

驚愕の表情を浮かべていたのはフィリップ・ボルトのほうだった。彼は途中まで滑り落ちた状態で、苦痛に身をよじりながら門にしがみついていた。左の肩から真っ赤な血がほとばしり、銃が手から落ちた。やがて彼は完全にバランスを崩し、ゆっくりと門を滑り落ちていき、背中から地面に倒れた。

これでおしまいだと悟り、ひどい傷を負ったことを理解したフィリップは、天まで届くほど大きな悲鳴をあげた。それから体を起こそうともがき、足で地面を強くたたいた。半分ほど起きあがったところで苦しそうにあえぎ、再びうしろに倒れた。

「なにがあったのだね?」ドレイトンは昂奮気味に言ってフェンスから飛びおり、囲い地の外側に着地した。彼は倒れているフィリップに向かって走ったが、びくびくしているせいで、途中、何度もつまずきそうになった。駆け寄ってみると、セオドシアがフィリップを見おろすように立っていた。唇を真一文字に引き結び、顔は雪のように蒼白で、鳶色の髪が顔のまわりでうねっている。震える手のなかの銃は、いまもフィリップに向けられたままだ。

「撃ちたくなんかなかった」セオドシアはドレイトンに気づいて言った。声はかすれ、苦悩に満ちた表情を浮かべている。「だけど、彼があなたを殺そうとしたから」

「きっとそのつもりだったんだろう」ドレイトンはかすれた声で言った。それから、彼女の手のなかの拳銃を見て言った。「なんとまあ、わたしの拳銃ではないか」

「ええ」セオドシアは銃をおろした。「ごめんなさい。あなたが発砲に反対なのは……でも、どうしても……」言葉がまともに出てこなかった。

「シーッ」ドレイトンはやさしさと思いやりがたっぷり詰まった声で言った。頭がまともにはたらくようになり、体のほうも刺激に反応しはじめていた。そしてようやくこう言った。「セオドシア、きみがわたしの命を救ってくれたのだね」

ふたりはフィリップを見おろした。彼は早口でまくしたてながら、地面で身もだえしていた。シャツの前が真っ赤な血で濡れている。

「きみがこの男の肩を撃ったのだね」ドレイトンは言った。

「ねらったのは胴体の真ん中だったけど」セオドシアが言った。「ほら、ドラマで警察がそうやってるでしょ？」

「どこにあたろうがどうでもいい。しとめたのだからね。この男の犯行をとめたのだから」

フィリップはセオドシアを見あげ、驚きに目をしばたたかせた。「おい！　あんた、ぼくを殺そうとしたな！」彼はわめいた。そこで、シャツにも手にも全体的に血が点々とついているのに気づき、目をまるくした。「あんたの仕業だな。よくもぼくを撃ったな、このいかれ女。必ず追いつめてやる——訴えて、あんたが持ってるものすべてを奪ってやる。すべてを奪ってやるからな。ぼくの気が済むころには、脂ぎった安食堂で皿洗いの仕事にありつくのがせいぜいだろうよ！」

そこへ突然、ドタドタと足音が響いた。セオドシアが肩ごしに振り返ると、ラマー・ラケットが走ってきたらしく、口をあけ、肩で息をしながらぽかんとした顔で立っていた。彼はフィリップに視線を移し、血に染まったシャツに目をとめた。

「きみが撃ったのか？」ラケットは震えながらそう言った。

「その人がドレイトンを殺そうとしたの」セオドシアは疲れた声で言った。「最初は囲いのなかにいる雄牛で、そのあとは拳銃で」

ラケットは片方の眉をあげてドレイトンに向き直った。「いまの話は本当か？」それから、ドレイトンが着ている上着が破けているのと顔が埃まみれなのを確認した。「驚いたな、彼女の言うとおりらしい」

「そうよ」セオドシアは言った。「フィリップ・ボルトがオズグッド・クラクストンさんを撃ち、ブッカーさんも殺した。ちゃんと証明もできる」

「うそだ！」フィリップが叫んだ。

「あなたは卑劣な人殺しよ」セオドシアはつとめてゆっくりと言った。「警察があなたの銃の弾道検査をおこなえば、あなたはふたつの殺人の罪で有罪判決を受け、かなり長いあいだ刑務所に入れられることになる」

「脅すようなことを言うのはやめろ」フィリップは叫び返した。その目はマムシのように黒光りしていた。

「ただ脅してるわけじゃないわ、フィリップ」セオドシアの声は怒りのあまり震えていた。

「いまのは予告よ」

それだけ言うと彼女は数歩離れ、ライリーに電話をかけた。

33

電話をかけるのは簡単だった。ただ、ライリーに状況を説明するのは苦労した。

「きみが人を撃ったって？」ライリーは疑わしそうだった。「話はそれだけ？」

「それだけじゃないわよ」脳の神経組織のエンジンがかかり、本来の自分に戻りつつあった。

「フィリップ・ボルトがドレイトンを撃とうとしたの。殺すつもりで」

「レストランを経営しているフィリップ・ボルトのこと？」

「ええ、その人。最初にフィリップは大きな雄牛をけしかけて、ドレイトンを襲わせ、突き殺させようとした。それが失敗に終わったから、フィリップは殺すつもりでドレイトンに銃を向けた。だから、わたしは発砲するしかなかった。本当は、ボルトが先に銃を抜いてたの」

「セオドシア、これはＯＫ牧場の決闘じゃないし、きみはアニー・オークレイじゃないんだよ」ライリーは少しカリカリしているようだった。それも当然、ガールフレンドが人を撃ったばかりなのだ。

「ワイアット・アープでしょ」セオドシアは言った。「ＯＫ牧場にいたのはワイアット・ア

ープ。それにドク・ホリデイ」

「いいんだよ、そんなことは」

「後始末のために警察に来てもらいたいの。あなたはここに来られる?」

「ここというのはどこなんだ?」

「レッド・ハット牧場。フロッグ・ホロウ農場のすぐ近く。ハイウェイ十七号線のはずれ、ブーン・ホール・プランテーションをちょっと行ったところ」

「うーん……まだ信じられないよ」

「もうひとつ報告することがあるの。フィリップからドレイトンが自白のようなものを引き出したわ」

「バイクで逃げたのはフィリップだったのか?」ライリーはしどろもどろに言った。「やりやれ。現場捜査のチームを派遣する必要があるな。大至急」

「ええ」セオドシアは、彼には見えないとわかっていながらうなずいた。「それがいいわ」

「すぐには片がつかないだろうな」

「今夜のディナーはキャンセルしないといけないでしょうね」

「うーん……そうだろうなあ」

「残念。楽しみにしてたのに」

「セオ、いまのぼくはディナーのことなどこれっぽっちも考えてない。事件を解決してくれたお礼にキスしてあげたいけど、それは五万時間、こんこんと説教したあとだ」

「ライリー。こんなひどいことになるなんて、まったく思ってなくて……」

「でも……」

「でも、信じて。あなただってフィリップがドレイトンをいたぶって——最後に殺そうとするのを目撃したら、わたしと同じ反応をしたはずよ。フィリップという人は、残忍非道で、いわばモンスターなんだもの」

「わかったよ、セオ。行くよ。いまからそっちに向かう」


セオドシアが戻ってみると、フィリップは地面に大の字に倒れ、あいからず肩をつかんで病気の泣き妖精《バンシー》のようにうめき声をあげていた。ドレイトンが彼に銃を向け、油断なく見張っていた。ラマー・ラケットは昂奮に酔いしれながらはしゃぎまわっていた。

「大丈夫？」セオドシアはドレイトンに声をかけた。彼は頭からつま先まで細かい埃にびっしり覆われ、瞳孔がまだややひらき気味だった。

「いまも頭がくらくらしているが、それをべつにすれば問題ない」ドレイトンは言った。拳銃を持つことへの抵抗感が薄れてきたようだ。不思議なことに。

「やあ、相棒」ラケットがふたりのやりとりに割りこもうとして声をかけてきた。「ちょっと疲れているようだし、ハリスツイードのジャケットがぼろぼろではないか」

「これはドニゴールツイードだ、ばか者」ドレイトンは言い返した。

ラケットは啞然とした。「おいおい、さんざんな目に遭ったからって、わたしにあたらなくてもいいだろうに」彼は不機嫌に言った。

セオドシアはフィリップを見おろすように立ち、つま先で彼の足を小突いた。

「わたしの金魚を殺したわね？」

「そいつがきみの金魚を殺したって？」ラケットが尋ねた。

「そう、彼が殺したの」とセオドシア。

フィリップは、笑っているともからかっているとも取れる湿った音を出した。

「いまのは肯定と受け取っておく。それよりもっと重要な質問をするわ。ホリーはあなたがクラクストンさんを撃った犯人だと知ってるの？　彼女のパーティをめちゃくちゃにした犯人だと？？」

フィリップは口をへの字に曲げ、風船から空気が抜けるようにゆっくり息を吐き出した。そして頭を左右に振った。

「彼女はなんにも知らない」彼は痛みに耐えるかのように歯をカチカチ鳴らした。「なあ、助けてくれ。肩に止血帯を巻いて、ちょっとでいいから応急処置をしてくれないか。怪我がひどくて、ナイフで刺された豚みたいに血がどくどく流れてるんだよ」

セオドシアはフィリップの顔をのぞきこんだ。「それほど具合が悪そうには見えないけど」無関心ともとれる口調だった。「ブッカーの件は？　ホリーもその場にいたの？　彼女は殺すのを手伝ったの？」

「手伝ってない」フィリップは苦しそうな声を出した。「真実を知りたいようだから言うが、ホリーはたいして賢くない役立たずだ。いい面をあげるとすれば、犯罪とは無縁なところだ」彼は顔をほんの少しあげたが、そのせいでまたもうめき声をあげ、そしてどうにかこうにか中途半端なうすら笑いを浮かべた。「ぼくが常にそばにいて支えてやらなかったら、彼女の未来はどうなることか」

「あなたにどんな未来が待ち受けているかはわかるわ」セオドシアは彼を見おろしながら言った。

フィリップは目を細くしてセオドシアを見つめた。「はあ?」

「彼女はいったいなんの話をしてる?」ラケットはドレイトンに訊いた。

「シーッ」とドレイトン。

セオドシアはラケットの存在を無視し、自分の携帯電話をフィリップに差し出した。

「電話をかけて」

フィリップはヘビのように舌をチロチロさせた。

「どうして? 誰に電話しろというんだ?」

セオドシアは満足そうにほほえんだ。「自分のレストランに電話して、閉店したことを従業員に伝えるの。未来永劫オープンすることはないって」

「おいおい」ラケットは言った。「そんなことを簡単に言っていいのか?」

セオドシアは両手を払った。「ええ、簡単に言っていいんです

＊作り方＊

1　オーブンを190℃に温めておく。バターをサイコロ状にカットしておく。

2　大きなボウルに小麦粉、ベーキングパウダー、塩を入れて混ぜ合わせ、そこにバターを入れて豆粒大になるまで切り混ぜる。

3　計量カップに生クリーム、バニラエクストラクト、蜂蜜を入れて混ぜたものを**2**に注ぎ、大きめのスプーンで、ゆるいボール状になるまで混ぜる。

4　薄く小麦粉を振った台に**3**の生地を移し、軽くこねてから20cm四方の正方形にまとめる。

5　**4**を8つの正方形に切り分け、さらに半分に切って三角形にする。

6　**5**を油を塗っていないベーキングシートに並べ、10～12分間、端が淡いキツネ色になるまで焼く。オーブンから出したのち、天板にのせたまま10分間置く。

7　ジャムとクロテッド・クリームを添えて、温かいうちに出す。

※米国の１カップは約240ml

蜂蜜のスコーン

＊用意するもの（16個分）＊

小麦粉……2カップ

ベーキングパウダー……大さじ1

塩……小さじ¼

バター……大さじ8

生クリーム（乳脂肪分36%以上のもの）……¾カップ

バニラエクストラクト……小さじ1

蜂蜜……¼カップ

スモークトラウトのティーサンドイッチ

＊用意するもの（24個分）＊

サワークリーム……¼カップ

マヨネーズ……¼カップ

生のチャイブ（刻んだもの）……大さじ1

ケーパー（液を切って刻む）……小さじ1

レモンの皮……小さじ½

皮をはいでほぐしたスモークトラウト……1カップ

バター

白い食パン……12枚

クレソンの葉……約1½カップ

＊作り方＊

1 中くらいのサイズのボウルにサワークリーム、マヨネーズ、チャイブ、ケーパー、レモンの皮、コショウを入れて、よく混ぜ合わせる。

2 **1**にほぐしたスモークトラウトをくわえ、軽くあえる。

3 12枚の食パンにバターを薄く塗り、そのうちの6枚に**2**をのせ、それぞれにクレソンの葉を散らす。残りの食パンではさみ、斜めに4等分する。

イングリッシュ・ティー・ビスケット

＊用意するもの（10〜14個分）＊

小麦粉……2カップ
ベーキングパウダー……小さじ4
塩……小さじ1
バター（やわらかくしたもの）……大さじ5
牛乳……¾カップ
オレンジマーマレード……大さじ4
中力粉……カップ1　　**砂糖**……大さじ2

＊作り方＊

1 オーブンを200℃に温めておく。
2 ボウルに小麦粉、ベーキングパウダー、塩を入れて混ぜ合、そこにバターをフォークを使って切り混ぜる。
3 中央にくぼみを作り、牛乳を注ぎ入れ、小麦粉が全体的に湿るまで、20秒間よく混ぜる。
4 小麦粉を振った台に**3**の生地を置いて20秒間こね、手や麺棒で厚さが1.2cmくらいになるまでのばす。
5 **4**をまるく型抜きし、油を塗った天板に並べる。オレンジマーマレードと砂糖を合わせたものをビスケットの上に少しのせ、オーブンで10〜14分焼く。

＊作り方＊

1 洋梨はヘタを残して皮をむき、自立するように底を少し切ってたいらにする。

2 ショウガは皮をむいてみじん切り、レモンは皮をすりおろし、果汁を搾る。

3 大きめのフライパンにショウガ、砂糖、レモンの絞り汁と皮のすりおろし、スターアニスを入れ、火にかけて砂糖が溶けるまで混ぜる。

4 フライパンに梨を入れ、梨が浸るまで水を足して火をつける。沸騰したら火を弱め、蓋を少しずらした状態で約50分間煮こむ。

5 穴のあいたお玉で梨をフライパンから出し、煮汁をさらに10分間、煮詰め、とろりとなったら梨にかける。

梨の白ワインマリネ

＊用意するもの（8人分）＊

洋梨（ボスク種）……8個

モスカートワイン

　またはその他の甘口ワイン……1½カップ

ショウガ……2.5cmくらい

レモン……1個

砂糖……½カップ

スターアニス（八角）……6個

水……適宜

＊作り方＊

1 オーブンを175℃に温めておく。

2 バターを溶かして大きなボウルに移し、そこへ割りほぐした卵、砂糖、小麦粉、バニラエクストラクト、塩、ベーキングソーダをくわえ、手でそっと混ぜ合わせる。

3 **2**にリコッタチーズを少しずつくわえて混ぜる。

4 油を塗っていないクッキーシートに**3**の生地を大さじ1ずつ置く。

5 **4**を温めたオーブンに入れ、15分間、生地の底が薄茶色に色づくまで焼く。

6 焼きあがったら、まだ温かいうちに上から板チョコレートを削ってふりかける。

イタリア風
リコッタチーズのクッキー

＊用意するもの（約30枚分）＊

バター……225g

卵……3個

砂糖……2カップ

小麦粉……4カップ

バニラエクストラクト……小さじ2

塩……小さじ1

ベーキングソーダ……小さじ1

リコッタチーズ……450g

板チョコレート……1枚

＊作り方＊

1 オーブンを200℃に温めておく。丸鶏を食べやすい大きさに切り分け、バターを3等分にしておく。

2 大きめの平たい耐熱容器に小麦粉、パン粉、塩、コショウ、パプリカを入れて混ぜ合わせ、鶏肉にまんべんなくまぶす。

3 23cm×33cmの耐熱皿にバターの⅔の量を入れ、オーブンで数分間、焦がさないよう注意しながら溶かす。

4 **3**をいったんオーブンから出して**2**の鶏肉を並べ、溶かしたバターをまんべんなくからめたのち、皮を下にして30分間焼く。

5 バターの残りを溶かし、蜂蜜とレモン汁をくわえてよく混ぜ、これをオーブンから出した**4**の上からかけて、さらに30分間、残った蜂蜜ソースをときどきかけながら焼く。

ヘイリーの
チキンの蜂蜜焼き

✳用意するもの（4人分）✳

丸鶏……1羽

小麦粉……2カップ

パン粉……½カップ

塩……小さじ4

コショウ……小さじ½

パプリカ……小さじ¼

バター……1½カップ（330g）

蜂蜜……½カップ

レモン果汁……½カップ

＊作り方＊

1　ベーコンを細かく切る。タマネギはさいの目に、ジャガイモはスライスする。

2　大きな鍋でソーセージミートと粗挽き赤唐辛子をキツネ色になるまで炒めて余分な油を切り、ほかの材料の下ごしらえをしているあいだ、冷蔵庫で冷やしておく。

3　**2**で使った鍋でベーコン、タマネギ、ニンニクを15分間、タマネギがやわらかくなるまで炒める。

4　チキンブイヨンと水を混ぜ合わせ、**3**の鍋にくわえて沸騰させる。

5　スライスしたジャガイモをくわえ、30分間、やわらかくなるまで煮こむ。

6　**5**に生クリームと2のソーセージミートをくわえて温める。

トスカーナ風スープ

＊用意するもの（4〜6人分）＊

ソーセージミート（スイートイタリアン味）……450g
粗挽き赤唐辛子……小さじ1½
ベーコン……2枚
タマネギ（大）……1個
ニンニクのすりおろし……小さじ2
チキンブイヨン……5個
水……10カップ
ジャガイモ（あればラセットポテト）……3個
生クリーム（脂肪分36%以上のもの）……1カップ

＊作り方＊

1 オーブンを190℃に温めておく。バターをやわらかくしておく。

2 中くらいのボウルにやわらかくしたバター、ブラウンシュガー、蜂蜜、割りほぐした卵を入れ中速のミキサーで混ぜる。

3 **2**に小麦粉、ベーキングソーダ、塩、粉末シナモンをくわえてよく混ぜる。

4 油を塗っていないクッキーシートに**3**の生地をスプーンで落とし、オーブンで7〜9分、なかまで焼けて縁が薄茶色に色づくまで焼く。

5 焼きあがったら火をとめて3〜4分間、そのままおく。

蜂蜜クッキー

＊用意するもの（36枚分）＊

バター……110g

ブラウンシュガー……½カップ（きっちり詰める）

蜂蜜……½カップ

卵……1個

小麦粉……1½カップ

ベーキングソーダ……小さじ½

塩……小さじ½

粉末シナモン……小さじ½

＊作り方＊

1 オーブンを175℃に温めておく。ゆで卵の殻をむいておく。

2 ソーセージミートを8等分し、それぞれをつぶして四角い形にする。

3 **2**で卵を包み、隙間ができないようしっかりと包みこむ。

4 **3**に溶き卵をたっぷりとつけ、パン粉をまぶし、油を薄く塗った耐熱皿に並べ、上からチェダーチーズを振りかける。約20〜25分間焼く。

5 好みのジャガイモ、野菜、またはサラダを添えて出す。

チェダーチーズと
ソーセージのスコッチエッグ

＊用意するもの＊

固ゆで卵……8個

ソーセージミート……900g

溶き卵……2個分

パン粉……1カップ

おろしたチェダーチーズ……½カップ

column and recipe illustration by GOTO Takashi
artwork by KAMIMURA Tatsuya (base on shape)

訳者あとがき

今回のセオドシアは、屋外でのお茶会のさなかに起こった残忍な殺人事件に挑みます。〈お茶と探偵〉シリーズの第二十六作、『ハニー・ティーと沈黙の正体』をお届けします。

チャールストンはいまが春の盛り。植物が青々と茂り、道を行けばマグノリアの花の甘い香りが鼻をくすぐる季節です。そんな春のある日、街に新しく整備されたペティグルー公園で蜜蜂のお茶会と銘打ったイベントが開催されます。イマーゴ・ギャラリーという新進気鋭のギャラリーがあらたな資金を得てパワーアップし、その姿をお披露目するのが目的です。会場内にはイーゼルを使って絵が飾られ、なかにはすでに売約済みの印がついているものも。

この会でケータリングをつとめるのは、インディゴ・ティーショップのセオドシア、ドレイトン、ヘイリーの三人。ペティグルー公園で養蜂事業がおこなわれていることから、この日は蜂蜜を使ったメニューを提供することになっています。けれども最初のひと品が配られたところで、事件が起こります。養蜂家の恰好をした人物が近づいてきて、持っていた燻煙器から乳白色の蒸気を噴射します。一帯は騒然となり、近くにいた人たちが咳きこむなか、偽の養蜂家は参加者の男性に近づいて、至近距離から発砲して殺害、その場をあとにします。
殺害されたのは州議会議員候補のオズグッド・クラクストンでした。自治体の委員会や理事会で要職につき、さまざまな問題で仲介役をつとめるなかで、数多くの政治的ゆすりをおこなってきたという黒い噂のある人物です。政治がらみの事件となると調べるのは危険をともないます。捜査の指揮を執るチャールストン警察殺人課のティドウェル刑事からも、ボーイフレンドのライリー刑事からも、絶対にかかわってはいけないと釘を刺されますが、イマーゴ・ギャラリーのオーナーで友だちのホリーに頼られ、セオドシアは少し調べてみることになるのですが……。

今回の事件の犯人はおそろしいくらいに冷静で残忍でしたね。計画的な殺人はふつう、標的がひとりになるところをねらうのが普通なのに、白昼堂々、しかも大勢の目撃者がいるなかで、一連の犯行を冷静にてきぱきとおこなっています。プロの仕業としか思えません。しかも、養蜂家の恰好をするところも、憎らしいくらいに頭がいい。顔や体を防護する服を着ていれば、顔が見られないのはもちろんのこと、髪の毛などの微細証拠を現場に落とさずにすみます。養蜂事業がおこなわれている場所なので、そんな恰好をしていてもいぶかしむ人はいませんものね。

その事件の現場でおこなわれていた蜜蜂のお茶会に、ぴんときた読者の方も多いのではないでしょうか。そう、前作の『レモン・ティーと危ない秘密の話』でホリーがセオドシアにケータリングの仕事を頼む場面がありましたね。あのときにセオドシアがアイデアを出したイベントです。ヘイリーが腕によりをかけて作ったにちがいない蜂蜜のお菓子や料理が、ほとんど食べてもらえないまま終わってしまったのがとても残念です。

事件のあと、インディゴ・ティーショップではたのしい川べのお茶会とグラムガールのお茶会のふたつが開催されますが、『たのしい川べ』という児童文学について少し説明を。作中でセオドシアが説明しているとおり、イギリス人作家のケネス・グレアムが一九〇八年に発表した作品で、おもに登場するのはもぐらのモール、川ねずみのラッティー、ひきがえるのトード、あなぐまのバジャーの四匹の動物です。映画やアニメにもなっているので、ごらんになった方もいらっしゃることでしょう。翻訳は何種類か出ていますが、いま入手しやすいのは岩波少年文庫版の『たのしい川べ』(石井桃子訳)でしょうか。百年以上昔のイギリスの田舎のお話ですが、牧歌的な場面もありつつ、ひきがえるが自動車泥棒になって警察に捕まったりするエピソードもあって楽しめます。

最後に次作の *Murder In The Tea Leaves* を簡単にご紹介しておきますね。チャールストンでおこなわれた映画の撮影のさなか、監督が殺害されます。現場にいた出演者もスタッフもなにも見ていませんでしたが、なぜか、デレイン・ディッシュが第一容疑者になってしまいます。当然のことながら、セオドシアは警察の捜査とはべつに独自の調査をするのですが、なんの糸口もつかめないまま時間だけが過ぎていき、第二の犠牲者が……というお話です。アイデア満載の楽しいお茶会や、オリジナルのチョコレートの開発など、事件以外にも読みどころがたくさん。邦訳は二〇二五年十一月刊行予定です。どうぞお楽しみに。

二〇二五年三月

コージーブックス

お茶《ちゃ》と探偵《たんてい》㉖

ハニー・ティーと沈黙《ちんもく》の正体《しょうたい》

著者　ローラ・チャイルズ
訳者　東野《ひがしの》さやか

2025年　3月20日　初版第1刷発行

発行人　成瀬雅人
発行所　株式会社　原書房
〒160-0022 東京都新宿区新宿 1-25-13
電話・代表　03-3354-0685
振替・00150-6-151594
http://www.harashobo.co.jp
ブックデザイン　atmosphere ltd.
印刷所　中央精版印刷株式会社

落丁・乱丁本はお取り替えいたします。

定価は、カバーに表示してあります。

© Sayaka Higashino 2025 ISBN978-4-562-06149-5 Printed in Japan